【완역 결정본】 東周 列國志

섶에 누워 쓸개를 핥다

9

솔

●일러두기

1 본문의 옮긴이 주는 둥근 괄호로 묶었으며, 한시와 관련된 주는 시 하단에 달았다.
  편집자 주는 원저자 풍몽룡의 오류를 바로잡은 것으로 ─로 표시하였다.

2 관련 고사, 관직, 등장 인물, 기물, 주요 역사 사실 등은 본문에 ˙로 표시하였고,
  부록에서 자세히 설명하였다.

3 인명의 경우 춘추 전국 시대 당시의 표기법을 따랐다.

  예) 기부륻父 → 기보륻父, 임부林父 → 임보林父, 관지부管至父 → 관지보管至父

4 '주周 왕실과 주요 제후국 계보도'는 독자의 편의를 위해 각 권마다
  해당 시대 부분만을 수록하였다.

5 '등장 인물'은 각 권에서 등장하는 주요 인물을 다루었으며, 가나다순으로 정리하였다.

6 '연보'의 굵은 글자는 그 당시의 중요한 사건을 말한다.

차례

오吳와 월越, 크게 싸우다 ⋯⋯⋯⋯⋯⋯⋯⋯⋯⋯⋯⋯⋯ 9

섶에 누워 쓸개를 핥다 ⋯⋯⋯⋯⋯⋯⋯⋯⋯⋯⋯⋯⋯ 53

미인 서시西施를 바치는 구천句踐 ⋯⋯⋯⋯⋯⋯⋯⋯⋯ 89

기린麒麟이여, 기린이여 ⋯⋯⋯⋯⋯⋯⋯⋯⋯⋯⋯⋯⋯ 124

월왕越王, 패권을 잡다 ⋯⋯⋯⋯⋯⋯⋯⋯⋯⋯⋯⋯⋯⋯ 171

범 세 마리와 염소 ⋯⋯⋯⋯⋯⋯⋯⋯⋯⋯⋯⋯⋯⋯⋯ 212

위문후魏文侯 ⋯⋯⋯⋯⋯⋯⋯⋯⋯⋯⋯⋯⋯⋯⋯⋯⋯ 254

부록 ⋯⋯⋯⋯⋯⋯⋯⋯⋯⋯⋯⋯⋯⋯⋯⋯⋯⋯⋯⋯⋯ 289

공자 · 범려

공자孔子

범려范蠡

진晉나라 6경卿의 영읍領邑 분포도

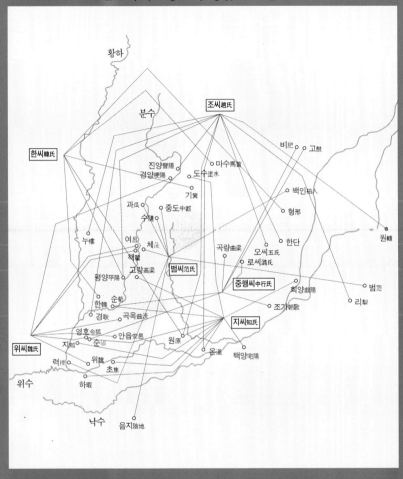

황하

분수

조씨趙氏

한씨韓氏

비肥 ○ 고고

진양晉陽 ○ 마수馬首
경양梗陽 도수涂水

백인柏人

기箕

과瓜 중도中都 형邢

수瓘

누樓 여呂 체瀀 한단

책簀 곡량曲梁 오씨五氏

평양平陽 고랑高梁 범씨范氏 로씨潞氏

한韓 순荀 중행씨中行氏 희양戱陽

경耿 곡옥曲沃 조가朝歌

영호令狐 안읍安邑 지씨知氏 리梨

위씨魏氏 지知 순邨 원原

력櫟 위魏 온溫

하瑕 초焦 택양宅陽

위수

낙수 음지陰地

원轅

범范

춘추 시대 후기 정세도

오吳와 월越, 크게 싸우다

　제경공齊景公이 협곡夾谷 땅에서 노정공魯定公과 동맹을 맺고 돌아온 지 얼마 안 되어서다. 승상丞相 안영晏嬰이 병으로 세상을 떠났다.

　수일 동안 제경공은 안영의 죽음을 통곡했다. 조정에 안영만한 인물이 없었기 때문이다. 그러던 차에 제경공은 공자孔子가 노魯나라의 국정을 보살핀다는 보고를 들었다.

　제경공은 무척 놀라고 걱정한다.

　"공자가 노나라 국정을 보살핀다면 반드시 천하 패권을 잡고야 말 것이다. 우리 제나라는 바로 노나라 이웃에 있으니 불행이 우리에게 먼저 미치겠구나. 장차 이 일을 어찌하면 좋을꼬!"

　대부 여미黎彌가 아뢴다.

　"상감께서 공자 때문에 근심하신다면 왜 그를 방해하시지 않습니까?"

　"노나라가 하는 짓을 어찌 내가 방해할 수 있으리오."

여미가 속삭인다.

"신臣이 듣건대 매사가 안정되면 반드시 교만하고 사치스러워진다고 하더이다. 청컨대 상감께선 노나라 임금에게 음악 잘하는 아름다운 여자를 많이 보내십시오. 노나라 임금이 그 미인들을 받아들이기만 하면 틀림없이 정사政事에 게을러질 것이며 자연 공자를 멀리할 것입니다. 그러면 공자는 노나라를 버리고 다른 나라로 갈 것입니다. 그때에 상감께서는 베개를 높이 베고 편히 지내실 수 있습니다."

이 말을 듣고 제경공은 입가에 웃음을 띤다.

제나라에선 방방곡곡으로 관리를 보내어 나이 스물 미만인 아름다운 처녀 80명을 뽑아 십대十隊로 편성했다. 그리고 그 미인들에게 수놓은 비단옷을 입히고 밤낮없이 노래와 춤과 음악을 가르쳤다. 그 악곡을 강악康樂이라고 했다. 강악은 새로 지은 음악으로 전에 없던 아름다운 곡조였다.

미인들이 음악과 노래와 춤을 다 익히자, 좋은 말 120필에다 황금으로 만든 굴레를 씌우고 정묘한 조각을 새긴 안장으로 치장시켰다. 그런데 그 말들이 모두 각양각색이었기 때문에 멀리서 바라보면 마치 여러 가지 비단을 모아놓은 것처럼 고왔다.

마침내 제경공은 사자使者를 시켜 미인들과 말들을 노나라로 보냈다.

제나라 사자는 노나라 남문南門에 이르러 두 곳에다 비단 장막을 쳤다. 동쪽 비단 장막에는 말을 매고, 서쪽 비단 장막에는 미인들을 머물러 있게 했다. 연후에 제나라 사자는 노나라 궁에 들어가서 노정공에게 국서國書를 바쳤다.

노정공이 제나라 국서를 본즉 하였으되,

노현후魯賢侯 전하殿下께 돈수頓首하나이다. 지난날 과인이 협곡 땅에서 죄를 지은 후 항상 부끄러운 마음을 금치 못했으나 현후賢侯께서 과인이 사과하는 정을 용납해주셨기 때문에 마침내 우리 양국의 우호가 더욱 굳어졌소이다. 그후 현후께선 나랏일에 얼마나 바쁘십니까. 이제 현후를 위로하고자 노래하는 계집과 좋은 말을 뽑아 보내오니 과인의 작은 뜻을 받아주십시오.

이때 계손사季孫斯는 나라가 태평하고 걱정 근심이 사라지자 벌써 사치스러워지고 매사를 즐기고 싶어하던 참이었다. 그는 제나라에서 아름다운 여악女樂이 왔다는 소문을 듣고 은근히 회가 동했다.

계손사는 즉시 평복으로 갈아입고 심복 부하 몇 사람만 데리고서 수레를 타고 몰래 남문으로 나가보았다.

남문 밖에선 마침 제나라에서 온 미인들이 음악과 노래와 춤을 연습하고 있었다. 그 노랫소리는 가는 구름을 멈추게 하고, 춤추는 아리따운 자태에서는 향기가 이는 듯했다. 그들은 나아가고 물러서는 일거일동이 천상의 선녀와 같아서 그저 황홀하기만 했다. 어찌 인간 세상에서 볼 수 있는 풍류라 하리오.

계손사는 시간 가는 줄도 모르고 그 아름다운 얼굴들과 그 화려한 의복을 구경하느라 정신이 빠졌다. 그는 온몸이 녹는 듯하고 마음이 산란해졌다.

이날 노정공은 사람을 보내어 세 번이나 계손사를 불렀다. 그러나 그는 여악女樂을 보는 데 미쳐서 마침내 궁에 가지 않았다.

이튿날에야 계손사는 궁으로 들어갔다. 노정공이 제나라 국서를 내보이며 의견을 묻는다.

계손사가 아뢴다.

"이는 제후齊侯의 아름다운 뜻입니다. 이런 간곡한 뜻을 물리쳐서는 안 됩니다."

노정공도 슬며시 구미가 동해서 묻는다.

"제나라에서 온 그 여악은 지금 어디 있는고?"

계손사가 선뜻 대답한다.

"지금 남문 밖에 머물고 있습니다. 상감께서 보실 생각이시면 신이 모시고 가겠습니다. 그러나 문무백관과 백성들이 알면 성가시니 미복微服으로 가보시는 것이 좋을 성싶습니다."

임금과 신하는 함께 백성 옷으로 갈아입었다. 그들은 각기 조그만 수레를 타고 남문 밖으로 나갔다. 그들이 서쪽 비단 장막에 이르렀을 때였다.

그때 한 사람이 제나라 사자에게 귀띔해준다.

"지금 노나라 임금이 미복으로 오셨소."

제나라 사자가 모든 미녀에게 분부한다.

"노나라 상감이 미복으로 오셨다 하니 너희들은 각별히 힘써서 재주를 다하여라."

이에 노랫소리는 더욱 교태를 품고 춤추는 소매는 무지개가 서로 어울려 나부끼는 듯했다. 이렇듯 십대의 미인들이 번갈아가며 갖은 재주를 다 부렸다.

노정공은 그 아름다운 노래와 찬란한 광경에 완전히 넋을 잃었다. 임금과 신하는 동시에 군침을 삼켰다. 덩달아 우쭐해지는 손발을 겨우 참았다.

옛 시로써 이 일을 증명할 수 있다.

그 노래를 황금에 비하랴
그 춤을 구슬에 비하랴.
그 아름다운 여자들은
노나라 임금과 신하의 넋을 빼앗네.
一曲嬌歌一塊金
一番妙舞一盤琛
只因十隊歌姬面
改盡君臣兩個心

시종배侍從輩 하나가 아뢴다.
"저 동쪽 비단 장막 속엔 참으로 좋은 말[馬]이 많습니다."
노정공이 웃는다.
"이 이상 좋은 것이 어디 있겠느냐. 말은 보아 무엇하리오."
노정공은 궁으로 돌아간 후에도 그날 밤에 잠 한숨을 못 잤다. 귀에는 그 음악, 그 노랫소리가 쟁쟁하고 베개 바로 옆에는 그 미인들이 누워 있는 듯 눈앞에 삼삼했다.
노정공은 혹 모든 신하들의 의견이 일치하지 않을까 겁을 먹고 이른 새벽에 궁으로 계손사만 불러들였다.
"곧 제나라에 보낼 답서答書를 기초起草하되 과인이 감격한 바를 써서 보내오."
그 편지 내용은 굳이 말할 필요도 없지만 제나라 사자에게 황금 100일鎰을 하사했다는 것만으로도 짐작할 수 있을 것이다.
노정공은 궁중으로 여악을 거두어들이고 그중에서 30명만 계손사에게 내주었다. 그리고 어인御人에게 말들을 내주고 기르게 했다.

이리하여 임금과 신하는 각기 낮이면 노래와 춤으로 소일하고 밤이면 미인들을 끼고 즐겼다. 그러느라 노정공은 연 사흘 동안 조회도 열지 않았다.

공자는 이 소문을 듣고 길이 탄식했다. 곁에서 제자 자로子路가 공자에게 청했다.

"임금이 나라 정사를 돌보지 않으니 부자夫子여, 노나라를 떠납시다."

공자가 대답한다.

"앞으로 교제郊祭(천지天地에 지내는 제사) 날이 며칠 안 남았다. 상감이 이 대례大禮를 지낸다면 그래도 노나라에 희망이 전혀 없지는 않다."

교제 날이 되었다.

노정공은 교외에 나가서 제사를 마치기가 무섭게 궁으로 돌아갔다. 그리고 신하들에게 제사에 쓴 고기〔胙肉〕를 나눠줄 생각도 하지 않았다.

제관祭官이 궁에 가서 아뢴다.

"신하들에게 제사에 쓴 고기를 나눠주십시오."

노정공이 내다보지고 않고 말한다.

"과인은 바쁘다. 계손사에게 가서 나눠주라고 일러라."

그러나 계손사 역시 이 일을 가신에게 미루고 나가보지도 않았다.

공자는 교제에 참석하고 돌아왔다. 한데 밤이 늦도록 기다려도 제사지낸 고기가 분배되어 오지 않았다.

공자가 자로를 돌아보고 탄식한다.

"나의 진리가 세상에 퍼지지 않는구나! 이것이 명命인가!"

공자가 거문고를 타며 노래한다.

저 여자의 말 때문에
일을 잡치리라.
저 여자의 참견 때문에
일을 망치리라.
이러한 그들 속에서 벗어나
유유히 나의 세월을 보낼진저.
彼婦之口
可以出走
彼女之謁
可以死敗
優哉游哉
聊以卒歲

노래를 마치자 공자는 떠날 준비를 했다.

이튿날 공자는 마침내 노나라를 떠났다. 자로와 자유子有도 벼
슬을 버리고 공자를 따랐다.

그후로 노나라는 다시 쇠퇴하기 시작했다.

사신史臣이 시로써 이 일을 탄식한 것이 있다.

아름다운 여자들의 힘이 창과 칼보다도 세었으니
이는 제나라 여미의 꾀가 대단해서만도 아니었다.
천하가 극도로 혼란해서 세상은 말세인데
어찌 홀로 노나라만이 진리를 행할 수 있으리오.
幾行紅粉勝鋼刀
不是黎彌巧計高

天運凌夷成瓦解

豈容魯國獨甄陶

공자는 노나라를 떠나 위衛나라로 갔다.

위영공衛靈公이 공자를 극진히 영접하고 묻는다.

"부자夫子여, 진陣을 치고 적을 무찌르는 법을 말씀해주시오."

공자가 실망하여 대답한다.

"이 몸은 아직 진 치는 법을 배우지 못했소이다."

이튿날 공자는 위나라를 떠났다.

그후 공자는 송宋나라의 광읍匡邑을 지나게 되었다. 그런데 광읍 백성들은 전날 노나라에서 망명해와 폭정暴政을 하다가 달아난 양호陽虎에 대한 원한이 아직 풀리지 않은 상태였다.

이때 광읍 백성들은 공자를 양호로 착각했다. 공자의 얼굴이 양호와 비슷했던 것이다. 백성들은 양호가 다시 광읍에 돌아온 줄로 잘못 알고 모여들었다. 그들은 길을 막고 공자의 수레를 포위했다.

자로는 사태가 험악해지자 곧 싸우려 했다.

공자가 조용히 손을 들어 말린다.

"내 원래 광읍 백성에게 원한을 산 일이 없거니 필시 무슨 까닭이 있을 것이다. 오래지 않아 저절로 해명되리라."

공자는 편안히 앉아 거문고를 탄주했다.

이때 저편에서 위나라 신하 한 사람이 말을 타고 급히 달려와서 전한다.

"우리 상감께서 부자를 다시 모셔오라는 분부이십니다. 어서 돌아가사이다."

광읍 백성들은 그제야 그들의 실수를 깨닫고 공자에게 사죄했다. 이에 공자는 다시 위나라로 돌아갔다.

위나라 대부 거원蘧瑗은 어진 사람이었다. 그는 공자를 자기 집으로 모시고 가서 극진히 대접했다.

위영공의 부인은 원래 송나라 여자로 이름을 남자南子라고 했다. 남자는 용모는 아름다웠으나 몹시 음탕한 여자였다.

남자는 시집오기 전 송나라에 있었을 때 공자 조朝와 깊은 관계를 맺고 있었다. 공자 조도 유명한 미남자였다. 이 미남미녀는 부부간보다도 더 정답게 지냈다.

그러다가 남자는 위영공에게 출가하여 아들 괴외蒯聵를 낳았다. 괴외는 장성하자 위나라의 세자가 되었다. 그러나 남자는 늘 송나라에 있는 공자 조를 잊지 못했다.

이때 위나라에도 한 미남자가 있었다. 그의 이름은 미자하彌子瑕였다. 미자하는 위영공의 총애를 독차지하다시피 했다.

언젠가 한번은 미자하가 복숭아를 먹다 말고 위영공의 입에 나머지 반을 넣어주었다. 그러나 위영공은 먹다 만 반조각 복숭아를 맛있게 씹으며 신하들에게 자랑했다.

"미자하는 이렇듯 과인을 사랑하는구나. 차마 혼자서 맛있는 복숭아를 먹지 못하고 과인의 입에 그 반을 넣어주었도다."

이에 모든 신하는 외면하고 소리 없이 웃었다.

어떻든 미자하는 위영공의 총애만 믿고서 못하는 짓이 없었다.

위영공은 밤마다 미자하를 데리고 자면서도 자기 부인인 남자를 두려워했다. 위영공은 마침내 남자의 비위를 맞춰주려고 송나라로 사람을 보내어 공자 조를 초청해왔다.

이에 남자는 오랫동안 그리던 공자 조와 만나 그간 쌓이고 쌓인 정열을 쏟아냈다. 위영공은 늘 미남자 미자하와 붙어지내고, 그

부인 남자는 옛 애인인 송나라 공자 조와 붙어지냈다.

어느덧 세상엔 그들에 관한 갖가지 추잡한 소문이 퍼졌다.

세자 괴외는 어머니의 추잡한 소문 때문에 낯이 뜨거워서 얼굴을 들 수 없었다.

이에 괴외가 심복 부하 희양속戲陽速을 불러 비밀히 분부한다.

"너는 언제고 기회를 보아 나의 생모를 찔러죽여라! 나는 더 이상 그런 추잡한 소문을 들을 수 없다!"

그러나 이 일은 사전에 먼저 남자에게 발각되고 말았다.

남자가 남편인 위영공에게 호소한다.

"자식이 어미를 죽이려 하니 세상에 이런 일도 있습니까. 속히 지엄한 분부를 내리십시오."

위영공은 세자 괴외를 국외로 추방했다. 이에 괴외는 송나라로 달아났다. 그후 위영공은 자기 손자이며 괴외의 아들인 공손첩公孫輒을 세자로 세웠다. 바로 이런 때에 공자가 다시 위나라로 왔던 것이다.

남자는 자청해서 공자를 만나보았다. 그녀는 비록 음탕한 여자지만 공자가 성인임을 알아보고서 극진히 공경했다.

어느 날이었다.

위영공은 부인 남자와 함께 수레를 타고 출타했다. 공자가 그들을 모시고 따랐다.

시가市街 백성들이 지나가는 수레를 보고 노래한다.

함께 수레를 탄 것은 여자로구나!
수레를 따라가는 것이 덕이냐?
同車者色耶

從車者德耶

공자가 이 노래를 듣고 길이 탄식한다.

"상감은 덕보다 색色을 더 좋아하는구나!"

이에 공자는 다시 위나라를 떠나 송나라로 갔다.

공자는 큰 나무 아래에서 제자들에게 예법을 가르쳤다.

이때 송宋나라에서도 사마司馬* 환퇴桓魋가 밤마다 몸을 바치며 지극히 남색男色을 좋아하는 송경공宋景公의 사랑을 독차지하고 있었다. 그는 공자가 송나라 도성으로 들어오면 자기에게 불리하다는 걸 알고 있었다.

사마 환퇴가 가신을 불러 분부한다.

"공자가 제자에게 예를 가르치고 있다는 그곳 큰 나무를 베어버리고 그를 잡아죽여라."

그러나 공자는 미리 이 소식을 듣고 미복微服으로 바꿔입고 송나라를 떠났다.

그후 공자는 정鄭나라로 갔다가 다시 진晉나라로 향했다.

황하 가에 이르렀을 때였다. 공자는 진晉나라 조앙趙鞅*이 어진 대신인 두주竇犨와 순화舜華를 죽였다는 소문을 들었다.

공자가 길이 탄식한다.

"새나 짐승도 같은 동류同類끼리는 죽이지 않거늘 하물며 사람이 그럴 수 있는가!"

이에 공자는 진나라로 가다 말고 발길을 돌려 다시 위나라로 갔다. 공자가 위나라로 돌아간 지 얼마 안 되어 위영공이 세상을 떠났다.

위나라에선 세자 첩輒을 임금으로 세웠다. 그가 바로 위출공衛

出公이다.

그러나 진晉나라는 지난날 위나라에서 추방당한 괴외를 도와 위나라 임금 자리를 노리게 하고, 제나라는 위출공을 임금 자리에 붙박아놓으려고 애썼다. 이리하여 망명 중인 아버지 괴외와 임금이 된 아들 위출공 사이엔 누가 위나라를 차지하느냐로 분쟁이 일어났다.

공자는 이러한 위나라를 통탄하고 진陳나라로 갔다. 그러다 다시 진나라를 떠나 채蔡나라로 향했다.

이때 초나라 초소왕楚昭王은 공자가 진나라를 떠나 채나라로 갈 것이라는 소문을 듣고 사람을 보내어 도중에서 공자를 모셔오기로 했다.

한편 진陳나라는 초나라에서 돌아온 세작細作으로부터 이 정보를 들었다. 진나라 문무백관들은 모여앉아 이 일을 상의했다.

"우리 나라에 왔던 공자를 초나라가 데려갈 작정이라 하오. 만일 초나라가 공자를 중용하면 우리 진나라와 채나라는 다 같이 위태로워질 것이오. 이 일에 대해서 각기 좋은 의견이 있거든 말하오."

드디어 진나라는 채나라와 함께 군사를 보내어 광야曠野에서 공자를 포위해버렸다. 광야에서 오도 가도 못하게 된 공자는 사흘 동안 음식도 먹지 못한 채 내내 거문고를 타며 조용히 노래를 불렀다.

오늘날 개봉부開封府 진주陳州 지방에 상락桑落이란 곳이 있다. 그곳에 대臺 하나가 있으니 세상에선 그 대를 액대厄臺라고 한다. 곧 그 당시에 공자가 진陳·채蔡 두 나라 군사에게 포위당한 채 양식이 없어 사흘을 굶으며 노래를 불렀다는 곳이다.

송나라 유창劉敞이 시로써 이 일을 읊은 것이 있다.

천하를 떠돌아다니는 한 나그네가
군사에게 포위되어 사흘 간을 굶었도다.
이때부터 성인이 천하를 근심했으니
어찌 진나라와 채나라의 어리석은 신하를 두려워했으리오.

四海栖栖一旅人
絶糧三日死生鄰
自是天心勞木鐸
豈關陳蔡有愚臣

그러던 중 사흘째 되던 날 밤이었다.

홀연 이상한 사람이 공자 앞에 나타났다. 그는 키가 9척이 넘는
데다 흰옷을 입고 높은 관冠을 쓰고 갑옷을 걸친 채 손에는 창을
들고 있었다.

그 이상한 사람이 공자에게 큰소리를 지른다. 그 소리에 주위가
진동했다.

이에 자로가 급히 뛰어나가서 그 이상한 사람과 싸웠다. 그러나
그 사람은 워낙 힘이 세어서 자로로선 도저히 당적할 수가 없었다.

공자가 곁에서 보다가 자로에게 말한다.

"자로야, 네 어찌 저자의 옆구리를 만지지 않느냐?"

이에 자로는 그 이상한 사람의 옆구리를 만지기 시작했다. 그러
자 그 사람은 대번에 손을 놀리지 못하고 그 자리에 쓰러졌다.

그러더니 그 사람은 점점 큰 메기〔鮎〕로 변했다. 제자들은 이
놀라운 광경을 보고 괴상히 생각했다.

공자가 말한다.

"대저 무엇이든 오래되고 늙으면 쇠약해지는 법이다. 그 쇠약

해진 틈을 타서 여러 가지 요정妖精이 붙는 것이다. 이제 이 괴물을 죽였으면 그만이라. 무슨 괴상할 것 있으리오. 곧 이걸 삶아서 먹도록 하여라."

제자들은 좋아했다.

"이건 하늘이 우리에게 보내심이라."

이리하여 사흘 만에 공자와 모든 제자는 비로소 시장기를 면했다.

이튿날이었다.

웬일인지 진·채 두 나라 군사가 포위를 풀고 돌아갔다. 마침내 초나라 사자가 군사를 거느리고 온 것이다. 이에 공자는 초나라 군사의 영접을 받고 초나라로 갔다.

초소왕은 공자를 극진히 환영했다. 그는 장차 공자에게 이사里社의 땅을 하사하고 큰 벼슬 자리에 등용할 생각이었다.

영윤슈尹 공자 신申이 간한다.

"옛날에 문왕文王은 풍豐 땅에 있었고 무왕武王은 호鎬 땅에 있어 그 거리가 겨우 100리 사이였지만, 능히 큰 덕을 닦아 마침내 은殷나라를 대신해서 주周나라를 세웠습니다. 오늘날 공자의 덕이 문왕과 무왕만 못하지 않으며 더구나 그 제자들은 다 어진 사람들입니다. 만일 그들이 우리 나라에서 자리를 잡으면 우리 초나라를 없애고 새로운 나라를 세운다 해도 힘들지 않을 것입니다."

이 말을 듣자 초소왕은 공자를 등용할 생각이 없어졌다. 공자는 초소왕의 속뜻을 짐작하고 곧 초나라를 떠나 다시 위나라로 갔다.

이에 위출공衛出公은 공자에게 나랏일을 맡기려 했다. 그러나 이번엔 공자가 거절했다.

이때 노나라에서 정승政丞 계손비季孫肥가 위나라로 공자를 찾아왔다. 계손비는 바로 계손사의 아들이었다. 그는 공자의 제자인 자유子有를 초청하려고 왔던 것이다. 이것이 계기가 되어 공자는 모든 제자를 거느리고 다시 노나라로 돌아갔다.

노나라는 공자를 노대부老大夫에 대한 예로 대우했다.

공자의 제자들에 대해서 언급해두어야겠다. 이때 제자들 중에 자로와 자고子羔는 위나라에서 벼슬을 살았고, 자공子貢·자유·유약有若·복불제宓不齊는 노나라에서 벼슬을 살았다.

공자에 관한 이야기는 여기서 일단 멈추고 다음으로 미룬다.

한편, 오吳나라 왕 합려闔閭는 초나라를 쳐부순 후로 중원에까지 그 위엄을 크게 떨쳤다. 득의만면해진 그는 매일 환락歡樂에 빠졌고 또 궁실을 크게 지었다. 그 궁실 이름을 장락궁長樂宮이라고 했다. 그리고 고소산姑蘇山에다 고소대姑蘇臺*라는 높은 대를 쌓았다.

고소산은 성에서 서남쪽으로 30리 거리에 있는 곳으로 일명 고서산姑胥山이라고 한다. 오왕吳王 합려는 서문胥門 밖으로 구곡九曲 도로를 내어 고소산까지 이르게 했다.

오왕 합려는 봄과 여름이면 성 밖에서 놀고 가을과 겨울이면 성 안에서 즐기었다.

어느 날이었다.

오왕 합려는 불현듯 지난날 월越나라가 오나라로 쳐들어오려다가 그만두었던 일이 생각났다. 그는 월나라에 그때의 보복을 해야겠다는 생각이 불처럼 일어났다.

이때 제나라와 초나라는 서로 사자를 보내고 영접하며 친밀해졌다. 이 보고를 듣고 오왕 합려는 분기충천했다.

"제나라와 초나라가 우호를 맺었다고 하니 과인은 더 이상 참을 수 없다. 이야말로 과인이 늘 북방에 대해서 근심해오던 바다. 이제 과인은 제나라부터 치고 그 다음에 월나라를 치리라."

승상 오자서伍子胥가 아뢴다.

"이웃 나라끼리 서로 사자를 보내고 영접하는 것은 언제나 있는 일입니다. 제나라가 초나라를 도와 우리 오나라를 해치지 않는한 갑자기 군사를 일으킬 필요는 없습니다. 한데 지금 당장 급한일은 세자 파波의 원비元妃가 죽은 지도 오래되었건만 아직 세자비를 다시 모시지 않은 것입니다. 왕께서는 왜 사자를 제나라로보내어 혼인을 청하시지 않습니까? 만일 제후齊侯가 거절하면 그때에 쳐도 늦지 않습니다."

오왕 합려는 오자서의 뜻을 좇아 즉시 대부 왕손王孫 낙駱을 제나라로 보내어 혼인을 청했다.

이때 제경공齊景公은 늙어서 의욕도 기운도 다 쇠퇴해 있었다. 제경공에겐 아직 출가하지 않은 어린 딸이 하나 있었다. 그는 사랑하는 어린 딸을 차마 오나라로 시집보내긴 싫었다.

그러나 궁중엔 훌륭한 신하가 없고 변경엔 훌륭한 장수가 없으니 어찌하리오! 청혼해온 걸 거절하면 반드시 오나라 군사가 쳐들어와서 초나라처럼 제나라까지도 쑥대밭을 만들어놓고야 말 것이다. 갖은 굴욕과 불행을 당하고 난 다음에 후회한들 무슨 소용이있으리오.

대부 여미黎彌가 권한다.

"할 수 없습니다. 오나라 청혼을 승낙하십시오. 그들의 노여움을 사지 않는 것이 상책입니다."

제경공은 싫었지만 하는 수 없이 어린 딸 소강少姜을 오나라에 시집보내기로 승낙했다.

이에 사신 왕손 낙은 오나라로 돌아가서 혼사가 이루어졌다고 보고했다.

오왕 합려는 다시 제나라로 사람을 보내어 납폐納幣하고 신부를 데려오게 했다.

마침내 소강이 오나라로 떠나는 날이었다. 제경공은 딸을 사랑하는 마음과 오나라를 두려워하는 마음이 엇갈려 하염없이 눈물을 흘렸다.

"슬프고 괴롭다. 만일 안영晏嬰이나 양저穰苴 두 사람 중 한 사람만이라도 지금까지 살아 있다면 내가 어찌 오나라를 두려워하리오."

제경공이 대부 포목鮑牧을 돌아보고 부탁한다.

"수고스럽겠지만 경이 과인을 위해 오나라까지 소강을 데려다 주고 오너라. 특히 소강은 나의 사랑하는 여식이다. 오왕에게 과인의 이러한 뜻을 잘 전해주기 바라노라."

늙은 제경공은 수레에 올라타는 소강을 친히 부축해주었다. 그리고 남문南門까지 나가 소강을 전송했다.

그후 포목은 소강을 데리고 오나라에 당도하여 오왕 합려에게 제경공의 간곡한 부탁을 전했다. 포목은 오자서와도 만나보고 그의 인격을 사모하여 서로 깊이 사귀었다.

오나라에 출가한 소강은 나이가 너무나 어렸다. 그래서 부부夫婦의 즐거움이 무엇인지 몰랐다. 그녀는 세자 파와 혼인한 후에도 다만 친정 부모를 잊지 못해서 밤낮 울기만 했다.

세자 파가 거듭거듭 소강을 위로했으나 소용이 없었다. 마침내 소강은 울적한 심사를 풀지 못해 병들어 눕게 되었다.

오왕 합려는 어린 새 며느리를 불쌍히 생각하고 북문 성부城樓

를 개조하여 가지가지 호화스런 장식을 베풀고 이름을 망제문望
齊門이라 고쳤다. 그리하여 날마다 소강에게 그 성루 위에서 놀도
록 해주었다.

소강은 매일 성루 난간에 기대어 북쪽 하늘만 바라보았다. 그러
나 암만 바라봐야 제나라 산천이 보일 리 없었다.

그녀의 슬픔은 더욱더 심해갔다. 따라서 병세도 점점 악화되었다.

마침내 임종시에 소강이 세자 파의 손을 잡고 부탁한다.

"첩이 듣건대 우산虞山 꼭대기에 올라가면 동해가 보인다고 하
더이다. 청컨대 그곳에 첩을 묻어주소서. 만일 죽어서라도 영혼
이 있다면 제나라를 한번 바라보고자 하나이다."

소강이 숨을 거두자 세자 파는 소리 높이 통곡했다.

그후 오왕 합려의 허락을 받고 소강은 우산 위에 묻혔다.

오늘날도 상숙현常熟縣 우산에 올라가면 제녀묘齊女墓가 있다.
곧 소강의 무덤인 것이다. 또 그 곁에 망해정望海亭이라는 정자가
서 있다.

장홍張洪이 지은 「제녀분齊女墳」이란 시를 소개하겠다.

남쪽 나라가 점점 강해지자 북쪽 나라는 미약해졌는데
오나라는 중원과 겨루고자 제녀齊女를 데려왔도다.
비록 출가하는 행차는 극진하고 찬란했지만
도중에서 흘린 눈물이 그 몇만 가닥이던가.
고국 산천을 바라볼 수 있다면 어딘들 못 가랴
죽으면서도 자기 무덤이 낮을까 염려했도다.
오늘도 이슬 맺힌 풀넝쿨은 머리를 숙이고 우는 듯한데
언제면 그 눈물이 고향 흙을 적셔볼거나.

南風初勁北風微
爭長諸姬復娶齊
越境定須千兩送
半途應拭萬行啼
望鄕不憚登臺遠
埋恨惟嫌起塚低
蔓草垂垂猶泣露
齗誰滴向故鄕泥

그후 세자 파도 죽은 소강을 잊지 못해서 병들어 눕고 말았다. 얼마 안 되어 세자 파는 소강을 따라가듯 세상을 버렸다.

세자 파가 죽자 오왕 합려는 모든 공자 중에서 누구를 세자로 세워야 할지 얼른 생각이 떠오르지 않았다. 그래서 장차 오자서를 불러 이 일을 상의할 작정이었다.

그런데 죽은 세자 파에겐 전비前妃가 낳은 아들이 하나 있었다. 그 아들의 이름은 부차夫差•였다. 이때 부차의 나이 스물여섯 살이었다. 부차는 나면서부터 용모가 비범하고 기상이 출중했다.

부차는 할아버지인 합려가 장차 왕위를 계승시킬 세자를 뽑는다는 소문을 듣고 먼저 오자서를 찾아갔다.

"승상도 아시다시피 나는 이 나라 적손嫡孫입니다. 만일 앞으로 세자를 세운다면 나 이외에 또 누가 있겠습니까? 이번에 승상께서 한마디만 말씀해주시면 만사가 결정됩니다. 그러니 승상께선 나를 위해 한번 힘써주십시오."

오자서는 부차를 위해 힘쓸 것을 약속했다.

며칠 후 오자서는 오왕 합려의 부름을 받아 궁으로 늘어갔다.

오왕 합려는 누구를 세자로 봉하면 좋겠느냐고 물었다.

오자서가 대답한다.

"이런 일은 적자嫡子를 세워야 난亂이 일어나지 않습니다. 비록 세자가 불행히 세상을 떠나셨으나 그의 아들 부차는 이미 장성했습니다."

오왕 합려가 말한다.

"내가 보기에 부차는 어리석고 인자하지 못하오. 능히 오나라 계통을 계승하지 못할까 두렵구려."

오자서가 다시 아뢴다.

"부차는 신의가 있어 사람을 사랑하며 매사에 착실합니다. 아버지가 죽으면 그 아들이 대신 선다는 것은 법문法文에 밝혀 있습니다. 그러하거늘 무엇을 주저하십니까."

"그럼 과인은 그대의 말을 듣기로 하겠소. 잘 알아서 부차를 보좌해주기 바라오."

이리하여 부차는 오나라 세손世孫이 되었다. 그날로 부차는 오자서의 집에 가서 머리를 조아리고 감사하다는 뜻을 표했다.

이때가 바로 주경왕周敬王 23년이었다.

오왕 합려는 늙을수록 성미가 더욱 조급해졌다. 그는 월왕 윤상允常이 죽고 그 아들 구천句踐*이 월나라 왕위에 올랐다는 소식을 들었다.

오왕 합려가 모든 신하에게 묻는다.

"지금 월나라에 국상이 났다고 하니 이 기회에 월나라를 치는 것이 어떨까?"

오자서가 간한다.

"지난날에 월나라가 우리 나라를 치려고 한 죄는 있지만 지금 국상이 난 기회로 월나라를 친다는 것은 상서롭지 못한 일입니다. 그러니 다시 때를 기다려 군사를 일으키도록 하십시오."

그러나 오왕 합려는 들으려 하지 않았다.

마침내 오왕 합려는 오자서와 세손 부차에게 나라를 지키도록 당부하고 친히 백비伯嚭•·왕손락王孫駱·전의專毅 등과 함께 정병 3만 명을 거느리고 남문南門을 나가 월나라로 나아갔다.

한편, 월왕 구천句踐은 오나라 군사가 쳐들어온다는 보고를 받고 제계영諸稽郢을 대장으로 삼고, 영고부靈姑浮를 선봉으로 삼고, 주무여疇無餘와 서안胥犴을 좌우익左右翼으로 삼아 친히 군사를 거느리고 오나라 군사를 맞이해서 싸우려고 나왔다.

이리하여 오·월 두 나라 군사는 취리檇李 땅에서 서로 10리 사이를 두고 각기 영채를 세웠다.

이튿날부터 두 나라는 서로 싸움을 걸고 어우러져 싸웠으나 승부가 나지 않았다.

오왕 합려는 다시 군사를 거느리고 오대산五臺山으로 진을 옮겼다. 그리고 군사들에게 경거망동하지 말도록 명령을 내렸다. 그는 월나라 군사가 태만해지기를 기다렸다가 한꺼번에 무찌를 작정이었다.

월왕 구천은 오대산으로 진을 옮긴 오나라 군사를 바라보았다. 오군의 대오隊伍는 정연하고 창과 갑옷은 햇빛에 번쩍였다.

월왕 구천이 대장 제계영을 돌아보고 말한다.

"오나라 군사의 형세가 저렇듯 대단하니 가벼이 당적하지 못할지라. 반드시 계책을 써서 오나라 군사를 어지럽힌 후에 쳐야겠다. 주무여와 서안은 좌우로 각기 500명씩 결사대를 조직하고 오나라 진영을 치도록 하라."

이리하여 월나라 결사대가 조직되었다. 그 좌익左翼 500명은 각기 장창長槍을 들고, 우익右翼 500명은 각기 대극大戟을 잡고 일제히 함성을 지르며 오나라 영채로 쳐올라갔다.

그러나 오나라 진영은 꼼짝도 하지 않았다. 궁노수들이 철통같이 둘러서 있어서 철벽鐵壁이나 다름없었다.

월나라 결사대는 세 번이나 올라갔지만 오나라 영채로 들어가지 못해 할 수 없이 돌아갔다. 월왕 구천도 어찌해볼 도리가 없었다.

대장 제계영이 비밀히 월왕 구천에게 아뢴다.

"죄인을 한번 써보면 어떻겠습니까?"

월왕 구천은 선뜻 이 뜻을 깨달았다.

이튿날이었다.

월왕 구천은 군법을 어겨 사형수死刑囚로 있는 자가 얼마나 있는지를 알아보았다. 이때 죽을죄에 걸려 있는 자는 300여 명쯤 되었다.

이날 300명의 사형수는 윗도리를 벗고 칼만 잡고서 삼대로 행렬을 지어 조용히 오나라 군영으로 올라갔다.

오나라 군사는 일종의 호기심에서 이 괴상한 행렬을 지켜보기만 했다.

오나라 진영 앞에 당도한 죄수의 행렬 중에서 맨 앞에 선 자가 공손히 말한다.

"지난날 우리 월왕께서 스스로 자기 힘을 알지 못하시고 귀국貴國에 죄를 지었기 때문에 이제 귀국이 우리 나라를 치러 오셨습니다. 신臣들은 이미 세상을 떠나신 전前 월왕의 죄를 대신해서 이제 이곳에서 죽겠습니다."

말이 끝나자 그들은 오나라 진영 앞에 횡렬橫列로 늘어서더니 차례차례 칼을 들어 자기 목을 찌르고 하나씩 죽어 쓰러졌다.

영채 너머로 굽어보던 오나라 군사들은 이 전대미문前代未聞의 괴상한 광경에 깜짝 놀랐다.

"저게 웬일이냐!"

"도무지 까닭을 모르겠는 걸!"

오나라 군사들은 서로 이렇게 중얼대면서 기가 질려버렸다.

이때 월나라 진영에서 북소리가 요란하게 일어났다. 주무여와 서안은 이대二隊의 결사대를 거느리고 각기 커다란 방패로 앞을 가린 채 오나라 영채로 올라갔다.

그렇지 않아도 기가 질린 오나라 군사는 비로소 당황하기 시작했다. 그 결사대의 뒤를 이어 월왕 구천이 대군을 거느리고 계속 올라오지 않는가!

오른쪽 제계영諸稽郢과 왼쪽 영고부靈姑浮가 솔선해서 오나라 진영을 쳤다. 오나라 장수 왕손王孫 낙駱은 제계영을 맞이하여 죽음을 각오하고 싸웠다. 영고부는 분연히 칼을 휘두르며 좌충우돌하다가 바로 오왕 합려를 만났다.

월나라 장수 영고부는 번개같이 달려가 칼을 번쩍 들어 오왕 합려를 쳤다. 그러나 칼은 빗나가 오왕 합려의 오른발을 끊었다. 동시에 오왕 합려의 오른쪽 신발이 병거 아래로 굴러떨어졌다.

이때 오나라 장수 전의專毅가 군사를 거느리고 급히 달려와서 오왕 합려를 구출해냈다.

왕손 낙은 전의와 함께 부상당한 오왕 합려를 모시고 급히 군사를 거두고 달아나기 시작했다.

이에 월나라 군사는 달아나는 오나라 군사를 무찌르고 시살했다. 이리하여 오나라 군사는 반수 이상이 죽었다.

상처를 입은 오왕 합려는 즉시 회군하도록 명령을 내렸다.

한편 월나라 장수 영고부는 오왕 합려가 잃고 달아난 신발을 주워 월왕 구천에게 바쳤다. 월왕 구천은 오왕 합려의 피 묻은 신발을 보고 기뻐 어쩔 줄 몰랐다.

한편 오왕 합려는 본국으로 돌아가는 도중 상처의 고통을 견디지 못했다. 그는 이제 아주 늙어버린 것이었다.

오나라 군사가 오나라 7리 밖까지 돌아갔을 때였다. 수레 속에서 오왕 합려가 외마디 소리를 지르며 쓰러졌다. 장수들은 황급히 오왕 합려를 부축해 일으켰다. 그러나 오왕 합려는 이미 죽어 있었다.

이에 백비가 상거喪車를 모시고 먼저 오나라로 돌아갔다.

그리고 왕손 낙은 군사를 거느리고 남아서 월나라 군사가 뒤쫓아오지 못하도록 경비했다. 월나라 군사는 오왕 합려를 더 추격하지 않았다. 이에 왕손 낙도 군사를 거두어 서서히 오나라로 돌아갔다.

사신史臣이 이 일을 논평한 것이 있다.

오왕 합려는 지나치게 싸움을 좋아하다가 결국 그런 불행을 당한 것이다.

그리고 시로써 이 일을 읊은 것이 있다.

초楚나라를 격파하고 제齊나라를 깔보며 자못 의기가 높더니 또 월越나라를 먹으려고 군사를 일으켰도다.

싸움을 너무 좋아하면 결국 싸우다가 죽나니
모든 일이란 순리대로 해야지 날뛰면 못쓴다.
破楚凌齊意氣豪
又思吞越起兵刀
好兵終在兵中死
順水叮嚀莫放篙

오나라 세손 부차夫差는 성 밖에 나가서 상거를 영접해 돌아왔다. 그는 성복成服하고 오나라 왕위에 올랐다.

부차는 파초문破楚門 밖 해용산海涌山에다 합려의 장지를 정했다. 이에 공인工人들은 산을 파고 무덤을 만들었다. 하관할 때 전날 전제專諸가 쓴 비수匕首 어장魚腸도 함께 넣었다.

그외 칼과 갑옷 6,000벌과 황금과 구슬로 무덤 속을 가득 채웠다. 뿐만 아니라 산역山役한 공인들을 모조리 죽여 함께 끌어 묻었다.

그후 사흘째 되던 날이었다.

어떤 사람이 바라본즉 합려의 능陵 위에 큰 백호白虎 한 마리가 쭈그리고 앉아 있었다. 그래서 그후부터 그 해용산을 호구산虎邱山이라고 불렀다.

유식한 사람들은 말하기를 능 속에 워낙 많은 황금을 묻었기 때문에 그 정기精氣가 백호로 변해서 나타난 것이라고 했다.

후세 때 일이다.

육국六國을 통일한 진시황秦始皇이 사람을 시켜 합려의 무덤을 판 일이 있었다. 그러나 아무리 뒤져도 황금은커녕 칼 한 자루도 찾아내지 못했다. 그래서 합려의 무덤은 파헤쳐진 그대로 깊이 팬

땅이 되었다가 그후 물이 괴어서 다시 큰 못〔澤〕이 되고 말았다.

오늘날도 호구산에 가면 검지劍池라는 못이 있다. 그것이 바로 오왕 합려의 무덤이었던 곳이다.

그 당시 전의專毅도 부상당한 상처가 악화되어 죽었다. 그래서 호구산 뒤에다 전의를 묻었는데 그의 무덤은 지금도 어디에 있는지 모른다.

오왕 부차는 조부祖父 합려의 장례를 마치고 자기 아들 우友를 세자로 봉했다. 그리고 항상 시자侍者 열 사람을 교대로 궁전 뜰에 세웠다.

그 시자들은 오왕 부차가 출입할 때마다 큰소리를 질렀다.

"부차야! 너는 월왕이 너의 할아버지를 죽였다는 사실을 잊었느냐!"

시자들의 외침을 들을 때마다 오왕 부차는 걸음을 멈추었다. 그의 눈에선 눈물이 주르륵 흘러내렸다. 그러고는 힘있게 대답하는 것이었다.

"음, 내 어찌 잊을 리 있으리오!"

오왕 부차는 시자를 시켜 이렇듯 자기 결심을 다졌다. 그는 오자서와 백비에게 분부하여 태호太湖에서 수군水軍을 훈련시켰다. 또 영암산靈巖山에다 활터를 만들어놓고 군사들에게 밤낮없이 활 쏘는 법을 익히도록 했다.

오왕 부차는 할아버지의 삼년상三年喪만 벗고 나면 즉시 월나라로 쳐들어가서 원수를 갚을 작정이었다. 이때가 바로 주경왕 24년이었다.

한편, 진晉나라는 진경공晉頃公이 실정失政한 이후로 여섯 경사

卿士들이 각기 당파黨派를 세웠으니 그야말로 난장판이었다. 그들은 권세를 잡으려고 끊임없이 서로 죽이고 다투었다. 그래서 진나라는 혼란이 그치지 않았다.

그때 진나라의 순인荀寅과 범길사范吉射는 원래부터 친한 사이였다. 그래서 그들은 서로 통혼通婚하고 지내는 처지였다.

한편 한불신韓不信과 위만다魏曼多는 항상 그 두 사람을 미워했다.

이때 또 순역荀躒에게 사랑하는 가신 한 사람이 있었다. 그의 이름은 양영보梁嬰父였다. 그래서 순역은 양영보에게 경사卿士 벼슬을 시키려고 무진 애를 썼다. 양영보도 순역의 총애만 믿고서 단단히 야심을 품었다. 그는 순인을 내쫓고 그 자리에 자기가 대신 들어앉을 생각이었다. 뿐만 아니라 순역도 순인과 범길사 일당을 미워하고 있었다.

이때 상경上卿 벼슬에 있는 조앙趙鞅에게 사랑하는 친척 한 사람이 있었다. 그 사람의 이름은 조오趙午였다. 조앙은 조오에게 한단邯鄲 땅을 내주고 다스리게 했다.

그런데 그 조오의 어머니가 바로 순인의 여동생이었다. 그래서 순인은 조오를 조카라고 불렀다.

전에 말한 것처럼, 지난해에 위영공衛靈公이 제경공齊景公과 서로 짜고서 함께 진晉나라를 배반한 일이 있었다. 그때 진나라에선 조앙이 군사를 거느리고 가서 위나라를 쳤다. 이에 위나라는 겁을 먹고서 진나라에 한단 땅 호구戶口 500가家를 바치고 사죄했다.

그래서 조앙은 조오에게 그 한단 땅을 다스리게 했던 것이다.

그후 얼마 지나지 않아서 조앙은 위나라 한단 땅 500가구를 진나라 진양晉陽 땅으로 아주 이주시키기로 했다. 이때 진양은 땅에 비해 인구가 부족했다.

그러나 한단 땅을 다스리던 조오는 난처해졌다. 위나라 500가구 백성들이 진나라로 이주하는 것을 거절했기 때문이다.

마침내 조오는 위나라 원주민 편이 되어 조앙의 분부를 거절했다. 이에 조앙은 격노하여 친척인 조오를 진양으로 유인해서 잡아 죽였다.

순인은 자기 조카 조오를 죽인 조앙에게 앙심을 품었다.

이에 순인은 조오의 원수를 갚기 위해서 범길사와 의논하고 조앙을 치기로 작정했다. 이때 조앙의 가신으로 동안우董安于란 사람이 있었는데, 그는 조씨의 영지인 진양성晉陽城을 다스리고 있었다. 동안우는 순인과 범길사가 일을 꾸민다는 정보를 입수하고 즉시 강주성絳州城으로 가서 조앙에게 이 사실을 고했다.

"순인과 범길사가 손을 잡고 일단 난을 일으키면 그들을 진압하기 어렵습니다. 그러니 미리 만반의 준비를 하십시오."

조앙이 웃으며 대답한다.

"우리 진나라에선 먼저 사건을 일으킨 자를 죽이기로 법이 제정되어 있다. 그러니 그들이 난을 일으킬 때까지 기다렸다가 처치하리라."

동안우가 청한다.

"그때까지 기다렸다가 많은 피해를 입느니 차라리 저 혼자 죽는 편이 낫습니다. 그러니 제가 목숨을 걸고 그들과 맞부딪쳐보겠습니다."

조앙이 말린다.

"굳이 그렇게까지 할 필요는 없다. 잘못하다간 우리가 저들에게 되잡힐지도 모르니 경거망동하지 마라."

이에 동안우는 조씨의 가병을 대기시키고 변란이 일어나기만 기다렸다.

마침내 순인과 범길사가 그 일당에게,

"동안우가 군사를 일으켜 우리를 해치려 하니 이대로 그냥 있을 수 없다."

하고 즉시 조씨 일파를 치기 위해 군사를 일으켰다.

그날로 그들은 궁궐 같은 조앙의 집을 포위했다.

그러나 미리 대기하고 있던 동안우가 군사를 거느리고 나가서 그들과 싸워 혈로血路를 열었다. 동안우는 조앙을 호위하고 곧장 진양성晉陽城으로 달아났다.

진양성으로 도망쳐온 조앙은 혹 순인과 범길사가 추격해오지나 않을까 겁이 나서 성을 더욱 높이 쌓고 굳게 지켰다.

한편, 순역荀躒이 그의 일당인 한불신韓不信과 위만다魏曼多에게 말한다.

"지금 순인과 범길사가 임금의 허락도 받지 않고 자기들 마음 대로 우리 진나라 육경六卿의 장長인 조씨를 몰아냈소. 이제 순인, 범길사 두 집이 이 나라 권세를 잡게 되었으니 우리가 그냥 보고만 있을 순 없소!"

한불신이 대답한다.

"자고로 우리 진나라에선 먼저 난을 일으킨 자를 처벌하기로 되어 있지 않습니까? 그러니 이 기회에 순인과 범길사를 아예 몰아냅시다."

이에 순역 · 한불신 · 위만다 세 사람은 궁에 가서 진정공晉定公에게 순인 일당을 쳐야 한다고 주장했다.

이때 진정공은 그야말로 신하들에게 권세를 다 빼앗긴 허수아비에 불과했다.

그들은 진정공을 데리고 각기 가병을 거느리고서 순인과 범길사를 쳤다. 순인과 범길사는 힘껏 싸웠으나 도저히 이길 가망이 없었다. 그때 범길사는 진정공이 그들에게 끌려나와 있는 것을 보았다. 그는 진정공을 뺏어오려고 달려갔다.

순간 한불신이 싸움을 구경하려고 모여든 백성들에게 큰소리로 외친다.

"보아라! 모반한 범길사가 상감을 납치하려고 한다!"

이에 백성들은 그런 줄로만 믿고서 일제히 달려나가 진정공을 호위했다. 드디어 순역·한불신·위만다는 백성들의 응원까지 받아가며 순인과 범길사의 가병들을 닥치는 대로 쳐죽였다.

이날 순인과 범길사는 결국 조가朝歌 땅으로 달아났다.

한불신이 진정공에게 아뢴다.

"난을 일으킨 순인과 범길사를 내쫓았으니, 이젠 대대로 우리 진나라에 큰 공을 세운 조씨의 자손 조앙을 불러들여 다시 지난날의 벼슬에 앉히십시오."

진정공은 무엇이든 시키는 대로만 했다.

이리하여 조앙은 진양晉陽에서 다시 돌아와 지난날의 벼슬 자리에 앉았다.

양영보梁嬰父가 순역에게 청한다.

"이제 순인은 달아나고 없습니다. 제가 순인 대신 경卿 자리에 오를 수 있도록 주선해주십시오."

원래부터 순역은 양영보에게 경 벼슬을 시키려고 애쓰던 차라 조앙에게 이 일을 잘 봐달라고 부탁했다.

이에 조앙이 동안우董安于에게 묻는다.

"순역이 자꾸 나에게 양영보를 경으로 승진시키라는데 그대 뜻은 어떠한가?"

동안우가 대답한다.

"요즘 우리 진나라는 너무 당파가 많습니다. 그래서 자주 변란이 일어나는 실정입니다. 만일 양영보가 경이 된다면 이는 또 하나의 순인이 생겨나는 것과 다름없습니다."

그래서 조앙은 마침내 양영보에게 경 벼슬을 주지 않았다.

그후 양영보는 동안우 때문에 자기가 경이 되지 못한 것을 알고 분을 삭이지 못했다.

양영보가 순역의 집에 가서 말한다.

"한불신과 위만다는 다 조씨의 일당입니다. 그러므로 지금 대감의 형세가 매우 고단합니다. 그런데 뒤에서 조씨를 조종하는 것은 바로 그의 가신 동안우입니다. 대감께선 왜 동안우를 없애버리지 않으십니까?"

순역이 묻는다.

"어떻게 하면 동안우를 없애버릴 수 있을꼬?"

"지난날 동안우가 미리 군사를 대기시켰기 때문에 순인과 범길사 일당이 난을 일으킨 것입니다. 그러니 애초에 난을 일으킨 책임은 동안우에게 있지 않습니까?"

순역은 알았다는 듯이 두어 번 머리를 끄덕였다.

마침내 순역은 조앙을 불러 이번에 난이 생기게 된 모든 책임은 동안우에게 있다고 지적하고 책망했다.

겁이 난 조앙은 돌아가서 동안우에게 이 일을 말했다.

"그대는 꼼짝없이 이번 사건을 일으킨 근본 책임자가 되었으니 이 일을 어찌할꼬?"

동안우가 대답한다.

"그러기에 제가 지난날에 저만 혼자 죽으면 만사가 잘된다고 했습니다. 그러나 이제라도 제가 죽고 조씨가 잘된다면 무엇을 걱정하겠습니까?"

이날 동안우는 집에 돌아가서 목을 매고 자살했다.

조앙은 동안우의 시체를 시정市井에 내놓고 백성들에게 공개했다.

그러고 나서 조앙이 순역에게 가서 고한다.

"동안우는 이번 사건의 책임을 지고 죽었습니다."

그제야 순역은 조앙과 함께 다시 결당結黨하여 서로 도왔다.

조앙은 자기 집 가묘家廟에다 몰래 동안우의 신주神主를 모셔 놓고 봄가을로 제사를 지냈다. 그의 충성과 공로에 보답하기 위해서였다.

한편 조가朝歌 땅으로 도망간 순인과 범길사는 호시탐탐 기회만 노리고 있었다. 그래서 평소 진晉나라를 미워하던 모든 나라 제후는 조가 땅에 있는 순인과 범길사를 은근히 원조했다.

이에 조앙은 누차 군사를 일으켜 조가 땅을 쳤다. 그러나 그럴 때마다 특히 제齊·노魯·정鄭·위衛 등 여러 나라가 조가 땅으로 곡식과 무기를 보내어 은근히 원조했다. 그래서 조앙은 순인과 범길사를 무찌르지 못했다.

그러는 중에 주경왕 30년이 되었다.

마침내 조앙은 한불신·위만다·순역 등 삼가三家의 군사를 모조리 일으켜 조가 땅을 쳤다.

비로소 조가 땅은 함락되고 순인과 범길사는 한단邯鄲 땅으로 달아났다가 다시 몰려 백인柏人 땅으로 쫓겨갔다. 그러나 오래지 않아 다시 진나라 군사가 쳐들어가서 백인성柏人城을 함몰시켰다.

이에 순인과 범길사의 일당인 범고이范皐夷와 장유삭張柳朔은 전사했고, 예양預讓*은 순역의 아들 순갑荀甲에게 사로잡혔다. 그러나 예양은 또 순갑의 아들 순요荀瑤에게 잘 말해서 죽지 않고 마침내 순역의 신하가 되었다.

이에 순인과 범길사는 아주 제나라로 달아나버렸다.

참으로 슬픈 일이다.

순임보荀林父의 오대째 자손이 순인이며, 사위士蔿의 칠대째 자손이 범길사(사씨士氏가 진晉나라 범范 땅을 받은 이후로 범씨范氏가 되었다는 건 이미 말한 바다)이니, 그들의 조상은 다 지난날 진나라의 일등 공신이 아니었던가.

그러나 그 자손들은 탐욕과 횡포 때문에 그들의 종족을 망치고 말았다. 어찌 애달픈 일이라 아니 할 수 있으리오.

이리하여 진나라 육경六卿 중에서 순인과 범길사는 망하고, 조앙·한불신·위만다·순역 등 사경四卿만 남아서 권세를 잡았다.

염선髥仙이 시로써 이 일을 읊은 것이 있다.

진나라 권세를 잡은 육경이 합치기도 하고 서로 싸워 망하기도 했으니
이것이 다 각기 씨족을 위한 세력 다툼이었다.
이제 남은 네 씨족이 또 서로 싸우게 되었으니
차라리 범씨 일족만이라도 그냥 두어둔 것만 못하다.
六卿相幷或存亡
總是私門作主張
四氏瓜分謀愈急
不如留却范中行

이야기는 다시 지난날로 돌아간다. 주경왕 26년 봄 2월의 일이었다. 이때는 오나라 오왕吳王 부차夫差가 상복을 벗은 지도 오래되었다.

드디어 오왕 부차는 태묘에 고하고 오나라 군사를 모조리 일으켰다. 오자서伍子胥가 대장이 되고 백비伯嚭가 부장이 되어, 태호太湖의 물길을 따라 월越나라로 쳐들어갔다.

한편, 월왕 구천句踐도 모든 신하와 함께 상의하고 군사를 일으켜 쳐들어오는 오나라 군사를 맞이해 쳐부수기로 했다.

그러나 대부 범려范蠡*가 신하들 가운데 홀로 나아가 월왕 구천에게 아뢴다.

"오나라는 전번에 그들의 임금 합려闔閭가 우리 나라를 치다가 전사한 것을 철천지한으로 여기고 우리 나라를 치려고 맹세한 지도 벌써 3년이 지났습니다. 그래서 지금 오나라 군사들은 분노가 하늘을 찌를 듯하고 힘이 대단합니다. 그러니 우리로선 도저히 오나라 군사를 대적할 수 없습니다. 차라리 군사를 거두고 굳게 지키는 것만 못합니다."

대부 문종文種이 아뢴다.

"신의 어리석은 소견으로는 우리가 먼저 그들에게 사죄하고 화평을 청한 후에 그들이 물러가기를 기다렸다가 다시 일을 도모하는 것이 좋을 줄로 압니다."

월왕 구천이 두 신하에게 대답한다.

"범려는 굳게 지키자 하고 문종은 화평을 청하자고 하지만 그건 다 좋은 계책이 아니다. 오나라는 대대로 우리 나라와 원수간이다. 그들이 쳐들어오는데 싸우지 않는다면 내 장차 어찌 이 나라를 통솔하리오."

이에 월왕 구천은 월나라 군사와 장정을 모조리 소집하여 무장시켰다. 이리하여 월나라 군사는 모두 3만여 명에 달했다.

드디어 월나라 군사는 초산椒山 아래에서 오나라 군사를 맞이하여 싸웠다. 이 싸움에서 오나라 군사는 100여 명의 사상자를 내고 후퇴했다.

월왕 구천은 이긴 기세를 몰아 즉시 오나라 군사를 뒤쫓아갔다. 그는 얼마쯤 추격하다가 오왕 부차의 대군을 만나 서로 진을 치고 다시 대격전을 벌였다.

오왕 부차는 배를 타고 강 한가운데서 친히 북을 울리며 모든 장수와 군사를 격려했다. 이에 오나라 군사는 사기충천하여 용감히 싸웠다.

이때 문득 북풍이 세게 불어와서 파도가 미친 듯 날뛰었다.

이에 오자서와 백비는 커다란 함선艦船을 타고 돛을 달고 강물을 따라 내려가면서 월나라 군사가 있는 언덕을 향해 빗발치듯 활을 쏘았다.

월나라 군사는 바람 따라 날아오는 화살을 당해낼 도리가 없어서 대패해 달아났다. 이에 오나라 군사는 세 길로 나뉘어 월나라 군사를 추격했다. 이때 월나라 장수 영고부靈姑浮는 배가 뒤집히는 바람에 물에 빠져 죽고, 서안胥狂은 화살에 맞아 죽었다. 오나라 군사는 승세를 놓치지 않고 월나라 군사를 마구 무찔러 죽였다. 이리하여 전세는 역전했다.

대패한 월왕 구천은 고성固城 땅으로 달아나 겨우 숨을 돌렸다. 동시에 오나라 군사는 겹겹으로 고성 땅을 포위하고 성안으로 뻗어들어가는 물줄기를 모조리 끊어버렸다.

오왕 부차가 만면에 미소를 띠고 말한다.

"열흘 안에 월나라 군사는 다 목이 말라 죽을 것이다."

그러나 고성 안에 우뚝 솟은 산꼭대기엔 영천靈泉이란 샘이 있었다. 그 영천엔 고기가 많았다. 월왕 구천은 고기 수백 마리를 잡아 오왕 부차에게 보냈다. 오왕 부차는 그 물고기를 보고 적이 놀랐다.

한편 월왕 구천은 범려范蠡에게 고성을 굳게 지키도록 맡기고 친히 샛길로 빠져나가 회계산會稽山에 가서 군사를 점검했다. 그러나 남은 군사라곤 겨우 5,000여 명밖에 없었다.

월왕 구천이 길이 탄식한다.

"선군先君이 세상을 떠나신 후 내가 왕위에 오른 지 3년 동안에 이렇듯 패한 일은 일찍이 없었다. 내가 범려와 문종 두 대부의 말을 듣지 않았다가 이 지경이 되었구나!"

게다가 하루에도 세 번씩 고성으로부터 급한 소식이 왔다. 범려가 보낸 소식에 의하면, 오나라 부장 백비는 성 밖 왼편에 영채를 세우고 오자서는 바른편에 영채를 세우고서 밤낮없이 공격을 가하니 더 지탱할 도리가 없다는 것이었다.

월왕 구천은 어찌할 바를 몰랐다. 곁에서 문종이 아뢴다.

"사세가 매우 급합니다. 지금이라도 화평을 청하면 늦지 않으리이다."

"우리가 화평을 청해도 저편에서 들어주지 않으면 어찌할꼬!"

문종이 대답한다.

"오나라 태재太宰 백비는 재물과 여색을 좋아하며 시기하는 마음이 대단한 사람입니다. 그는 지금 오자서와 함께 벼슬을 살지만 속뜻은 서로 맞지 않습니다. 오왕 부차는 오자서가 만만치 않아서 은연중 백비를 좋아하는 실정입니다. 그러니 백비의 영채에 가서 그의 환심을 사면 화평이 이루어질 것입니다. 오왕 부차는 백비의 말이면 다 잘 듣습니다. 나중에 오자서가 알고 방해한다 해도 소용없을 것입니다."

"그러면 경은 백비에게 어떤 뇌물을 갖다줄 생각인가?"

"군중軍中에 없는 것은 여자입니다. 진실로 아름다운 여자를 데리고 가면, 그리고 하늘이 우리 월나라를 돕는다면 백비가 우리의 요구를 들어줄 것입니다."

월왕 구천은 즉시 문종을 월나라 도성으로 보냈다.

도성에 당도한 문종은 궁녀들 중에서 가장 아름다운 여자 여덟 명을 뽑아 옷을 화려하게 차려입혔다. 그리하여 백옥白玉 20쌍과 황금 1,000일과 미인 여덟 명을 데리고 한밤중에 백비의 영채로 갔다.

문종은 백비를 만나보러 왔다고 청했다.

백비는 처음엔 만나보지 않으려고 하다가 다시 생각을 고쳐,

"음 그래, 월나라 문종이 어떻게 혼자 왔느냐?"
하고 수하 군사에게 물었다.

수하 군사가 아뢴다.

"아름다운 여자들과 함께 많은 물건을 가지고 왔습니다."

"그럼 이리로 안내하여라."

백비는 즉시 분부하고 잔뜩 거드름을 피우며 자세를 고쳤다.

이윽고 문종이 들어와서 무릎을 꿇고 말한다.

"우리 나라 임금 구천은 워낙 아는 것이 없어서 능히 오나라를 잘 섬기지 못하고 많은 죄를 지었습니다. 이젠 우리 임금께서도 후회하시고 오나라 신하가 되시기로 작정하셨습니다. 그러나 우리 임금은 오왕께서 이를 허락하지 않으실까 하고 근심 중에 있습

니다. 장군께선 공덕이 높으사 밖으론 오나라 간성干城이시며, 안으론 오왕을 가장 가까이에서 모시는 태재太宰로 계신지라. 그래서 한 말씀 드리려고 보잘것없는 물건이나마 조금 가지고 왔습니다."

이에 문종은 자기가 데리고 온 미인과 함께 물품 명단名單을 바쳤다.

백비가 엄숙한 표정을 지으면서 꾸짖는다.

"월나라가 망하는 것은 시간 문제다. 그때에 가선 월나라 물건이 모두 우리 오나라 것이 될 텐데, 그래 이런 시시한 걸 가지고 와서 나를 설득하려는 거냐!"

문종이 태연히 백비 앞에 가까이 가서 말한다.

"우리 월나라 군사가 비록 패했으나 아직도 회계會稽 땅엔 정병 5,000이 남아 있습니다. 그들은 장차 생명을 걸고 귀국 군사와 싸울 결심입니다. 그리고 만일 싸워서 지는 때엔 부고에 쌓여 있는 모든 보물을 다 불살라버리고 초나라로 달아나 초왕楚王을 섬길 작정입니다. 그렇게 되면 우리 월나라 물건이 어찌 다 오나라의 소유가 되겠습니까? 또 설사 월나라 물건이 모두 오나라의 소유가 된다 할지라도 오왕이 거의 다 차지할 것이며, 태재와 귀국 장수들은 그중 몇 가지를 차지할까 말까입니다. 우리 임금께선 지금 오왕께 몸을 맡기려는 것이 아니라 실로 태재께 몸을 맡기려는 것입니다. 태재의 힘으로 이번 화평이 성립된다면 그만큼 태재의 공도 커집니다. 그리고 우리 나라는 봄가을로 공물貢物을 보내되 오나라 궁에 보내기 전에 먼저 태재의 부중에 바칠 생각입니다. 그러면 결국 오왕보다도 태재가 직접 우리 월나라를 마음대로 부릴 수 있습니다. 만일 태재께서 거절하신다면 우리는 목숨을 걸고 오나라 군사와 일대 결전을 벌일 수밖에 없습니다. 장차 어떠한 사태가 벌어질지 누가 알겠습니까?"

태재 백비는 문종이 이해로써 타이르는 말을 듣고 흐뭇해졌다. 태재 백비가 머리를 끄덕이면서 미소를 짓는다.

문종이 선뜻 물품 목록을 펴보이면서 말한다.

"여기에 있는 미인 여덟은 다 월나라 궁에서 뽑은 일등 미색美色들입니다. 만일 우리 임금께서 살아서 궁으로 돌아가시게만 되면 다시 월나라 민간에 묻혀 있는 미인들까지 구해서 태재의 부중府中을 소제시킬 작정입니다."

태재 백비가 벌떡 일어서며 말한다.

"대부가 우영右營의 오자서에게 가지 않고 특히 나를 찾아준 것은 내가 위기에 빠져 있는 월나라를 해칠 생각이 없다는 걸 잘 알기 때문에 온 것이리라. 내 마땅히 내일 아침에 그대를 데리고 오왕에게 가서 이 일을 결정짓겠소."

태재 백비는 마침내 미인과 물품을 다 받고 문종을 영중營中에 머물도록 했다.

이튿날 새벽 일찍 태재 백비는 문종을 데리고 중군中軍 영채로 갔다.

태재 백비가 먼저 들어가서 오왕 부차에게 월나라 대부 문종이 와서 화평을 청한다고 아뢨다.

오왕 부차가 화를 버럭 낸다.

"과인은 월나라와 철천지원수간이다. 내 어찌 원수와 화평할 수 있으리오!"

백비가 아뢴다.

"왕께선 지난날에 손무孫武가 한 말을 기억하십니까? 곧 '군사는 흉기이니 잠깐 쓸 것이지 오래 써서는 안 된다'고 했습니다.

월나라가 비록 우리에게 큰 죄를 지었으나 이젠 화평을 청하러 신하까지 보내왔습니다. 더구나 그 말을 들어본즉 월왕은 신하의 신분으로 우리 오나라를 섬기겠다 하며, 월나라에 있는 모든 보물을 다 우리 오나라에 바치겠다고까지 합니다. 그 대신 월왕이 왕께 바라는 바는 그저 자기 나라 종묘나 받들게 해달라는 것입니다. 우리는 월나라에서 많은 이익을 취하고도 월나라를 용서해주었다는 칭송을 들어야 합니다. 이렇게 명성과 이익을 동시에 차지하면 우리 오나라는 가히 패업을 성취할 수 있습니다. 이와 반대로 우리가 끝까지 궁지에 빠진 월나라를 친다면 그 결과가 어찌 되겠습니까. 문종의 말에 의하면 월왕 구천은 종묘와 궁성과 부고府庫와 처자까지 모조리 불살라버리고 황금과 보물을 다 강물에 넣고 결사대 5,000명을 거느리고 싸우다가 죽겠다는 것입니다. 일이 그렇게 되면 어찌 우리 군사인들 손상이 없겠습니까. 죽음을 각오한 그들과 싸우느니 속히 우리의 실속을 차리는 것이 좋을 줄로 압니다."

오왕 부차가 묻는다.

"지금 문종은 어디 있느냐?"

"군막 밖에서 대왕의 분부만 기다리고 있습니다."

오왕 부차는 문종을 불러들이라고 분부했다.

이에 문종은 무릎으로 기어들어가서 오왕 부차를 뵈옵고 태재 백비에게 말한 바를 다시 아뢴 후 무수히 머리를 조아렸다.

오왕 부차가 묻는다.

"너의 임금 부부夫婦가 다 우리 오나라 신첩臣妾이 되겠다고 한다지! 그럼 과인을 따라 오나라로 가겠다더냐?"

문종이 다시 머리를 조아리고 아뢴다.

"이미 신첩이 된 이상은 죽고 사는 것이 다 대왕의 뜻에 달려 있습니다. '어찌 분부대로 거행하지 않겠습니까."

곁에서 태재 백비가 조언한다.

"구천 부부는 우리 오나라에 가기를 원하고 있습니다. 우리는 비록 월나라를 용서해줄지라도 그 실속을 차지하게 되는 것입니다. 그러하거늘 왕께선 또 무엇을 더 바라십니까?"

마침내 오왕 부차는 화평하기로 허락했다.

이 소식은 곧 우영右營에 있는 오자서에게 전해졌다. 오자서는 말을 타고 급히 중군 영채로 달려갔다.

오자서는 태재 백비가 월나라 대부 문종과 함께 오왕 부차를 모시고 있는 걸 보고서 노여움이 끓어올랐다.

"왕께선 이미 월나라에 화평을 허락하셨나이까?"

"이미 허락하였노라."

오자서가 부르짖는다.

"화평을 해선 안 됩니다! 화평을 해선 안 됩니다!"

이 소리에 월나라 대부 문종은 얼굴이 흙빛으로 변했다. 문종은 몇 걸음 물러서서 오자서의 다음 말에 귀를 기울였다.

오자서가 간한다.

"우리 오나라와 월나라는 서로 국경을 접한 이웃 사이입니다. 두 나라는 공존할 수 없는 처지에 있습니다. 우리가 월나라를 없애버리지 못하면 반드시 월나라가 우리 오나라를 없애버리고야 말 것입니다. 만일 우리가 진晉나라나 진秦나라를 쳐서 이긴다 할지라도 워낙 거리가 멀기 때문에 그곳에 가서 살 수 없습니다. 그러나 월나라를 쳐서 이기면 우리는 그 땅에 가서 살 수 있으며 월나라의 배를 탈 수 있습니다. 생사를 판가름하는 이런 중대한 이익을 어찌하여 포기하려 하십니까? 더구나 선왕의 원수인 월나라를 없애버리지 않으면 지난날의 맹세는 어찌하시렵니까?"

오왕 부차는 아무런 대답을 하지 못하고 태재 백비에게로 시선을 돌렸다.

태재 백비가 오왕 부차에게 아뢴다.

"승상 오자서는 잘못 생각하고 있습니다. 지난날 선왕께선 우리 오나라를 건국하실 때 수륙水陸으로 친선하는 손길을 펴셨습니다. 곧 우리 오나라는 월나라와 수로水路로써 서로 의誼를 맺고 동시에 진晉나라와 진秦나라와는 육로陸路로써 서로 의를 맺었습니다. 만일 오자서의 말처럼 오나라와 월나라가 수로로 인접해 있기 때문에 서로 공존할 수 없다면, 육로로 인접해 있는 진晉 · 진秦 · 제齊 · 노魯 여러 나라는 서로 공존하지 못하고 벌써 한 나라로 통합되었어야 할 것 아닙니까? 또 오자서는 선왕의 원수이기 때문에 월나라를 용서할 수 없다고 합니다만, 만일 그렇다면 그는 자기 원수 나라인 초楚나라를 쳤을 때 반드시 아주 없애버렸어야 할 것입니다. 그런데 결국은 초나라와 화평을 맺었습니다. 더구나 우리는 초나라와 화평 할 때 오자서가 데리고 다니던 공자 승勝이 초나라에서 살 수 있도록 보장받은 데 불과했습니다. 그것과 지금 월왕 구천 부부가 우리 오나라에 와서 비복婢僕이 되겠다는 것과 비교해보십시오. 어느 쪽이 우리에게 더 유리합니까? 지금 오자서는 왕께 충성을 다한다면서 이 일을 반대하지만, 그렇게 되는 날엔 왕께선 잔인하다는 소문만 남기고 맙니다. 진실로 충신이라면 누구도 이 일을 반대하지 않을 것입니다."

오왕 부차가 흐뭇해하면서 말한다.

"태재의 말이 이치에 합당하다. 승상은 잠시 물러가오. 월나라에서 공물이 오면 승상에게도 섭섭치 않도록 나눠주겠소."

오자서는 기가 막혔다.

'내 지난날에 관상쟁이 피이被離의 말을 듣지 않고 백비를 썼다가 이제 간신과 함께 일하게 되었구나!'

오자서는 속으로 길이 탄식하고 막부幕府를 나왔다.

오자서가 대부 왕손王孫 웅雄에게 말한다.

"월나라는 앞으로 10년이면 회복할 것이며, 다시 10년 동안 준비하면 일어날 것이오. 그러니 불과 20년 안에 우리 오나라 궁성은 큰 늪〔沼〕으로 변하고 말 것이오!"

그러나 대부 왕손 웅은 오자서의 이 의미심장한 예언을 믿지 않았다.

오자서가 우영으로 돌아간 후였다.

오왕 부차가 월나라 대부 문종에게 분부한다.

"너는 돌아가서 월왕에게 화평이 성립되었다는 걸 말하고 친히 우리 오나라 군사 앞에 와서 감사를 드리라고 하여라. 그리고 월왕 부부가 언제 우리 오나라로 올 것인지 그 기일을 정해서 고하라고 하여라."

월나라 대부 문종이 대답한다.

"우리 나라 왕께선 대왕의 은덕으로 목숨을 보존하셨으니 잠시 도성에 돌아가서 모든 보물을 거두어 오나라에 바쳐야 할 것입니다. 그러니 대왕께선 넉넉히 여유를 주십시오. 만일 신이 거짓말을 아뢴다면 우리 왕인들 어찌 대왕의 손에서 죽음을 면하겠습니까."

오왕 부차가 연방 머리를 끄덕이고 분부한다.

"그럼 넉넉히 말미를 줄 테니 월왕 구천은 5월 중순에 나의 신하로서 오나라에 들어오도록 하여라."

이에 왕손 웅은 월왕을 감시하기 위해서 월나라 대부 문종과 함께 떠나갔다.

그리고 태재 백비는 군사 1만 명을 거느리고 오산吳山에 영채를 세웠다. 곧 월왕 부부가 기일이 되어도 오지 않으면 그들은 다시 월나라를 무찌를 작정이었다.

이렇게 모든 조치를 취하고, 오왕 부차는 우선 대군을 거느리고 본국으로 돌아갔다.

섶에 누워 쓸개를 핥다

월越나라 대부 문종文種이 돌아가서 월왕越王 구천句踐에게 아린다.

"오왕吳王은 화평을 허락하고 군사를 거느리고서 오나라로 돌아갔습니다. 오나라 대부 왕손王孫 웅雄이 신과 함께 온 것은 대왕의 출발을 재촉하기 위해서입니다. 또 오나라 태재 백비伯嚭는 강변江邊 산 위에 군사를 대기시키고 있습니다. 곧 대왕께서 강을 건너 오나라로 들어오기를 기다리고 있는 것입니다."

이 말을 듣고 월왕 구천은 하염없이 울었다.

문종이 다시 아린다.

"오나라로 떠나셔야 할 5월 중순도 머지않았습니다. 왕께선 속히 나랏일을 대충 정리하십시오. 쓸데없이 울고만 계실 때가 아닙니다."

월왕 구천은 눈물을 썼고 도읍인 제기諸暨로 돌아갔다. 시가市街는 전과 다름없었지만 여기저기에서 군사들은 힘없이 목을 숙이고 있었다.

오나라 대부 왕손 웅은 역관에 거처를 정하고 제반사를 감시했다.

월왕 구천은 부고에 있는 보물을 모두 내어 수레에 싣고, 여자 330명을 뽑아 우선 그중 300명을 오왕 부차에게 보내고 30명을 태재 백비에게 보냈다.

아직 5월 중순도 안 되었는데 오나라 대부 왕손 웅은 월왕 구천에게 속히 떠날 생각은 하지 않고 뭘 꾸물거리느냐고 성화를 대기 시작했다.

월왕 구천이 울면서 모든 신하에게 말한다.

"나는 선왕先王께서 남겨주신 업적을 이어받아 잠시도 쉬지 않고 국가를 위해 힘써왔다. 그런데 이번 초산椒山 싸움에서 한번 패하자 마침내 국가는 망하고, 이 몸은 천리 먼 곳으로 잡혀가게 되었다. 이제 떠나면 돌아올 날이 없겠구나!"

이에 모든 신하가 흐느껴 울었다.

문종이 선뜻 나아가 아뢴다.

"옛날에 탕왕湯王은 하대夏臺에 수금囚禁되었고, 문왕文王은 유리羑里에 사로잡혀 있었으나 그들은 그후로 한번 일어나자 다 천자天子가 되었습니다. 또 제환공齊桓公은 일찍이 거莒나라로 달아났고, 진문공晉文公은 책翟나라에 망명했으나 그후 그들은 한번 일어나자 천하 패권을 장악했습니다. 그러므로 괴롭고 어려운 역경을 겪지 않고는 위대한 왕도 될 수 없으며, 패권도 잡을 수 없습니다. 왕께선 하늘의 뜻을 받고 다시 일어날 때를 기약하시지 왜 과도히 슬퍼하사 스스로 굳은 뜻을 손상하십니까?"

그날로 월왕 구천은 종묘에 제사를 지내고 출국出國을 고했다.

이에 오나라 대부 왕손 웅은 하루 앞서 먼저 떠났다.

이튿날이었다.

월왕 구천은 부인을 데리고 왕손 웅의 뒤를 따라 출발했다.

월나라의 모든 신하는 떠나는 월왕 구천을 전송하려고 절강浙 江까지 따라나갔다. 범려는 이미 고릉固陵에 배를 대놓고 있었다.

월왕 구천이 배에 타려고 할 때였다. 문종이 술잔을 올리며 축 수祝手한다.

"황천皇天은 우리 왕을 도우소서. 처음엔 괴롭히실지라도 후엔 반드시 영광이 있게 하소서. 불행한 자로 하여금 덕을 기르게 하 시고, 근심 걱정으로 하여금 복이 되게 하소서. 위세를 자랑하는 자를 망하게 하시고, 하늘의 뜻에 복종하는 자를 번영케 하소서. 한번 불행한 자에겐 다시 불행이 없게 하소서! 오늘날 임금과 신 하가 생이별을 고하니 황천도 감동하실지라! 어찌 모든 신하와 백 성의 애간장이 끊어지는 듯하지 않으리이까. 신臣은 청컨대 왕께 육포肉脯를 바치고 석 잔 술을 올리나이다."

월왕 구천은 하늘을 우러러 탄식하고, 술잔을 받아들고 하염없 이 눈물만 흘릴 뿐 말이 없었다.

범려가 앞으로 나아가 아뢴다.

"신이 듣건대 불행이 없으면 그 뜻을 넓힐 수 없으며, 근심이 없으면 앞날을 내다볼 수 없다고 하옵니다. 자고로 성현聖賢들도 다 갖은 고생과 고난을 겪었거늘 어찌 왕께서만 이를 면하려 하시 나이까."

월왕 구천이 말한다.

"옛날에 요堯임금은 순舜과 우禹에게 정사政事를 맡겨 천하를 다스렸는데, 비록 홍수洪水가 범람했지만 큰 해는 없었다고 하더 라. 과인은 이제 고국을 떠나며 모든 대부에게 이 나라를 부탁하

노라. 모든 대부는 무엇으로써 과인이 바라는 바를 위로하려느
냐?"

범려가 대답 대신 돌아서서 모든 대부를 향해 묻는다.

"듣건대 임금께 근심이 있으면 이는 신하 된 사람의 치욕이며,
임금이 욕을 당하면 신하는 죽어야 마땅하다고 합디다. 이제 왕께
서 적국敵國에 가시니 이것이 바로 우리 신하 된 사람들의 다 같
은 치욕이라! 그러니 어찌 우리 월나라에 왕의 근심을 나누어 맡
고 우리의 치욕을 분풀이할 만한 인물들이 없겠소?"

모든 대부가 일제히 응한다.

"우리는 다 왕명王命을 받은 사람들이오. 그 누구라 신자臣子가
아니겠소."

월왕 구천이 말한다.

"모든 대부는 과인을 버리지 마라. 그러면 누가 나와 함께 오나
라에 가서 고생할 것이며, 누가 남아서 나라를 지켜야 할지 각기
말하라."

문종이 아뢴다.

"국내 백성에 관한 일은 신이 범려보다 잘 압니다. 임금을 모시고
매사를 주선하며 임기응변하는 데는 범려가 신보다 훨씬 낫습니다."

범려가 잇달아 아뢴다.

"왕께선 문종에게 나랏일을 맡기십시오. 문종은 그가 말한 바
와 같이 군량軍糧과 전쟁 준비에 힘쓰며, 백성들을 단결시키고 잘
통솔할 것입니다. 신은 왕을 모시고 가서 여하한 고생을 겪을지라
도 반드시 다시 돌아와서 오나라에 원수를 갚기까지 이 몸을 아끼
지 않겠습니다."

모든 대부가 각기 자기 소견을 아뢴다.

먼저 태재太宰 벼슬에 있는 고성苦成이 아뢴다.

"임금의 명령을 백성에게 펴고, 임금의 덕을 밝히고, 복잡한 것을 통합하고, 어려운 일을 다스려서 백성들로 하여금 그 본분을 알게 하는 것이 신의 직분입니다."

다음은 행인行人* 벼슬에 있는 예용曳庸이 아뢴다.

"모든 나라 제후에게 사자를 보내어 여러 가지 분규를 해결하고, 서로의 의혹을 풀되 다른 나라에 가서는 국가의 체면을 손상시키지 않고, 국내에 돌아와서는 비난을 받지 않도록 하는 것이 신의 직분입니다."

사직司直* 벼슬에 있는 호진皓進이 아뢴다.

"항상 임금께 직언直言으로 간하여 잘못을 깨닫게 하고, 의심나는 점을 판단하게 하고, 주위 환경에 흔들리지 않게 하고, 친척만을 신임하는 일이 없도록 하는 것이 신의 직분입니다."

사마司馬 벼슬에 있는 제계영諸稽郢이 아뢴다.

"적에 대해서 진을 치고, 군사를 거느리고, 화살을 날리며 목숨을 걸고서 나아가는 것이 신의 직분입니다."

사농司農* 벼슬에 있는 고여皐如가 아뢴다.

"항상 백성을 위로하고, 죽은 자를 조상弔喪하고, 병든 자를 치료하고, 낭비하지 않고 절약해서 곡식을 창고에 저축하는 것이 신의 직분입니다."

태사太史* 벼슬에 있는 계예計倪가 아뢴다.

"천기天氣와 지리地理를 살피고, 계절季節과 음양陰陽을 잘 다스리고, 길흉吉凶을 미리 판단하는 것이 신의 직분입니다."

이에 월왕 구천이 거듭 당부한다.

"내 비록 북쪽으로 들어가 오나라에서 비참한 포로 생활을 할지라도, 모든 대부는 덕을 품고 재주를 써서 각기 능한 바를 발휘하고 사직을 잘 보호하라. 이것이 나의 부탁이다. 경들이 그렇게만 해준다면 내 무엇을 근심하리오."

모든 대부는 남아서 나라를 지키기로 하고, 범려만이 월왕 구천과 함께 오나라로 가게 되었다.

마침내 임금과 신하가 강가에서 이별한다. 전송하는 신하와 떠나는 임금이 모두 방성통곡했다.

월왕 구천이 하늘을 우러러 탄식한다.

"사람은 누구나 죽음을 무서워한다. 그러나 죽어야만 모든 시름을 잊게 되는가!"

월왕 구천이 배에 타자 배는 떠났다. 모든 신하는 강 언덕에 엎드려 또다시 대성통곡했다.

그러나 월왕 구천은 끝까지 신하들과 고국 산천을 뒤돌아보지 않았다.

옛사람이 시로써 이 일을 증명한 것이 있다.

해는 서산에 기울어지는데 돛을 다니
바람 따라 봄 물결이 언덕에 설레는도다.
오늘날 술잔을 들어 백사장에서 이별하니
어느 날 어느 때에 다시 돌아올꼬!
斜陽山外片帆開
風捲春濤動地回
今日一樽沙際別
何時重見渡江來

월부인越夫人은 뱃전을 의지하고 통곡하다가 물새가 강가의 새우를 물고 날아다니는 모습을 보았다. 월부인이 더욱 설움을 억제하지 못해 노래를 지어 부른다.

나는 새를 쳐다봄이여! 물새와 수리로다
높은 하늘을 찌름이여! 자유로운 날갯짓이로다.
모래톱에 모임이여! 한가로이 노는도다
씩씩한 날개를 놀림이여! 저 구름 사이에 있도다.
새우를 쫌이여! 물을 마시는도다
마음대로 함이여! 가고 오는도다.
첩에게 아무 죄 없음이여! 이 땅을 떠나는도다
까닭을 모르겠음이여! 기약할 수 없도다.
바람이 불고 붊이여! 서쪽으로 가는도다
다시 돌아올 날이 있음이여! 기약할 수 없도다.
괴롭고 괴로움이여! 칼로 베는 듯하도다
눈물이 흘러내림이여! 그치지 않는도다.
仰飛鳥兮烏鳶
凌玄虛兮翩翩
集洲渚兮優游
奮健翮兮雲間
啄素蝦兮飲水
任厥性兮往還
妾無罪兮負地
有何辜兮譴天
風飄飄兮西往

知再返兮何年
心輟輟兮若割
淚泫泫兮雙懸

월왕 구천은 부인이 부르는 노래를 듣자 가슴이 찢어지는 듯했다. 그러나 굳이 웃으면서 위로한다.

"나에게 날개 있으니 반드시 높이 날 날이 있을 것이오. 그런데 부인은 무엇을 그다지 슬퍼하오."

이리하여 월왕 구천은 오나라 경계로 들어갔다. 범려가 먼저 오산吳山에 가서 태재 백비에게 황금과 여자를 바쳤다.

태재 백비가 묻는다.

"대부 문종은 어찌하여 안 왔는가?"

"우리 주상主上께서 나라를 지키게 하셨으므로 함께 오지 못했습니다."

태재 백비는 범려를 따라 월왕 구천에게로 갔다.

월왕 구천은 오나라 태재 백비에게,

"이렇게 목숨을 유지하게 된 것도 다 태재의 덕분이시라."

하고 깊이 감사를 드렸다.

태재 백비가 대답한다.

"기회를 보아 고국에 돌아갈 수 있도록 힘써주리다."

그 말에 월왕 구천은 다소 안심했다.

이에 태재 백비는 군사를 거느리고 월왕 구천을 오나라 도성으로 압송해갔다.

월왕 구천은 상반신을 발가벗고 무릎으로 기어들어가서 오나라 궁 뜰 밑에 꿇어 엎드렸다. 월부인도 기어들어가서 남편이 하는 대로 따라 했다. 동시에 범려는 가지고 온 보물과 여자의 명단을 바쳤다.

월왕 구천이 재배하고 머리를 조아리며 아뢴다.

"동해東海의 천신賤臣 구천은 제 힘도 모르고 큰 죄를 지었습니다. 그러나 대왕께서 죽이지 않고 빗자루를 잡도록 해주시니 그저 황공하옵기 그지없습니다."

오왕 부차가 대답한다.

"과인이 선군先君의 원수를 갚기로 한다면 어찌 너를 살려둘 리 있으리오!"

월왕 구천이 더 깊이 머리를 조아린다.

"신臣의 죄는 죽어 마땅합니다. 오직 바라건대 대왕께선 신을 불쌍히 여기소서."

이때 오자서는 오왕 부차 곁에 서 있었다. 오자서가 우레 같은 소리로 오왕 부차에게 아뢴다.

"하늘을 나는 새를 봐도 오히려 활을 당겨 잡으려 하거늘, 하물며 지금 바로 뜰 밑에 적敵이 와 있는데 어찌 그냥 버려두십니까? 구천은 원래 교활하고 음험한 놈입니다. 그는 지금 가마솥에 든 고기 같은 신세이기 때문에 갖은 아첨을 떨며 그저 살기만 바라고 있습니다. 그러나 그가 목숨을 유지하고 한번 뜻을 얻기만 하면 마치 산으로 놓여나간 범처럼, 바다로 돌아간 고래처럼 다시 붙들기 힘듭니다. 속히 구천을 참하십시오."

오왕 부차가 대답한다.

"내 듣건대 항복한 자를 죽이면 그 재앙이 3대까지 미친다고 하오. 월나라를 사랑해서 구천을 살려두는 것은 아니오. 우리에게 불행이 없도록 하기 위해서 다만 하늘을 두려워하는 바라.

태재 백비가 곁에서 돕는다.

"오자서는 바로 눈앞의 일에는 밝을지 모르나 나라를 편안하게 하는 법을 모르는 소리입니다. 우리 주상의 말씀은 참으로 어지십니다."

오왕 부차는 백비의 망령된 말만 믿고 오자서가 간하는 말은 듣지 않았다. 이에 오자서는 분연히 집으로 돌아갔다.

오왕 부차는 월왕 구천이 바친 많은 보물과 여자를 받고 왕손 웅에게 분부한다.

"선왕 합려의 무덤 곁에 석실石室을 만들고 그곳에서 구천 부부를 살게 하여라."

이리하여 선왕 합려의 무덤 곁에 석실이 만들어졌다. 월왕 구천 부부는 석실 속에서 기거하며, 때 묻은 옷을 입고 낮이면 말을 기르는 신세가 되었다.

태재 백비가 뒤로 양식을 대주어서 월왕 구천 부부는 겨우 굶지 않을 정도로 살았다.

오왕 부차가 수레를 타고 행차할 때면 언제나 월왕 구천은 말고삐를 잡고 걸었다.

오나라 백성들은 손가락질을 하며,

"저것이 월왕이란다!"

하고 조롱했다. 월왕 구천은 머리를 숙이고 그저 걷기만 했다.

옛사람이 시로써 이 일을 증명한 것이 있다.

슬프다, 영웅이 흉악한 구렁에 빠졌으니

평생을 경영한 뜻과 기운이 다 녹아내리는구나.

꿈엔들 잊을쏜가, 고국으로 돌아갈 기약은 아득한데

한이 강물처럼 유유하여 느느니 눈물이라.

堪嘆英雄値坎坷

平生志氣盡銷磨

魂離故苑歸應少

恨滿長江淚轉多

어느덧 월왕 구천이 석실에서 산 지도 2년이 지났다. 범려는 아침저녁으로 월왕 구천을 모시고 그 곁을 떠나지 않았다.

어느 날이었다.

월왕 구천은 오왕 부차의 부름을 받고 궁에 들어가 꿇어 엎드렸다. 범려는 월왕 구천의 뒤에 서 있었다.

오왕 부차가 범려에게 묻는다.

"과인이 듣건대 어진 여자는 망한 집으로 시집가지 않으며, 현명한 사람은 망한 나라에서 벼슬을 살지 않는다고 하더라. 덕 없는 구천은 나라를 망치고 자기 신세까지 망쳤다. 너희들은 종〔僕〕도 거느리지 못하고 석실에서 생활하기가 더럽지 않느냐? 네가 우리 오나라를 섬기겠다면 너의 죄를 용서하고 높은 벼슬을 주리라. 더럽고 근심스러운 것을 버리고 부귀할 생각은 없느냐?"

월왕 구천은 땅바닥에 엎드려 흐느껴 울기만 했다. 그는 범려가 자기를 버리고 오나라를 섬기지나 않을까 겁이 났다.

범려가 머리를 조아리며 대답한다.

"망한 나라의 신하는 정치를 말하지 않으며, 싸움에 진 장수는 용맹을 말하지 않습니다. 지난날 신은 충忠과 신信이 부족해서 월왕을 잘 돕지 못했기 때문에 마침내 대왕께까지 큰 죄를 짓게 했습니다. 다행히 대왕께서 죽이지 않으시고 이렇듯 저희늘 임금과

신하에게 일거리를 주시고 의식을 대주시니 신은 이것만으로도
족합니다. 이런 보잘것없는 신이 어찌 부귀를 바라리이까."

오왕 부차가 말한다.

"네가 나를 섬길 뜻이 없다면 다시 석실로 돌아가거라."

이에 월왕 구천과 범려는 석실로 돌아갔다.

월왕 구천은 베잠방이를 입고 머리엔 초부樵夫들처럼 수건을
맨 채 짚을 썰고 많은 말을 길렀다. 월부인은 깁지 않은 통치마를
입고 왼편으로 깃이 달린 천한 저고리를 입은 채 물을 긷고 말똥
을 치웠다. 범려는 산에 가서 나무를 해와서 아궁이에 불을 지폈
다. 하루도 쉴 새 없이 고된 일을 하기에 그들의 얼굴은 갈수록 마
르고 수척해졌다.

어느 날 밤이었다.

오왕 부차는 신하 한 사람을 보내어 석실을 엿보고 오게 했다.

오나라 신하는 가서 밤이 새도록 석실을 엿보았다. 임금과 신하
가 부지런히 말 먹일 풀을 썰 뿐 조금도 원망하는 기색이 없었다.
뿐만 아니라 먼동이 틀 때까지 그들은 쉬지 않고 일만 하고 있었다.

그 신하는 돌아가서 오왕 부차에게 이 사실을 보고했다. 그때부
터 오왕 부차는 월왕 구천에게 딴 뜻이 없는 줄로 알고서 그들을
내버려두었다.

그후 어느 날이었다.

오왕 부차는 고소대姑蘇臺에 올라갔다가 저 멀리에서 월왕 구
천과 그 부인이 말똥 곁에 단정히 앉아 있고 그들 왼편에 범려가
말채찍을 잡고 서 있는 모습을 바라보게 되었다. 그런 고생을 하
면서도 그들 사이엔 군신君臣 간의 예법과 부부간의 예의가 분명
했다.

오왕 부차가 태재 백비를 돌아보고 말한다.

"저기 바라보이는 구천은 한낱 조그만 나라의 임금이며, 범려로 말할지라도 한낱 선비에 불과하건만 저런 처지에 있으면서도 군신 간의 예법을 잃지 않으니 과인은 그들을 공경하지 않을 수 없구나."

태재 백비가 대답한다.

"공경할 만도 하지만 보기에 너무나 불쌍합니다."

"진실로 태재의 말이 옳다. 차마 저들이 하고 있는 꼴을 볼 수 없구나. 만일 저들이 참으로 지난날의 잘못을 깨닫고 개과천선했다면 용서해줘도 괜찮을까?"

태재 백비가 부드러운 목소리로 대답한다.

"신이 듣건대 덕은 반드시 보답을 받는다고 하옵니다. 대왕께서 성스러운 마음으로 외롭고 궁한 사람들을 불쌍히 생각하사 월나라에까지 성덕聖德을 베푸시는데 월나라가 어찌 성심성의껏 보답하지 않겠습니까. 대왕께선 곧 이 성스러운 일을 실천하십시오."

오왕 부차가 말한다.

"내 태사太史에게 명하여 길일吉日을 택하게 하고, 구천을 월나라로 돌려보내리라."

그날 밤 오고五鼓 때였다. 태재 백비는 석실에 가서 월왕 구천에게 이 기쁜 소식을 전했다.

태재 백비가 한바탕 생색을 내고 돌아간 후였다. 월왕 구천은 너무나 기뻐서 곧 범려에게 이 사실을 알렸다.

범려가 말한다.

"청컨대 왕을 위해 점을 쳐보겠습니다. 오늘이 무인일戊寅日이고 묘시卯時에 이 소식을 들었으니, 무戊는 수일囚日이며 묘卯 또

한 무와 상극相克합니다. 그 사辭에 하였으되, '사방이 다 막혀 벗어날 길이 없으니 만물萬物이 상하도다. 좋은 일이 있을지라도 도리어 재앙이 되니 비록 소식이 있을지라도 족히 기뻐할 것 없다'로 되어 있습니다. 그러니 왕께선 조심하고 삼가십시오."

월왕 구천은 이 말을 듣고 기쁨이 수심으로 변했다.

한편, 오자서는 오왕 부차가 월왕 구천을 귀국시킬 작정이란 소문을 듣고 급히 궁으로 갔다.

"옛날에 걸왕桀王은 탕왕湯王을 잡아만 두고 죽이지 않았기 때문에 결국 쫓겨났고, 주왕紂王은 문왕文王을 잡아만 두고 죽이지 않았기 때문에 결국 나라를 망쳤습니다. 대왕께서 지금 구천을 잡아만 두고 죽이지 않으시면 장차 하夏나라와 은殷나라가 당한 변을 똑같이 당하실 것입니다."

오왕 부차는 오자서의 강력한 주장을 듣자 또다시 월왕 구천을 죽여야만 만사가 무사할 것만 같았다.

오왕 부차가 분부한다.

"곧 사람을 보내어 구천을 데리고 오너라."

이때 태재 백비는 먼저 급히 석실로 사람을 보내어 이 사실을 월왕 구천에게 알렸다.

월왕 구천은 청천벽력 같은 소식을 듣고 몹시 놀라 범려만 쳐다보았다.

범려가 아뢴다.

"왕께선 겁내지 마십시오. 오왕은 3년 동안이나 왕을 잡아두고서도 차마 죽이지 못했습니다. 한데 어찌 하루 만에 왕을 죽일 수 있겠습니까? 염려하시지 말고 갔다 오십시오."

월왕 구천이 범려에게 말한다.

"내가 갖은 고초를 당하면서도 참고 죽지 아니한 것은 오로지 대부의 계책만 믿었기 때문이라."

이에 월왕 구천은 오나라 궁으로 불려들어갔다.

월왕 구천이 궁중 뜰에 꿇어 엎드린 지도 어언 사흘이 지났다. 그런데 웬일인지 오왕 부차는 월왕 구천에게 아무런 분부도 내리지 않았다. 그러니 사흘 동안 월왕 구천의 노심초사가 어떠했으리오.

나흘째 되던 날이었다. 궁 안에서 태재 백비가 나왔다.

태재 백비가 월왕 구천에게 말한다.

"석실로 돌아가라는 왕의 분부가 내렸소."

월왕 구천이 겨우 허리를 펴고 묻는다.

"어찌 된 일입니까?"

태재 백비가 대답한다.

"왕은 오자서의 말만 듣고 그대를 죽이려고 궁으로 불려들인 것이오. 그런데 마침 왕은 병환이 나셔서 지금도 자리에 누워 계시오. 나는 왕을 문병하고 지금까지 그대를 위해서 간했소. 곧 재앙을 물리치고 복을 지어야 한다는 것과, 또 지금 구천이 궐하闕下에서 죽음을 기다리고 있으므로 그 원통한 괴로움이 왕의 옥체를 침범했다는 것과, 그러니 왕께선 우선 구천을 석실로 돌려보내고 병환이 나으신 후에 다시 이 일을 도모해야 한다고 극력 간했지요. 그래서 왕은 내 말을 들으시고 그대를 석실로 돌려보내는 것이오."

월왕 구천은 연방 허리를 굽히며 태재 백비에게 감사했다.

그후 월왕 구천이 석실에 돌아온 지도 3개월이 지났다. 그런데도 오왕 부차는 병이 낫지 않았다.

월왕 구천이 범려에게 분부한다.

"오왕의 병이 아직 낫지 않았다고 하니 이것이 나에게 길조吉兆인지 흉조凶兆인지 점을 한번 쳐보오."

범려가 점괘를 펴서 한참 맞춰본 후에 아뢴다.

"오왕은 죽지 않습니다. 기사일己巳日부터 차도가 있을 것이고 임신일壬申日엔 반드시 완쾌할 것입니다. 대왕께선 이 참에 궁에 가서 오왕을 문병하겠다고 청하십시오. 만일 허락을 받고 문병하게 되거든 오왕에게 대변을 달라 해서 그것을 핥아 맛보시고, 오왕의 얼굴을 자세히 살펴보신 후에 일어나 두 번 절하고, 기사일부터 차도가 있어 임신일엔 완쾌하실 것이라고 칭송하는 말을 하십시오. 만일 예언대로 임신일에 병이 낫기만 하면 오왕은 깊이 감복하고 대왕을 용서해줄지 모릅니다."

월왕 구천이 울면서 말한다.

"내가 비록 이 지경이 되었으나 그래도 한때는 임금으로서 많은 신하를 대했소. 한데 어찌 남이 배설해놓은 똥을 핥을 수 있으리오."

범려가 대답한다.

"옛날에 주왕紂王은 문왕文王을 잡아가두고 그 아들 백읍고伯邑考를 잡아다가 끓는 가마솥에 삶아서 문왕에게 주었습니다. 그러나 문왕은 울음을 참고 피살된 아들을 먹었습니다. 그러므로 큰 일을 하는 사람은 조그만 일에 신경을 써선 안 됩니다. 원래 오왕은 부녀자처럼 줏대가 없습니다. 그는 우리 월나라를 용서해주기로 했다가 오자서의 말을 듣고 중간에 또 마음이 변했던 사람입니다. 그런 심약한 사람의 동정을 얻으려면 이런 비상한 수단을 써야 합니다."

월왕 구천은 태재의 부중府中으로 가서 백비를 방문했다.

"듣건대 임금이 병들면 신하는 근심한다고 합디다. 그간 오왕께서 오래도록 병으로 누워 계신다고 하니 이 구천은 밤이 되어도 잠이 잘 오지 않고, 음식을 먹어도 그 맛을 모르겠습니다. 원컨대 태재를 따라가 오왕을 문병하고 신자臣子의 정을 펼까 합니다."

태재 백비가 대답한다.

"그대에게 그런 아름다운 뜻이 있다면야 내 어찌 그 뜻을 대왕께 전하지 않을 수 있으리오."

태재 백비는 월왕 구천을 데리고 궁에 가서 우선 자기만 편전便殿으로 들어갔다.

"구천이 신자의 도리로서 대왕을 문병하겠다고 하도 간곡히 청하기에 데리고 왔습니다."

오왕 부차는 몸이 불편한 차에 태재 백비로부터 이 말을 듣자 측은한 생각이 들었다.

"구천을 이리로 데리고 오너라."

태재 백비는 곧 밖으로 나가서 월왕 구천을 데리고 들어왔다. 오왕 부차가 힘없이 눈을 뜨고 말한다.

"오오, 구천이냐. 나를 문병 왔다니 기특하다."

월왕 구천이 머리를 조아리며 아뢴다.

"신은 대왕께서 용체龍體가 미령하시다는 말을 듣고 그간 가슴이 찢어지는 듯했습니다. 신이 한번 용안龍顔을 우러러뵈옵고자 청한 것은 다름이 아닙니다. 지난날 신이 동해東海(월나라를 뜻한다)에 있었을 때 용한 의원醫員으로부터 의술을 약간 배운 일이 있습니다. 그래 병인病人의 대변을 보면 대강 그 병세를 짐작합니다."

"으음 그래, 그것 마침 잘됐구나. 여봐라, 변통便桶을 들여오너라. 그리고 모두 물러나갔다가 잠시 후에 들어오너라."

시인侍人이 병상病床 앞에 변통을 갖다놓았다. 그제야 월왕 구천은 대청으로 나가 공손히 양수거지兩手据地하고 서서 기다렸다.

오왕 부차는 뒤를 다 보고 나서 그 변통을 밖으로 내보냈다. 변통이 나오자 월왕 구천은 뚜껑을 열고 손을 넣어 똥을 움켜잡았다. 마침내 월왕 구천은 공손히 꿇어앉아 그 똥을 핥았다.

이 광경을 보자 좌우 사람들은 다 코를 움켜쥐고 외면했다.

이윽고 월왕 구천이 다시 편전에 들어가 꿇어 엎드려 아뢴다.

"신은 감히 두 번 절하고 대왕을 축하하나이다. 대왕의 병환은 기사일에 차도가 있을 것이며 3월 임신일엔 완쾌하실 것입니다."

오왕 부차가 묻는다.

"그걸 어찌 아느냐?"

"신이 지난날 의원에게서 들은 바로는, 대저 인분人糞은 곡식이 변한 것이기 때문에 계절에 순응하면 병자가 살아나고 계절에 역행하면 죽는다고 하더이다. 신이 방금 문밖에서 대왕의 대변을 먹어본즉 그 맛이 쓰고 시었습니다. 쓰고 시다는 것은 바로 봄을 응應하는 동시에 여름의 기운을 뜻하기 때문에 짐작할 수 있었습니다."

오왕 부차가 몹시 기뻐하며 감탄한다.

"어질도다, 구천이여! 그 어느 신자臣子가 군부君父의 변을 맛보고 그 병세를 진단하리오. 만고에 없는 희한한 일이다!"

오왕 부차가 태재 백비를 돌아보고 묻는다.

"그대는 구천처럼 과인의 변을 맛볼 수 있겠느냐?"

태재 백비가 머리를 설레설레 흔든다.

"신이 비록 대왕을 지극히 공경하지만 그것만은 못하겠습니다."

오왕 부차가 좌우 신하에게 말한다.

"태재만이 아니라 세자도 구천처럼 하진 못하리라. 곧 구천을 석실에서 편안한 집으로 옮겨살도록 주선해주어라. 내 병이 낫기를 기다려 월나라로 돌려보낼 작정이다."

월왕 구천은 공손히 두 번 절하고 궁에서 물러나갔다.

그후로 월왕 구천은 민가民家에 살면서 여전히 말을 길렀다.

과연 오왕 부차의 병은 월왕 구천이 예언한 대로 완쾌했다. 오왕 부차는 문대文臺에다 잔치를 차리고 구천을 불러오게 했다.

월왕 구천은 일부러 그냥 죄수의 옷을 입고 궁으로 들어갔다.

오왕 부차가 시신侍臣에게 분부한다.

"구천이 죄수의 옷을 입고 오다니, 그럴 수 있나! 곧 목욕을 하고 새로 의관衣冠을 갖추고서 들라 하여라."

이 분부를 받고 월왕 구천은 거듭 사양하다가 겨우 못 이긴 체하고 목욕을 하고 옷을 갈아입고서 오왕 부차 앞에 나아가 두 번 절하고 거듭 머리를 조아렸다.

오왕 부차가 황망히 구천을 붙들어 일으키고 영을 내린다.

"월왕은 어질고 덕 있는 사람이라. 어찌 오래도록 욕을 뵐 수 있으리오. 과인은 장차 그 죄를 용서하고 본국으로 돌려보낼 생각이다. 이제 월왕을 위해 특별한 자리를 마련했으니 모든 신하는 객客에 대한 예로써 대접하여라."

이에 월왕 구천은 객좌客座에 앉고 모든 대부는 그 곁에 늘어앉았다.

오자서는 오왕 부차가 원수인 월왕 구천에게 극진히 대하는 걸 보고 그만 울화가 치밀어서 자리를 박차고 일어나 집으로 돌아가 버렸다.

태재 백비가 오왕 부차에게 아뢴다.

"이제 대왕께선 인자하신 마음으로 어진 사람의 허물을 용서하셨습니다. 신이 듣건대 어진 사람이라야 능히 어진 사람과 뜻이 통한다고 하옵니다. 어진 사람은 이 자리에 남을 것이며, 어질지 못한 자는 이 자리에서 나가게 마련입니다. 승상 오자서는 원래 성미가 강해서 까다롭기만 합니다. 아마 이런 좌석에 앉았기가 부끄러운 모양이지요."

오왕 부차가 껄껄 웃는다.

"태재의 말이 정확하도다."

이윽고 모두 다 얼근히 취했을 때였다.

범려가 월왕 구천과 함께 일어나,

"대왕께선 만세무강하소서."

하고 오왕 부차에게 술잔을 바치며 축사祝辭한다.

"황왕皇王이 위에 계시니 그 은혜를 펴심이 봄날 같도다. 그 인자하심은 비할 바 없고 그 덕은 날로 새로우시니 어허! 아름답구나. 그 덕을 영원히 전하시고 그 수壽를 만세에 누리소서. 길이 오나라를 다스리시고 천하를 바로잡으소서. 모든 나라 제후가 다 복종할지니 이 술잔을 받으시고 길이 만복하옵소서."

이에 오왕 부차는 기뻐 어쩔 줄 몰라 하며 한껏 취한 연후에야 잔치를 파했다.

오왕 부차는 왕손 웅으로 하여금 구천을 객관客館까지 전송하게 하는 동시에,

"내 사흘 안에 그대를 월나라로 돌아가게 하리라."

하고 월왕 구천에게 언약했다.

이튿날 아침이었다.

오자서가 궁으로 들어가서 오왕 부차에게 간한다.

"어제 대왕께선 객에 대한 예로써 원수인 구천을 대접했으니 그 무슨 꼴입니까. 구천이 온순하고 공손한 체하지만 그 속마음은 호랑이와 늑대나 다름없습니다. 대왕께서 잠시 아첨하는 말만 믿다가는 다음날에 큰 우환을 당하시고야 말 것입니다. 충직한 말은 듣지 않고 아첨하는 말만 듣거나, 조그만 선심을 쓰기 위해서 큰 불행을 기른다면 이는 마치 털[毛]을 숯불에 넣고서 타지 않기를 바라며 계란을 바위에 던지고서 깨지지 않기를 바라는 것과 하등 다를 것이 없습니다. 대왕께선 신의 말을 깊이 명심하십시오."

오왕 부차가 거센 목소리로 대답한다.

"과인이 3개월 동안 앓아누웠을 때 승상은 한 번이라도 내게 와서 좋은 말로 위로해준 일이 있었소? 그것만 봐도 승상은 불충한 사람이오. 또 그간 한번이라도 내게 좋은 물건을 보낸 일이 있었소? 그것만 봐도 승상은 어질지 못하오. 불충하고 불인不仁한 신하를 어디다 쓰리오. 그런가 하면 월왕 구천은 자기 나라를 버리고 천리 머나먼 과인에게 와 있으면서도 그 재물을 바치고 종[奴] 노릇을 했으니 그 충성이 과연 어떠하오? 또 과인이 병으로 누웠을 때 그는 친히 과인의 변을 핥고도 추호도 과인을 원망하는 기색이 없었으니 월왕 구천이야말로 어진 사람이오. 과인이 만일 승상의 말만 듣고 이런 충성스럽고 어진 사람을 죽인다면 하늘이 과인을 미워하리라."

오자서가 간한다.

"대왕께서는 어찌 상반되는 말만 하십니까? 대저 범이 그 몸을 낮추는 것은 장차 그 무엇을 덮치기 위해서이며, 너구리가 그 몸을 움츠리는 것은 장차 그 무엇을 취하기 위해서입니다. 월왕은 우리 오나라에 와 있기 때문에 원한이 골수에 사무쳐 있습니다.

그가 대왕의 변을 핥은 것은 실은 대왕의 마음을 잡아먹은 것입니다. 대왕께서 그걸 모르시고 그 간특한 꾀에 속는다면 장차 우리 오나라는 반드시 월나라의 압제를 받고야 말 것입니다."

오왕 부차가 분연히 외친다.

"승상은 더 이상 여러 소리 마오! 과인은 이미 뜻을 결정했노라."

오자서는 더 간해보았자 아무 소용이 없다는 걸 알고 우울한 심사로 궁에서 물러나갔다.

오왕 부차가 월왕 구천에게 귀국을 언약한 지 사흘째 되던 날이었다. 오왕 부차는 마침내 월왕 구천을 전송하기 위해서 사문蛇門 밖에다 간소한 잔치를 베풀었다.

모든 신하가 술잔을 들어 월왕 구천의 귀국을 축하하는데 오자서만이 그 자리에 없었다.

오왕 부차가 월왕 구천에게 말한다.

"과인은 그대의 죄를 용서하고 본국으로 돌려보내니 그대는 앞으로도 우리 오나라의 은혜를 잊지 마라."

월왕 구천이 땅에 엎드려 두 번 세 번 머리를 조아린다.

"대왕께서 이 외롭고 곤궁한 신하를 불쌍히 생각하사 살아서 고국으로 돌아가게 해주시니 장차 자손 대대로 오나라에 충성을 다하겠습니다. 위에서 하늘이 신의 마음을 다 굽어보고 계십니다. 그러므로 만일 신이 오나라를 배반한다면 우선 하늘이 신을 돕지 않을 것입니다."

오왕 부차가 흔연히 머리를 끄덕인다.

"원래 군자는 한번 말한 것은 실행하는 법이다. 그대는 고국에 돌아가서 노력하고 노력하여라."

월왕 구천은 두 번 절하고 꿇어 엎드려 하염없이 울었다. 차마 정든 오나라를 떠나기 싫다는 표정이었다.

오왕 부차는 월왕 구천을 일으켜세우고 친히 수레에 태워주었다. 동시에 범려는 수레에 올라가서 말채찍을 잡았다. 다음엔 월부인越夫人이 오왕 부차에게 두 번 절하고 수레에 탔다.

드디어 월왕 구천 일행을 태운 수레는 남쪽을 향해 떠나갔다. 이것이 바로 주경왕周敬王 29년 때 일이었다.

사신史臣이 시로써 이 일을 읊은 것이 있다.

가마솥에 든 고기와 다름없던 월왕 구천이
어찌 죽지 않고 살아서 돌아갈 줄 알았으리오.
우습구나! 오왕 부차는 생각이 부족해서
마침내 잡았던 고래를 다시 바다에 놓아주었도다.
越王已作釜中魚
豈料殘生出會稽
可笑夫差無遠慮
放開羅網縱鯨鮊

월왕 구천은 절강浙江 가에 당도했다. 하늘은 밝고 물도 맑았다. 월왕 구천이 강 건너 아름다운 고국 산천을 바라보며 탄식한다.

"내 지난날 생각하기를 이젠 다시 월나라 백성을 못 보고 타국他國 땅에다 뼈를 묻을 줄 알았다. 어찌 이렇듯 살아서 돌아와 다시 종묘 제사를 받들 줄 알았으리오!"

말을 마치자 월왕 구천과 부인은 함께 흐느껴 울었다. 범려도 손을 들어 눈물을 씻었다.

그들 일행은 드디어 배에 올라탔다.

한편, 월나라 문종文種은 이미 월왕 구천이 돌아온다는 기별을 받고 즉시 모든 신하를 거느리고 강변으로 달려나갔다. 성안 백성들도 이 소문을 듣고 일제히 강변으로 몰려나갔다.

이윽고 월왕 구천 일행이 월나라 강가에 닿았을 때엔 환호성이 천지를 뒤흔들었다.

월왕 구천이 범려에게 분부한다.

"내가 언제 입성入城하면 좋을지 점을 한번 쳐보오."

범려가 손가락을 꼽아보고서 아뢴다.

"이상하도다! 왕께서 입성하는 데엔 내일이 가장 길일입니다. 속히 수레를 달려 내일 안으로 입성하도록 하십시오."

월왕 구천이 수레에 오르자 수레는 백성들의 환호성을 뚫고 쏜살같이 달리기 시작했다.

밤길을 달려 수레는 이튿날 한낮이 지난 후에야 도성 제기諸暨에 당도했다. 월왕 구천은 종묘에 가서 살아 돌아왔음을 고하고 곧 왕좌王座에 올라 모든 신하를 대했다.

월나라는 방방곡곡마다 기쁨에 넘쳤다.

월왕 구천은 지난날 회계會稽 땅에서 오왕 부차에게 항복 문서를 바치고 수모를 당했던 일을 잊을 수가 없었다. 그래서 회계 땅에다 성을 쌓고 그곳으로 도읍을 옮기기로 했다. 지난날 당했던 굴욕을 잠시도 잊지 않고 더욱 노력하기 위해서였다. 그래서 범려에게 회계성會稽城 쌓는 일을 일임했다.

범려는 회계 땅에 가서 천문天文을 보고 지리를 살핀 후에 회계산 주변부터 크게 성을 쌓았다.

서북쪽 와룡산臥龍山엔 비익루飛翼樓를 세워 천문天門을 상징하고, 동남쪽엔 하수구下水口를 내어 지호地戶를 상징하고, 외곽

外郭과 주위를 다 높이 쌓았다. 그런데 비익루가 있는 서북쪽만은 성을 쌓지 않고 비워두었다.

범려는 그 이유에 대해서 다음과 같은 소문을 퍼뜨렸다.

"우리는 오나라를 섬기는 나라다. 그러니 서북쪽을 막으면 오나라로 공물을 보내기에 매우 불편하고 옹색하다."

그러나 사실은 장차 오나라를 칠 때에 불편한 점이 없도록 미리 길을 터둔 것이었다.

회계성은 완전히 준공되었다.

어느 날 아침이었다.

사람들이 일어나 나가본즉 하룻밤 사이에 난데없는 산 하나가 높이 솟아 있었다. 주위만 해도 몇 마장 가량 되는 산이었다. 그 모양은 마치 거북이 엎드리고 있는 것 같았다. 게다가 초목이 무성해 있었다.

어떤 자는 그 산을 보고 이런 말을 했다.

"이 산은 바로 낭야琅琊 땅에 있던 동무산東武山이 아니냐? 어떻게 하룻밤 사이에 이곳으로 날아왔는지 모르겠구나!"

범려는 이 사실을 월왕 구천에게 보고했다.

"신이 성을 준공하자 하늘이 이에 응하사 난데없는 산을 솟게 하셨습니다. 이는 우리 월나라가 장차 천하 패권을 잡을 징조입니다."

월왕 구천은 기뻐하며 그 산을 괴산怪山이라고 명명했다. 그후로 세상에선 그 산을 비래산飛來山이라고도 하고 구산龜山이라고도 했다.

범려는 다시 그 산 위에 영대靈臺라는 대를 세우고 그 위에다 3층 다락[樓]을 지어서 마치 신령스런 짐승이 그 무엇을 바라보는 듯하게 꾸몄다.

모든 제도가 갖추어지자 마침내 월왕 구천은 제기 땅에서 회계성으로 도읍을 옮겼다.

월왕 구천이 범려에게 말한다.

"과인은 덕이 없어 일찍이 나라를 잃고 오나라에 가서 노예 노릇을 했소. 진실로 범 상국相國●(이때 범려의 벼슬이 상국相國이었다)과 모든 대부의 도움으로 마침내 오늘을 보게 되었구려!"

범려가 머리를 조아리며 대답한다.

"이것이 다 대왕의 복이시지 어찌 신들의 공로라 하겠습니까. 다만 바라건대 대왕께선 지난날 석실에서 고생하시던 때를 잊지 마시고 월나라를 재건해서 오나라에 원수를 갚도록 하십시오."

월왕 구천이 굳게 말한다.

"나는 그대의 가르침을 받겠소!"

이에 문종은 나라 살림을 다스리고, 범려는 오로지 군대 양성에 힘을 기울였다. 동시에 월왕 구천은 어진 선비와 늙은이를 존경하고 약하고 가난한 백성들을 도와주었다. 그래서 월나라 백성들은 즐거워하고 민심은 점점 단결되었다.

월왕 구천은 지난날 오왕 부차의 변을 핥은 후부터 늘 입에서 냄새가 나는 것 같다면서 불쾌해했다. 범려는 성 북쪽 산에 즙蕺이라는 산나물이 난다는 걸 알고 있었다. 그 산나물을 먹으면 다른 냄새를 막을 수 있으므로, 범려는 사람을 시켜 그 즙이라는 산나물을 캐다가 월왕 구천의 식상에 놓게 했다.

월왕 구천은 식사 때마다 그 산나물을 먹고 입에서 나는 냄새를 잊었다. 그래서 사람들은 회계성 북쪽 산을 즙산蕺山이라고 했다.

월왕 구천은 오나라에 원수를 갚기 위해서 자기 자신부터 가혹하게 다루었다. 그는 밤에도 잠을 자지 않았다. 잠이 오면 송곳으로 무릎을 찔렀다.

겨울에 발이 시려서 오므리게 되면 도리어 찬물에다 발을 담그고 자신을 꾸짖었다. 겨울이면 방에 얼음을 갖다놓고 여름이면 화로를 끼고 있었다.

그리고 의자나 침상寢床을 쓰지 않고 장작을 깔고 그 위에서 기거起居했다. 또 쓰디쓴 쓸개[膽]를 매달아놓고 수시로 그것을 핥으면서● 자신을 격려했다. 그는 밤중이면 소리 없이 흐느껴 울었고, 울다가는 다시 한숨을 몰아쉬었다.

그리고 주문呪文 외듯 혼자서,

"구천句踐아! 지난날 회계에서 오나라에 항복하던 그 당시 수치를 잊었느냐!"

중얼거리고는 이를 빠드득 갈았다. 그래서 월왕 구천은 이가 모두 으스러졌다.

월왕 구천은 오나라에 원수를 갚고자 자기 자신에게 그처럼 엄격했던 만큼 백성에 대한 법령法令도 보통이 아니었다.

젊은 남자는 늙은 여자를 아내로 삼지 못하며, 늙은 남자는 젊은 여자를 아내로 삼지 못하게 했다. 이는 튼튼하고 씩씩한 아들을 낳게 하기 위해서였다.

또 여자가 열일곱 살이 되어도 결혼하지 않는다든지, 남자가 스무 살이 지나도록 결혼하지 않으면 당자는 물론이거니와 그 부모까지도 처벌했다.

여자가 애를 낳으면 관가에 고해야 했다. 관가에선 즉시 의원을 보내어 해산하는 데 지장이 없도록 산부産婦를 돌봐주었다.

이리하여 사내아이를 낳으면 관가에선 그 산부에게 술 한 병과 개 한 마리를 잡아주고, 여자아이를 낳으면 술 한 병에 돼지 한 마리를 주어 산부를 보補하게 했다.

아들 셋을 낳으면 나라에서 아들 둘을 길러주고, 아들 둘을 낳으면 나라에서 그 하나를 길러주었다.

이렇게 법령을 폈을 뿐만 아니라 월왕 구천 자신도 어디까지나 철저했다.

백성이 죽으면 월왕 구천은 친히 그 집에 행차해서 조문하고 슬퍼했다. 또 궁성 밖으로 행차할 때는 반드시 수레 뒤에다 음식을 싣고 나갔다. 그는 어린아이를 만나면 음식을 나눠주고서 일일이 그 이름을 묻고 머리를 쓰다듬었다.

농사 때가 되면 월왕 구천은 친히 들에 나가서 밭을 갈았다. 따라서 월부인도 항상 베틀에 앉아 베를 짰다. 월왕 구천은 어디까지나 백성들과 노고를 함께했다.

이리하여 그는 7년 동안 백성들로부터 세금을 걷지 않았고, 고기를 먹지 않았고, 비단옷을 입지 않았다.

그러면서도 한 달에 한 번씩 오나라로 사자를 보내어 오왕 부차에게 문안을 드렸다.

또 남녀를 보내어 칡을 캐오게 하여 그 칡으로 황사세포黃絲細布를 짜게 했다. 오왕 부차에게 보내기 위한 것이었다.

한편 오왕 부차는 월왕 구천의 지극한 충성에 감복하고 월나라에 많은 땅을 하사했다.

이리하여 월나라는 동쪽으론 구용句勇 땅에 이르고, 서쪽으론 취리檇李 땅에 이르고, 남쪽으론 고멸姑蔑 땅에 이르고, 북쪽으론 평원平原 땅에 이르러 종횡으로 800여 리의 지역을 차지하게 되었다.

월왕 구천은 대나무로 만든 배 10척에다 갈포葛布 10만 필과 꿀 100병과 호피虎皮 5쌍을 실어서 오왕 부차에게 보냈다. 이는 땅을 받은 데 대한 답례였다.

답례를 받고 오왕 부차는 매우 기뻐하여 월왕 구천에게 의관衣冠을 우모羽毛로 장식해도 좋다는 전지傳旨를 보냈다.

이런 소문을 들을 때마다 오자서는 연방 탄식하며 병들었다 핑계하고 궁에 들어가지 않았다.

오왕 부차는 월나라가 자기에게 충성을 다하는 줄로 믿고서 어느 날 태재 백비에게 묻는다.

"이제 사방이 다 무사하고 나라가 태평하니 과인은 큰 궁실宮室을 짓고 편히 즐기고자 하노라. 그런 궁실을 짓기에 적당한 곳이 있느냐?"

태재 백비가 아뢴다.

"우리 오나라 도성 근처에선 숭대崇臺만한 경치가 없다고 하지만 실은 고소대만한 곳이 없습니다. 고소姑蘇엔 전 임금께서 지은 궁실이 있긴 하나 대왕께서 즐기실 만한 곳은 못 됩니다. 그러니 대왕께선 고소대의 옛 건물을 헐어버리시고 그곳에다 100리를 바라볼 수 있는 높이에 6,000명을 수용할 수 있는 궁실을 새로 지으시면 좋을 것입니다. 그런 후에 노래하는 동자童子와 춤추는 여자를 불러모아 인간 세상의 기쁨을 누리도록 하십시오."

오왕 부차는 머리를 끄덕이고 즉시 온 나라에 큰 재목材木을 구한다는 현상懸賞을 내걸었다.

한편, 월나라 문종이 이 소문을 듣고 월왕 구천에게 아뢴다.

"높이 나는 새는 맛있는 과일을 탐하다가 죽는 법이며, 못 속에 있는 고기는 좋은 미끼를 욕심내다가 죽는 법입니다. 왕께선 오나라에 원수를 갚는 것이 목적입니다. 그러니 먼저 오나라가 좋아하는 물건을 보내주고 후에 오왕의 목숨을 취하는 것이 상책일까 합니다."

월왕 구천이 묻는다.

"비록 오나라가 좋아할 물건을 보내준다 해도 어찌 부차의 목숨을 우리 마음대로 할 수 있으리오."

문종이 아뢴다.

"장차 오나라를 격파하려면 일곱 가지 방법이 있습니다. 첫째는 재물을 써서 오나라 임금과 신하를 기쁘게 해주는 것이며, 둘째는 곡식을 꾸어달라 해서 오나라의 창고를 비우는 것이며, 셋째는 미인을 보내어 오왕 부차의 마음을 흐리게 하는 것이며, 넷째는 훌륭한 목공과 좋은 재목을 보내어 궁실을 짓게 함으로써 오나라 재물을 탕진케 하는 것이며, 다섯째는 지혜 있는 신하를 보내어 오나라에 난이 일어나도록 하는 것이며, 여섯째는 어떻게든 오나라 간신諫臣을 자살하도록 궁지에 몰아넣어 적국의 인재를 없애버리는 것이며, 일곱째는 우리가 재물을 저축하고 군사를 조련해서 오나라를 무찌르는 것입니다."

월왕 구천이 다시 묻는다.

"좋도다, 그대 말이여! 그럼 당장 어떤 계책부터 실행해야 하겠소?"

문종이 대답한다.

"지금 오왕 부차가 고소대에다 다시 궁실을 지을 작정이라고 합니다. 그러니 큰 산에 사람을 보내어 좋은 재목을 골라오라 해서 오나라로 보내십시오."

월왕 구천은 목공 30여 명을 산속으로 보내어 좋은 재목을 베어오도록 했다.

그러나 1년이 지나도 목공들은 좋은 재목을 발견하지 못했다.

적당한 나무는 없고, 집으로 돌아가고 싶은 생각은 간절해서 마침내 목공들은 월왕 구천을 원망하기 시작했다.

그래서 그들은 노래를 지어 불렀다.

아침에도 큰 나무를 찾아서
저녁에도 큰 나무를 찾아서
아침마다 저녁마다 험한 산속으로 들어가지만
공연히 깊은 골 위태로운 바위 사이를 돌아다닐 뿐일세.
하늘이 좋은 나무를 주지 않으심이여, 땅도 큰 나무를 기르지 않음이라
그런데 우리는 무슨 죄가 지중해서 날마다 이 고생을 해야 하나.
朝採木
暮採木
朝朝暮暮入山曲
窮巖絶堅徒往復
天不生兮地不育
木客何辜兮受此勞酷

그들은 언제나 밤이 깊도록 노래만 불렀다. 그 노래를 듣는 사람들은 다 처량해했다.

그러던 어느 날이었다.

하룻밤 사이에 난데없는 큰 나무 한 쌍이 산속에 솟아 있었다. 둘레가 20아름이나 되고 높이가 50심尋이나 되었다. 산 양지 쪽에 선 것은 노나무였고, 산 그늘에 선 것은 남楠나무였다.

목공들은 그 두 나무 앞에 가서 이렇게 크고 훌륭한 나무는 처

음 본다면서 서로 놀랐다.

그들은 월왕에게 가서 이 이상한 사실을 보고했다. 모든 신하가 이 말을 듣고 축하한다.

"하늘이 대왕의 정성에 감복하사 기어이 신목神木을 보내신 것입니다."

월왕 구천은 감격하고는 친히 그 산속에 가서 두 나무에 제사를 지냈다.

제사가 끝나자 목공들은 두 나무를 베어 대패로 깨끗이 다듬고 단청丹靑으로 오색五色이 영롱한 용龍과 뱀을 그렸다.

문종이 큰 배에 그 재목을 싣고 강을 건너가서 오왕 부차에게 바치고 월왕 구천의 말을 전한다.

"동해의 천신인 구천은 대왕의 힘을 입어 조그만 궁실을 지으려다가 우연히 큰 재목을 얻었습니다. 감히 사용私用으로 쓸 수 없어 아랫사람을 시켜 대왕께 바치나이다."

오왕 부차는 문종이 가지고 온 아름다운 재목을 보고 더할 나위없이 흐뭇해했다.

오자서가 곁에서 간한다.

"옛날에 걸왕桀王은 영대靈臺를 짓고 주왕紂王은 녹대鹿臺를 지었기 때문에 백성의 힘과 나라의 재물을 탕진하고 결국 망했습니다. 구천이 이런 재목을 보낸 것은 결국 우리 오나라를 해치려는 계책입니다. 그러니 받지 말고 돌려보내십시오."

오왕 부차가 꾸짖듯 대답한다.

"구천은 이런 좋은 재목을 구했건만 일부러 과인에게 보냈다. 어찌 그의 호의를 물리칠 수 있으리오."

이리하여 오나라에선 고소대를 짓기 시작했다.

3년 동안 재목을 모으고 5년 만에 고소대는 준공되었다. 그 높이는 300장丈이요, 그 넓이가 84장이었다. 고소대 상층上層에 올라서면 200리 바깥을 내다볼 수 있었다.

이 거창한 고소대를 짓느라고 오나라 백성들은 밤낮없이 중노동을 해야 했다. 그동안 병이 나서 죽은 자만 해도 그 수효를 헤아릴 수 없을 정도였다.

양백룡梁伯龍이 시로써 이 일을 증명한 것이 있다.

천길이나 되는 높은 고소대는 태호 가에 섰는데
아침저녁마다 들리는 음악은 환락의 잔치를 알리는도다.
오왕 부차는 바다 바깥 3,000리까지 위엄을 떨치며
강남에서 으뜸가는 도성을 이루었도다.
千仞高臺面太湖
朝鐘暮鼓宴姑蘇
威行海外三千里
覇占江南第一都

한편, 월왕 구천은 오나라가 고소대를 준공했다는 소식을 듣고 문종에게 말한다.

"이제 그대의 계책대로 오왕 부차에게 솜씨 있는 목공과 좋은 재목을 보내어 거창한 궁실을 짓게 하고 오나라 재물을 탕진시켰으니 한 가지 계책은 끝났소. 이젠 그 큰 궁실에 노래 잘하고 춤 잘 추는 절세미인을 보내어 오왕 부차의 마음을 흔들어놓아야겠소. 그러니 그대는 과인을 위해 다음 계책을 실행하오."

문종이 대답한다.

"흥하고 망하는 것은 다 하늘의 뜻입니다. 지난날 하늘이 우리에게 좋은 나무를 주셨는데 어찌 미인인들 주시지 않겠습니까. 널리 미인을 구하면 혹 인심이 동요될지 모릅니다. 지금 신에게 한 가지 계책이 있습니다. 우리 월나라 여자를 다 알아오게끔 하오리니 왕께서 그 미인을 뽑으십시오."

월왕 구천이 묻는다.

"그럼 어떻게 미인을 선출해야겠소?"

문종이 계책을 아뢴다.

"왕께서 가까이 두고 부리시는 동자童子 100명만 신에게 주십시오. 그러면 신은 관상 잘 보는 100명에게 각기 동자 아이 하나씩을 짝지어주고 두루 국내를 돌아다니도록 하겠습니다. 그리고 그들에게 아름다운 여자가 있거든 그 이름과 지명地名을 적어서 보고하라고 분부하겠습니다. 어찌 우리 나라에 뛰어난 미인이 없겠습니까."

월왕 구천은 문종의 계책대로 했다. 그리하여 불과 반년 만에 미인을 천거하는 보고서가 2,000여 매나 들어왔다.

월왕 구천은 다시 사람을 시켜 직접 그 2,000여 명의 미인을 일일이 찾아가보게 하고 그중에서 특히 뛰어난 미인 둘만 뽑아오게 했다.

이리하여 2,000여 명의 미인들 중에서 뽑힌 두 여자가 누구인고 하니 바로 서시西施*와 정단鄭旦이었다.

서시는 저라산苧蘿山 밑에 사는 어떤 나무꾼의 딸이었다. 원래 저라산엔 동촌東村과 서촌西村이란 두 마을이 있었다. 그곳엔 시씨施氏 성을 가진 사람이 많이 살고 있었다.

두 미인은 다 서촌 태생이었다. 그래서 그중 하나를 서시라고

했다. 다른 한 미인도 서촌 태생이었기 때문에 서시와 구별하기 위해서 정단이라고 했다.

두 미인은 강가의 이웃에 살았다. 그녀들은 매일 함께 빨래를 했다. 맑은 강물에 비친 두 미인의 아름다운 얼굴은 마치 한 쌍의 부용芙蓉 같았다.

월왕 구천은 범려에게 분부하여 각기 백금百金을 갖다주고 두 미인을 데려오도록 했다. 이에 두 미인은 비단옷을 입고 비단 휘장을 친 수레를 타고 도읍지인 회계성會稽城으로 갔다.

월나라 백성들은 두 미인이 온다는 소문을 듣고 모두 교외로 몰려나갔다. 그래서 미인이 탄 수레는 길이 막혀 성안으로 들어갈 수가 없었다.

범려는 우선 서시와 정단을 교외 별관別館으로 데리고 들어갔다. 이윽고 범려의 지시를 받은 수하 사람 하나가 나와서 군중에게 외친다.

"만일 미인을 보고자 원하는 사람은 먼저 이 궤에다 금전金錢 1문文씩을 넣으시오."

군중들은 서로 앞을 다투어 궤 속에다 돈을 넣었다. 경각간에 모든 궤가 돈으로 가득 찼다.

조금 지나자 별관의 주홍빛 누대樓臺에 두 미인이 나타났다. 두 미인은 둥그런 난간을 의지하고 서서 군중을 굽어보았다. 모든 사람의 눈엔 그 두 미인이 지상 사람이 아니라 마치 하늘의 선녀가 하강한 듯했다.

두 미인은 교외에서 사흘을 머물며 많은 사람에게 그 아리따운 자색을 구경시켰다.

사흘 동안에 모인 돈은 이루 헤아릴 수 없을 정도였다. 범려는 그 많은 돈을 부고府庫에 바치고 나라 살림살이에 충당시켰다.

월왕 구천은 다시 토성土城 땅으로 두 미인을 보내어 필요한 범절을 배우게 했다. 그들이 떠날 때 월왕 구천은 친히 나가서 두 미인을 전송하기까지 했다.

그후 토성에선 늙은 학사學師들이 두 미인에게 노래와 춤과 화장하는 법과 걸음 걷는 법까지 가르쳤다. 곧 두 미인에게 모든 재주와 기술을 습득시켜서 오나라로 들여보낼 작정이었다.

이때가 주경왕 31년이었고, 월왕 구천이 왕위에 오른 지 7년째 되던 해였다.

미인 서시西施를 바치는 구천句踐

월왕越王 구천句踐이 다시 왕위에 오른 지 6년째 되던 해였다.

제나라에선 제경공齊景公이 세상을 떠났고 그의 어린 아들 공자 도荼가 군위를 계승했다.

같은 해에 초나라 초소왕楚昭王도 병으로 죽었고 그의 아들 세자 장章이 왕위에 올랐다.

이때 열국列國의 형세를 보면 초楚나라는 국내에 자잘한 일들이 많았고, 진晉나라는 쇠퇴 일로에 있었고, 제齊나라는 승상 안영晏嬰이 죽은 이후로 적막했고, 노魯나라는 공자孔子가 떠난 후로 더욱 혼란스러웠다. 그렇게 중원 일대의 모든 나라는 아무데도 위세를 떨치지 못했다.

이러한 때에 남방의 오吳나라만이 천하에 가장 강한 군대를 거느리고 있었던 것이다.

이에 오왕吳王 부차夫差는 강한 군대의 힘만 믿고 산동山東 일대를 먹어들어갈 작정이었다. 그래서 모든 나라 제후는 다 오나라를 두려워했다.

형편상 제나라에 관해서만 이야기를 해야겠다.

원래 제경공의 부인 연희燕姬는 일찍이 아들을 낳다가 죽었다. 그후에 제경공은 많은 애지중지하는 첩妾을 거느렸기 때문에 아들 여섯이 모두 서출庶出이었다.

공자 양생陽生이 가장 나이가 많았고, 공자 도荼가 제일 어렸다. 공자 도의 생모는 장사하는 천민賤民의 딸이었으나 어쩌다가 제공경의 눈에 든 후로 많은 사랑을 받았다. 그래서 제경공은 공자 도와 그 생모를 가장 사랑했다.

제경공은 군위에 있은 지 57년에 나이 일흔이 넘었지만 세자를 세우려고 하지 않았다. 그는 공자 도가 장성하기를 기다려 세자로 봉할 작정이었다.

그러던 중에 제경공은 병이 나서 일어나지 못하자, 세신世臣 국하國夏와 고장高張을 불러들여 뒷일을 부탁했다.

"두 대부는 장차 공자 도를 군위에 세우고 충성을 다하오."

이때 대부 진걸陳乞은 모든 공자들 중에서도 가장 나이가 많은 공자 양생과 절친한 사이였다.

이 소문을 듣고 진걸이 공자 양생에게 가서 권한다.

"공자 도가 군위를 계승하기로 결정되었다고 합니다. 장차 공자의 신변이 위험할지 모르니 다른 나라로 몸을 피하십시오."

이에 공자 양생은 아들 임壬과 가신家臣 감지闞止만 데리고 노나라로 달아났다. 아니나 다를까, 제경공은 공자 도의 장래를 염려한 나머지 국하와 고장 두 대부를 시켜 모든 공자를 국외로 몰아냈다.

그후 제경공은 세상을 떠났고 마침내 공자 도가 군위에 올랐다.

따라서 국하와 고장이 제나라의 정권을 잡았다.

진걸은 겉으론 그들과 뜻을 같이하는 체했으나 속으론 몹시 미워했다. 그는 비밀히 모든 대부를 찾아가서 다음과 같이 말했다.

"지금 국하와 고장이 권세를 잡고서 장차 지난날의 신하들을 모조리 몰아낼 계책을 세우고 있소. 다시 말해 공자 도의 일당이 모든 벼슬 자리를 독차지할 작정이오."

모든 대부는 진걸의 말을 있음직한 일이라고 믿었다. 그래서 진걸에게 장차 어떻게 해야 좋겠느냐고 그 계책을 물었다. 진걸은 모든 대부에게 그들의 가병家兵을 빌려달라고 했다. 이에 진걸은 대부 포목鮑牧과 서로 짜고 모든 대부의 가병을 거느리고서 일제히 고장과 국하를 쳤다.

그들은 때마침 궁에서 집으로 돌아가는 고장을 도중에 엄습해서 손쉽게 잡아죽였다. 그러나 집 안에 있던 국하는 재빨리 위기를 눈치채고 뒷문으로 빠져나가 거莒나라로 달아나버렸다.

이에 포목은 우상右相이 되고, 진걸은 좌상左相이 되었다. 그들은 국서國書와 고무평高無平에게 그 아버지인 국하와 고장의 대를 잇도록 했다.

이때 제나라 임금인 공자 도는 참으로 어린아이에 불과했다. 공자 도는 너무 어려서 좌우 사람이 시키는 대로 할 뿐 자기 주장이 전혀 없었다.

한편 진걸은 공자 양생을 군위에 올려세울 생각으로 비밀히 노나라로 사람을 보냈다. 노나라에 망명 중인 공자 양생은 진걸의 밀서를 받고 즉시 출발하여 수일 후 한밤중에 몰래 제나라 교외에 당도했다.

공자 양생은 가신 감지와 아들 임을 교외에 숨겨두고 홀로 성안으로 들어가서 진걸의 집에 몸을 숨겼다.

어느 날이었다.

진걸은 모든 대부를 자기 집으로 초대했다.

"오늘 우리 집에서 선조의 제사를 지냈소. 약간의 음식을 차려 놓았으니 모두 와주시오."

이에 모든 대부는 진걸의 집으로 갔다. 다른 대부들보다 먼저 초대를 받고 온 포목은 이미 진걸의 집 후원後園에서 술대접을 받고 있었다. 포목은 대부들이 왔다는 말을 듣고 외당外堂으로 나갔다.

진걸이 모든 대부를 둘러보며 말한다.

"내 요즘에 천하장사 한 사람을 가병으로 두었소. 모두 구경 좀 해보시려오?"

대부들이 대답한다.

"천하장사라니 한번 봅시다."

조금 지나자 내문內門 쪽에서 장사壯士 한 사람이 큰 뒤주를 들고 나와 당堂 위에 올려놓았다. 진걸이 친히 그 뒤주의 뚜껑을 열자 안에서 사람 하나가 목을 쓱 내밀며 나왔다. 모든 대부는 뒤주 속에서 나온 사람을 보고 깜짝 놀랐다. 바로 공자 양생이었던 것이다.

진걸이 공자 양생을 부축해서 북쪽 자리에 앉히고 모든 대부에게 말한다.

"자고로 장자長子에게 군위를 전하는 것이 통례입니다. 공자 도는 너무 어려서 임금 자격이 없소. 이제 우상右相 포목의 분부에 따라 공자 도를 폐위시키고 공자 양생을 군위에 모시기로 했소."

이 말을 듣자 포목이 깜짝 놀라 황급히 부인한다.

"나는 그런 분부를 내린 일도 없거니와 이런 일이 있는 줄도 몰랐소. 왜 나까지 끌고 들어가려는 거요? 그래서 나에게 미리 술을 먹여놓고 슬쩍 이 일에 끌어넣을 작정이었구려."

공자 양생이 일어나 포목에게 공손히 읍揖하고 청한다.

"어느 나라고 간에 임금을 갈아치우는 일은 있습니다. 다만 대의명분이 문제라고 생각합니다. 대부는 의리義理를 위해서 나를 도와주시오. 미리 알리고 말고를 따질 때가 아닙니다."

이때 진걸이 천하장사라는 자에게 눈짓을 했다. 장사는 불문곡직하고 포목을 잡아일으켜 완력으로 공자 양생에게 절을 시켰다. 이를 보고 있던 대부들은 겁이 나서 슬며시 일어나 일제히 공자 양생에게 절했다.

진걸은 모든 대부를 윽박질러 맹서盟書에 서명케 하고, 곧 수레를 준비시켜 공자 양생을 태워 궁으로 들어갔다.

이날 공자 양생은 궁중에서 군위에 올랐다. 그가 바로 제도공齊悼公이다.

그리고 지금까지 군위에 있던 공자 도는 궁중 밖으로 끌려나가 무참히 죽음을 당했다.

제도공이 진걸과 상의한다.

"포목은 과인을 반대하고 공자 도를 지지한 사람이다. 그냥 두어도 괜찮겠는가?"

그렇지 않아도 진걸은 내심 포목을 시기하고 있던 차라 즉시 그를 중상모략했다.

"없애버려야 합니다. 포목은 국외에 망명 중인 모든 공자들과 비밀히 연락을 취하고 있는 사람입니다. 포목을 죽여야만 이 나라가 안정됩니다."

이튿날 제도공은 다시 분부를 내려 포목을 잡아죽였다. 그리고 포목의 아들 포식鮑息에게 포숙아鮑叔牙의 제사를 받들게 했다. 포씨鮑氏는 바로 포숙아의 후손이었던 것이다.

이리하여 진걸은 제나라의 정승이 되어 모든 권세를 장악했다. 그러나 백성들은 무고한 사람들이 죽는 걸 보고 제도공을 원망했다.

이때 제도공에겐 여동생이 하나 있었다. 그녀는 주邾나라 임금 익益에게 시집을 가서 그의 부인이 되었다. 주나라 임금 익은 원래 오만무례한 사람이라 늘 이웃 나라인 노나라와 사이가 좋지 못했다.

이에 노나라 상경上卿 벼슬에 있는 계손사季孫斯는 참다못해 노애공魯哀公에게 이 사실을 아뢴 뒤 군사를 거느리고 가서 오만무례한 주나라를 쳤다.

노나라 군사는 단숨에 주나라를 무찌르고 임금 익을 사로잡아 부하負瑕 땅에 감금했다.

한편 제도공은 이 소문을 듣고 울화가 치밀어 견딜 수가 없었다.

"노나라가 과인의 매제妹弟인 주나라 임금을 사로잡아 감금했다는 것은 바로 우리 제나라를 모욕한 것이다. 내 기어이 노나라를 치리라!"

제도공은 곧 오吳나라로 사신을 보내어 함께 노나라를 치자고 청했다.

오왕吳王 부차夫差는 제나라의 청을 듣고 반가워했다.

"과인은 전부터 산동 쪽을 칠 생각이었는데 이제야 기회가 왔구나!"

오왕 부차는 즉시 제나라에 군사를 보내기로 쾌히 승락했다.

한편, 노애공은 제齊·오吳 두 나라가 쳐들어올 것이라는 보고를 받고 두려워했다. 그래서 즉시 주나라 임금 익을 본국으로 돌려보내는 동시에 제나라로 사자를 보내어 사죄했다.

사세가 이렇게 변하자 제도공은 대부 공맹작公孟綽을 오나라로 보냈다. 오나라에 당도한 공맹작이 오왕 부차에게 아뢴다.

"노나라가 드디어 우리 제나라에 잘못을 사죄했습니다. 그러니 대왕께선 군사를 보내실 필요가 없습니다."

오왕 부차가 노여움이 가득 차서 큰소리로 꾸짖는다.

"우리 오나라 군사가 제나라의 분부대로만 움직이는 줄 아느냐! 그래, 우리 오나라가 제나라 속국이란 말이냐! 오냐, 좋다. 내 친히 군사를 거느리고 제나라에 가서 너희들 임금을 잡아놓고 따지겠다. 여러 말 할 것 없이 썩 물러가거라!"

한편 노나라 노애공은 오왕 부차가 제나라에 노발대발했다는 소식을 들었다. 이에 노애공은 즉시 오나라로 사자를 보내어 함께 제나라를 치자고 청했다. 오왕 부차는 노나라의 청을 흔연히 승낙하고 그날로 군사를 일으켰다.

그리하여 오나라 군사는 노나라 군사와 함께 제나라로 쳐들어가서 순식간에 남비南鄙 땅을 포위했다.

제나라는 경황망조驚惶罔措하여 물 끓듯 소란했고, 제도공을 원망하는 백성들의 소리가 더욱 높아만 갔다.

"긁어 부스럼 격으로 임금은 공연히 오나라와 노나라 군사를 끌어들였다!"

이땐 진걸도 이미 죽어 그 아들 진항陳恒이 제나라의 정권을 잡고 있었다. 진항은 백성들이 제도공을 저주하는 걸 주시했다.

진항이 포식鮑息을 불러 속삭인다.

"그대에게 한 가지 부탁이 있소. 이 참에 그대가 임금만 죽여주면 우리는 밖으로 오나라의 오해를 풀 수 있소. 또 지난날에 억울하게 죽은 그대 아버지의 원수도 갚게 되는 것이오."

포식이 대답한다.

"아무리 그렇기로서니 내가 어찌 임금을 죽일 수 있겠소. 나는 못하겠소."

진항이 단호히 말한다.

"정 못하겠다면 내가 국가와 그대를 위해서 임금을 없애버리겠소."

어느 날이었다.

제도공은 싸움터로 나가는 군사를 사열하고 나서 궁으로 돌아갔다. 진항은 제도공을 위로한다면서 술을 따라 바쳤다. 그러나 그것은 무서운 독주毒酒였다. 제도공은 술을 받아마신 지 한식경도 못 되어 아홉 구멍으로 피를 쏟으며 죽었다.

진항은 즉시 대부 한 사람을 오나라 군사에게 보냈다. 그 대부가 오왕 부차에게 아뢴다.

"대왕께선 천명天命을 대신하사 우리 나라에 왕림하셨습니다. 그러나 죄 많은 저희 임금은 얼마 전에 급살병으로 죽었습니다. 아마 하늘이 대왕을 대신해서 죽였는가 합니다. 대왕께서 우리 제나라를 불쌍히 생각하시고 종묘사직宗廟社稷만 보존하게 해주시면 우리 나라는 그 은혜를 영원히 잊지 않고 대대로 귀국을 섬기겠습니다."

이에 오왕 부차는 군사를 거느리고 본국으로 돌아가고 노나라 군사도 본국으로 돌아갔다.

제나라 백성들은 제도공이 비명에 죽은 사실을 알면서도 아무도 그 일을 규탄하지 않았다. 평소에 그만큼 제도공을 미워했던 것이다.

그후 진항은 제도공의 아들인 공자 임壬을 군위에 세웠다. 그가 바로 제간공齊簡公이다.

제간공은 진씨陳氏 일당의 권세를 누르기 위해 진항을 우상右相으로 삼고, 감지를 좌상左相으로 삼았다.

옛사람은 제나라의 불행이 제경공에서부터 시작된 것이라고 논평했다.

옛 시로써 이 일을 증명할 수 있다.

사람은 애정 때문에 판단을 그르치기 쉬우니
제경공은 어쩌다가 막내아들에게 나라를 전했던고.
신하의 권세와 강한 외적을 원망하지 마라
결국은 다 자기가 저질러놓은 잘못이었더니라.
從來溺愛智逾昏
繼統如何亂弟昆
莫怨强臣與强寇
分明自己鑿凶門

한편, 월越나라에선 월왕 구천의 분부로 서시西施와 정단鄭旦 두 미녀가 토성土城에서 3년 동안 갖은 재주를 다 배웠다. 그녀들이 주렴珠簾을 드리운 아름다운 수레를 타고 거리를 지나갈 때면 천지가 향기로 가득 차는 듯했다.

월왕 구천은 다시 두 미인에게 선파旋波 · 이광移光 등 아름다운 몸종 여섯 명을 붙여주었다. 이에 승상 범려范蠡는 서시와 정단을 데리고 오왕 부차에게 바치려고 오나라로 갔다.

이때 오왕 부차는 군사를 거느리고 제나라를 치러 갔다가 막 돌아온 참이었다.

범려가 오나라 궁에 들어가서 오왕 부차에게 두 번 절하고 머리를 조아리며 월왕 구천의 말을 전한다.

"동해東海의 천신賤臣 구천은 태산 같은 성은聖恩을 입으면서도 친히 대왕을 모시지 못하는 것이 한입니다. 그래서 노래 잘하고 춤 잘 추는 여자 둘을 뽑아서 대왕께 보내오니 좌우에 두고 부리시기 바랍니다."

범려는 곧 서시와 정단을 불러들여 오왕 부차에게 배알시켰다.

오왕 부차가 굽어보니 보통 여자들이 아니었다. 마치 눈앞에 천상 선녀 한 쌍이 하강한 듯했다. 오왕 부차는 그만 정신이 몽롱해지면서 넋을 빼앗겼다.

곁에서 오자서伍子胥가 간한다.

"신이 듣건대 하夏나라는 말희妹喜 때문에 망했고, 은殷나라는 달기妲己 때문에 망했고, 주周나라는 포사襃姒 때문에 혼란했다고 합니다. 무릇 아름다운 여자는 나라를 망치는 요물입니다. 왕께선 저 두 여자를 받아들이지 마십시오."

오왕 부차가 오자서를 보고 말한다.

"여자를 좋아하는 것은 누구나 마찬가지오. 그런데 구천은 저런 미인을 자기 곁에다 두지 않고 과인에게 바쳤으니 그 충성을 가히 짐작할 수 있소. 승상丞相은 과도히 남을 의심하지 마오."

그후로 오왕 부차는 천하일색인 서시와 정단을 총애했다. 그러나 요염하고 비위를 잘 맞추기는 정단보다 서시가 월등했다.

그리하여 서시는 노래와 춤을 도맡아 하다시피 했다. 서시는 고소대姑蘇臺에 거처하면서 마침내 오왕 부차의 사랑을 독차지했다. 서시가 출입할 때는 그 거동이 왕후王后와 다를 것이 없었다.

정단은 오나라 궁에 거처하며 서시를 질투하다가 병이 나서 불과 1년을 넘기지 못하고 죽었다.

오왕 부차는 정단의 죽음을 애석해하며 황모산黃茅山에다 장사를 지내주고 그곳에 사당을 지어 해마다 제사를 지냈다. 그러나 이건 다 훗날의 이야기다.

오왕 부차는 왕손王孫 웅雄에게 서시를 위하여 영암산靈巖山에다 관왜궁館娃宮이란 별궁別宮을 짓도록 분부했다. 왕손 웅은 관왜궁을 짓는데, 구리로 만든 도랑에 맑은 물이 졸졸 흐르게 하고, 옥돌로 난간을 만들었으며, 주옥珠玉으로 궁실을 장식했다.

왕손 웅은 또 절세미인 서시를 더욱 풍류스럽게 하기 위해 향섭랑響屧廊*이란 복도를 시설했다. 그럼 향섭이란 무엇인가? 섭屧은 나무로 만든 신발을 뜻한다. 곧 향섭랑은 땅을 파서 큰 독을 줄지어 반쯤 묻고 그 위에다 두터운 판자를 깔아서 만든 복도다. 그러므로 서시와 궁녀들이 향섭랑을 걸을 때마다 부드럽고 아늑한 음향이 은은히 울려 퍼졌다. 이것은 중국 역사상 처음으로 고안된 복도였다.

오늘날도 영암사靈巖寺의 원조탑圓照塔 앞에 비스듬히 복도가 있다. 그것이 바로 오나라 때 향섭랑의 자취가 남아 있는 옛 터라고 한다.

고계高啓가 시로써 관왜궁을 읊은 것이 있다.

관왜궁 속의 관왜각은
그림 기둥이 구름을 뚫고 솟았도다.
그러나 한스러운 것은 그 당시에 누각이 좀더 높았던들
쳐들어오는 월나라 군사를 바라볼 수 있었을 텐데.
館娃宮中館娃閣

畫棟侵雲峰頂開

猶恨當時高未極

不能望見越兵來

또 왕우王禹가 시로써 향섭랑을 읊은 것이 있다.

복도는 부서지고 향섭랑이라는 이름만 남았으니

지난날에 서시가 거닐던 복도로다.

가엾다, 오자서는 생명을 걸고 간했으니

누구라 그 당시에 미인이 거닐던 신발 소리를 기억하리오.

廊壞空留響屧名

爲因西子繞廊行

可憐伍相終屍諫

誰記當時曳履聲

　　그리고 산 위엔 완화지翫花池, 완월지翫月池라는 두 못을 파고 오왕정吳王井이라는 샘물도 팠다. 서시는 때로 그 샘물에 가서 자기의 아름다운 모습을 비춰보며 화장을 했다. 그럴 때마다 오왕 부차는 으레 그 곁에 서서 서시가 화장하는 것을 도와주었다.

　　또 서시동西施洞이란 아늑한 동굴도 만들었다. 오왕 부차는 때때로 서시와 함께 그 동굴 속에 들어가서 놀았다. 지금도 그 동굴 밖에 약간 움푹 들어간 바위가 있는데, 세상에선 그것을 서시가 앉았던 자리라고 한다.

　　산 위엔 서시가 오왕 부차를 모시고 거문고를 탄주한 곳이 있는데 지금은 금대琴臺라는 터만 남아 있다.

또한 향산香山이라는 석가산石假山을 만들고 거기에다 향나무를 가득 심었다. 서시는 모든 궁녀들과 함께 배를 타고 노닐면서 그곳의 향나무 열매를 땄다.

영암산 남쪽으로 곧장 뻗은 냇물을 속칭 전경箭涇이라고 한다. 그곳이 바로 서시가 향나무 열매를 따서 흘려보냈다는 냇물이다.

성城의 동남쪽엔 채련경採蓮涇이란 곳이 있다. 그곳에서 오왕 부차는 서시와 함께 연꽃을 땄다.

성안엔 남쪽에서 북쪽으로 큰 호수가 흘렀다. 그 호수에서 오왕 부차는 서시와 함께 비단 돛을 단 배를 타고 놀았다. 그래서 그 호수를 금범경錦帆涇이라고 했다.

고계가 시로써 세상만사의 무상함을 읊은 것이 있다.

오왕 부차 당시에는 백화가 만발하고
음악이 연주되고 그림배가 떠다녔도다.
오왕 부차가 없는 오늘날엔 백화는 사라지고
노랫소리도 끊어지고 물결 소리만 적막하도다.
해마다 봄이 오면 꽃은 피고 지는데
그 당시의 꽃과 오늘날의 꽃을 본 사람이 과연 몇이나 되리.
사람들은 나뭇가지 사이로 물이 반짝이며 흐르는 것만 알고
떨어진 꽃잎들이 티끌로 변하는 건 모르는구나.
해마다 비바람에 고소대는 황량하기만 하고
황혼에 우는 꾀꼬리 소리는 남의 애를 끊는도다.
어느 시대이든 누구나 다 꽃을 보지만
오늘날도 이곳만은 꽃을 볼 수 없도다.
吳王在日百花開

畫船載樂洲邊來

吳王去後百花落

歌吹無聞洲寂寞

花開花落年年春

前後看花應幾人

但見枝枝映流水

不知片片墮行塵

年年風雨荒臺畔

日暮黃鸝腸欲斷

豈惟世少看花人

從來此地無花看

　성의 남쪽엔 장주원長洲苑이란 곳이 있는데 오왕 부차와 서시
가 사냥하던 곳이다. 또 어성魚城에선 고기를 기르고, 압성鴨城에
선 오리를 길렀으며, 계파鷄陂에선 닭을 치고, 주성酒城에선 술을
만들었다.

　언젠가 오왕 부차는 서시와 함께 서동정西洞庭의 남쪽 만灣으
로 더위를 피해 놀러 간 일이 있었다. 그 만은 10여 리나 길게 뻗
어 삼면이 온통 산으로 에워싸이고 오직 남쪽만이 궁궐 문처럼 트
여 있었다.

　그때 오왕 부차는,

　"이곳이야말로 가히 더위를 식힐 만한 곳이로구나!"

하고 말했다.

　그래서 그후로 그곳을 소하만消夏灣이라고 했다.

　장우張羽가 지은 「고소대가姑蘇臺歌」란 것이 있다.

관왜궁 안에 백화는 피었는데

서시는 아침 빛을 받으며 고소대에 올랐도다.

공간에 얇은 치마와 푸른 소매를 휘날리니

그 가냘픈 자세가 마치 바람결에 나는 날개 같도다.

아득히 바라보니 삼강은 한잔 물 같고

저 멀리 양편으로 동정수는 희미하게 빛나는도다.

서시는 무엇을 찾는 듯 사방을 살피다가 한곳만 바라보니

그것은 사슴 사냥을 하는 오왕 부차를 보고자 함이라.

성 위에 해는 지고 갈가마귀는 잠자리를 찾는데

서시는 섬돌을 내려와 꽃을 꺾으며 희롱하도다.

강 건너 길 가는 사람이여, 이곳을 엿보지 마라

한 쌍 남녀의 사랑이 더욱 빛나는도다.

館娃宮中百花開

西施曉上姑蘇臺

霞裙翠袂當空擧

身輕似展凌風羽

遙望三江水一杯

兩點微茫洞庭樹

轉面凝眸未肯回

要見君王射麋處

城頭落日欲棲鴉

下階戲折棠梨花

隔岸行人莫倚盼

干將莫邪光粲粲

오왕 부차는 서시를 얻은 후부터 고소대로 집을 삼고 춘하추동을 흥나는 대로 나가서 놀았다. 그들이 가는 곳이면 언제나 음악 소리가 끊이지 않았다.

이리하여 오왕 부차는 궁으로 돌아갈 줄을 몰랐다. 태재太宰 백비伯嚭와 왕손 웅은 항상 좌우에서 오왕 부차를 모셨다. 그러나 오자서가 오면 오왕 부차는 늘 바쁘다면서 만나주지 않았다.

한편, 월왕 구천은 오왕 부차가 서시를 총애하여 밤낮없이 즐긴다는 정보를 듣고 다시 문종文種과 함께 상의했다.

문종이 아뢴다.

"나라는 백성으로써 근본을 삼고, 백성은 먹는 걸로써 하늘을 삼습니다. 그런데 금년은 추수秋收가 부실해서 장차 곡식이 귀할 듯합니다. 왕께선 오나라로 사람을 보내사 곡식을 꾸어달라고 하십시오. 하늘이 우리를 도우신다면 오왕은 반드시 우리에게 곡식을 보낼 것입니다."

월왕 구천이 머리를 끄덕인다.

"그럼 다른 사람을 보낼 것 없이 그대가 오나라에 가서 좀 수고해주오."

이에 문종은 오나라로 가서 태재 백비에게 많은 뇌물을 바치고 매사를 잘 주선해달라고 청했다.

태재 백비는 문종을 데리고 고소대로 가서 오왕 부차를 뵈옵게 했다.

문종이 오왕 부차에게 두 번 절하고 청한다.

"월나라는 일기가 고르지 못해서 금년에 흉년이 들었습니다. 지금 백성들은 먹을 것이 없어 굶주리고 있습니다. 원컨대 대왕께서 창고에 있는 곡식 1만 석石만 꾸어주시면 당장 굶고 있는 월나

라 백성을 건질 수 있습니다. 내년 가을에 추수가 끝나면 즉시 갚
아드리겠습니다."

오왕 부차가 머리를 끄덕인다.

"월왕 구천은 나의 신하로서 우리 오나라에 충성을 다하고 있
다. 월나라 백성도 바로 과인의 백성이라. 내 어찌 곡식을 아껴 그
들을 구하지 않으리오!"

이때 오자서는 월나라에서 사신이 왔다는 말을 듣고 곧 고소대
로 갔다.

오자서는 오왕 부차가 월나라에 곡식을 꾸어주기로 허락하는
걸 보고서 간한다.

"월나라에 곡식을 보내다니 그건 안 될 말씀입니다. 오늘날의 형
세로 말하면 월나라와 우리 오나라는 도저히 공존할 수 없는 처지
에 있습니다. 월왕이 사신을 보낸 것은 참으로 흉년이 들어서 양식
을 꾸러 보낸 것이 아닙니다. 우리 오나라 창고를 텅 비게 하려는
것이 그들의 목적입니다. 그러니 결코 곡식을 보내지 마십시오."

오왕 부차가 오자서에게 말한다.

"지난날 구천이 우리 나라에 잡혀와 있을 때 그는 과인의 말을
끌기도 했소. 내가 그를 월나라로 돌려보낸 것은 죽은 사람을 살
려준 거나 다름없소. 구천은 그 은혜를 잊지 않고 끊임없이 나에
게 공물貢物을 보내고 있소. 그러한 그가 어찌 우리 오나라를 배
반할 리 있으리오."

오자서가 대답한다.

"신이 들은 소문에 의하면 월왕은 새벽부터 일어나 정사를 돌
보고 백성들을 사랑하며 선비를 양성한다고 합니다. 그것이 다 우
리 오나라에 보복하기 위한 결심입니다. 그런데 대왕께서 이제 또

곡식을 보내어 그를 돕는다면 장차 이 고소대는 짐승들의 놀이터가 될 것입니다."

"구천은 이미 나에게 자기 자신을 신하라고 자처한 사람이오. 그러한 그가 신하로서 어찌 임금을 칠 리 있으리오."

"탕왕湯王이 걸왕桀王을 친 것이나 무왕武王이 주왕紂王을 친 것이 다 신하로서 임금을 친 것이 아니고 무엇입니까?"

태재 백비가 목소리를 높여 오자서를 꾸짖는다.

"승상은 말을 삼가시오! 어찌 우리 왕을 폭군 걸왕과 주왕에 비교하오?"

태재 백비가 다시 오왕 부차에게 아뢴다.

"자고로 이웃 나라에 흉년이 들면 도와주기로 되어 있습니다. 옛날에 제환공齊桓公이 규구葵邱 땅에서 모든 나라 제후와 대회를 열었을 때도 이 법을 강조했습니다. 더구나 우리 나라로 들어오는 공물은 거개가 월나라에서 보내는 것입니다. 내년에 월나라에 새 곡식이 났을 때 우리가 꾸어준 것을 받아오면 그만 아닙니까? 그러면 우리 오나라는 아무 손해 없이 월나라에 더욱 큰 덕을 펴게 됩니다. 그러하거늘 무엇을 주저하십니까?"

마침내 오왕 부차는 곡식 1만 석을 월나라에 보내기로 했다.

오왕 부차가 문종에게 말한다.

"그대도 들은 것처럼 과인은 모든 신하의 반대를 물리치고 월나라로 곡식을 보내는 것이다. 내년에 풍년이 들거든 어김없이 갚기로 하고 신의信義를 잃지 않도록 하여라."

문종이 재배하고 머리를 조아린다.

"대왕께서 우리 월나라를 불쌍히 생각하시고 곡식을 보내시는데 어찌 약속을 어기겠습니까."

문종은 오나라에서 받은 곡식 1만 석을 수십 척의 배에 싣고 월나라로 돌아갔다. 이에 월왕 구천은 입가에 연방 미소지었고 모든 신하는 만세를 외쳤다.

월왕 구천은 즉시 방방곡곡 가난한 백성들에게 오나라 곡식을 나누어주었다. 이에 월나라 백성들은 모두 월왕 구천의 은덕을 칭송했다.

그 이듬해 월나라는 큰 풍년이 들었다.

월왕 구천이 문종에게 묻는다.

"이제 오나라에 곡식을 갚지 않으면 신용을 잃게 되고, 곡식을 갚으면 이는 우리 월나라의 손해라. 이 일을 어찌하면 좋겠소?"

문종이 대답한다.

"곡식 중에서 상등품만 가려내어 솥에 약간 쪄서 보내십시오. 오나라는 우리가 보낸 곡식이 상등품인 걸 보고 반드시 두었다가 내년 봄에 씨로 쓸 것입니다. 그러면 우리의 계책대로 효과를 얻을 수 있습니다."

이에 월나라는 곡식 중 상등품을 살짝 쪄서 오나라로 보냈다. 지난해에 오나라가 꾸어준 수량과 추호도 틀리지 않았다.

오왕 부차가 찬탄한다.

"월왕은 참으로 신용 있는 사람이다! 더구나 보내온 곡식을 보니 크고 좋구나."

이미 월나라의 뇌물을 먹은 태재 백비가 멋모르고 아뢴다.

"월나라 땅은 토질土質이 비옥해서 곡식이 매우 좋습니다. 이런 좋은 곡식은 백성들에게 나눠주어서 내년에 심게 하는 것이 마땅할까 하옵니다."

그 다음해에 오나라 백성들은 모두 월나라의 곡식을 심었다. 그

랬으니 농사가 될 리 없었다.

마침내 오나라는 큰 흉년이 들고 백성들은 먹을 것이 없어 굶주렸다. 그러나 오왕 부차는 오나라 토질이 월나라와 다르기 때문에 그렇거니 생각했다. 물론 그는 월나라가 곡식을 살짝 쪄서 보냈을 줄은 상상도 하지 못했다.

참으로 문종의 계책은 지독했다. 이것이 바로 주경왕周敬王 36년 때 일이었다.

한편, 월왕 구천은 오나라에 큰 흉년이 들었다는 소문을 듣고 즉시 군사를 일으켜 오나라를 치기로 작정했다.

그러나 문종이 간한다.

"아직 오나라를 칠 때가 아닙니다. 오나라엔 아직도 무서운 충신들이 있습니다. 이 일은 범려范蠡와 함께 상의하시는 것이 좋을까 합니다."

월왕 구천은 다시 범려와 이 일을 상의했다.

범려가 아뢴다.

"오나라를 쳐야 할 때는 머지않았습니다. 바라건대 왕께선 좀 더 군사를 조련시키시고 때를 기다리십시오."

월왕 구천이 묻는다.

"아직도 싸울 준비가 덜 되었단 말이오?"

"싸움엔 많은 군사보다 잘 조련된 정병精兵이 필요합니다. 군사 하나하나가 다 강하려면 반드시 무예를 겸해야 합니다. 장수는 칼을 잘 써야 하며 병졸은 활을 잘 쏘아야 하는데, 그러려면 훌륭한 선생을 구해서 가르쳐야 합니다. 신이 그간 알아본즉 남림南林 땅에 한 처녀가 살고 있는데 칼을 매우 잘 쓴다고 합니다. 또 초나라 사람으로 우리 월나라에 사는 진음陳音이란 사람은 활에 정통하다고 합니다. 왕께선 사람을 보내사 그들을 초빙하십시오."

월왕 구천이 사자 두 사람에게 분부한다.

"그대들은 많은 예물을 가지고 가서 그들을 모셔오너라."

이리하여 두 사자는 월나라 회계성會稽城을 떠났다.

원래 칼을 잘 쓴다는 그 처녀의 이름을 아는 사람은 아무도 없었다. 그녀는 깊은 숲 속에서 태어나 사람 없는 들에서 자란 여자로 어떤 스승에게 배운 바도 없이 저절로 칼 쓰는 법을 체득했다.

남림 땅에 당도한 월나라 사자는 곧 그 처녀에게 가서 월왕 구천의 간곡한 분부를 전하고 함께 가기를 청했다. 그 처녀는 쾌히 승낙하고 사자를 따라 회계성으로 향했다.

그들이 산 북쪽을 지나던 때였다. 타고 가던 수레 앞에 난데없는 백발 노인 하나가 나타났다.

"낭자는 바로 남림 땅에 사는 처녀가 아니냐? 더구나 여자의 몸으로 얼마나 검술劍術을 안다고 감히 월왕의 초빙을 받고 가느냐? 원컨대 나하고 한번 칼 쓰는 법을 겨뤄봄이 어떨지?"

처녀가 대답한다.

"이 몸은 감히 재주를 감추지 않겠습니다. 바라건대 노인께선 부족한 점을 잘 지도해주십시오."

이에 백발 노인은 그녀를 숲 속으로 데리고 갔다.

노인은 마치 썩은 풀을 뽑듯 푸른 대나무를 뽑아들더니 불현듯 돌아서면서 뒤따라오는 처녀의 가슴을 찔렀다. 순간 처녀는 몸을 피하면서 어느새 나뭇가지를 꺾었는지 노인을 향해 쳤다.

일순 노인은 나무 위로 날아올랐다. 위를 쳐다보니 노인은 어느새 하얀 원숭이로 변해 있었다. 하얀 원숭이는 길게 휘파람을 한 번 불고서 어디론지 사라져버렸다.

처녀는 넋을 잃고 이 광경을 바라보던 사자를 재촉하여 다시 길을 떠났다.

수일 후 처녀는 회계성에 당도하여 월왕 구천을 뵈었다. 월왕 구천이 자리를 주어 앉게 하고 묻는다.

"그대가 칼을 잘 쓴다니 검술에 대해서 좀 들려주기 바라노라."

처녀가 대답한다.

"안으론 정신을 가다듬고 겉으론 한가한 표정을 지어 마치 부녀자婦女子처럼 보여야 합니다. 그런 후에 적을 취하되 범같이 용맹하고 몸과 정신이 일치되어 스스로 자기 그림자를 쫓듯 종횡으로 좌충우돌해야 합니다. 곧 동작이 눈을 깜박이는 것보다도 빨라야 합니다. 저의 검술을 배워서 깨친 자는 혼자서 100명을 당적할 수 있으며, 100명이면 1만 명도 당적할 수 있습니다. 만일 대왕께서 저의 말을 믿지 않으신다면 이를 한번 시험해 보여드리겠습니다."

이에 월왕 구천은 용사勇士 100명을 불러 칼로 처녀를 치라고 분부했다.

처녀는 달려드는 100명의 용사를 상대로 눈 깜짝할 사이에 그들의 칼을 쳐서 모조리 땅에 떨어뜨렸다.

월왕 구천은 감탄하고 그 처녀로 하여금 군사들에게 칼 쓰는 법을 가르치게 했다.

처녀는 1년 남짓 동안에 군사 3,000명에게 칼 쓰는 법을 가르쳐 주고서 남림 땅으로 돌아갔다.

월왕 구천은 다시 사람을 보내어 처녀를 초청했다. 그러나 사자가 남림 땅에 갔을 때 그 처녀는 어디에도 없었다. 그래서 어떤 사람은,

"이는 하늘이 오나라를 망치기 위해서 신녀神女를 잠시 월나라

로 내려보낸 것이다."

하고 말했다.

　한편, 진음陳音이라는 사람은 원래가 초나라 사람이었다. 그는 일찍이 초나라에서 살인을 하고 원수를 피해 월나라에 와서 살고 있었다.

　범려는 진음의 활솜씨가 백발백중인 것을 본 일이 있었다. 그래서 그는 월왕 구천에게 아뢰고 진음을 사사射師*로 초빙한 것이었다.

　월왕 구천이 진음에게 묻는다.

　"대저 궁노弓弩란 것이 언제 생겼는지 들려주기 바라노라."

　진음이 아뢴다.

　"원래 노弩는 활〔弓〕 때문에 생긴 것이며, 활은 탄환 때문에 생긴 것이며, 탄환은 고대의 어느 효자가 만든 것이라고 합니다. 고대 사람들은 숲 속에서 살았는데 배가 고프면 나무의 열매를 따먹고 짐승을 잡아먹었으며, 목이 마르면 안개와 이슬을 마셨고, 그러다가 죽으면 사람들이 죽은 사람을 백모白茅에 싸서 허허벌판에 내다버렸습니다. 그러면 짐승들이 와서 그 시체를 뜯어먹는 것이었습니다. 그런데 어느 효자 하나가 짐승과 날짐승들이 자기 부모의 시체를 뜯어먹는 걸 차마 볼 수 없어서 고민하던 나머지 비로소 탄환이란 걸 만들어냈습니다. 그는 그 탄환을 쏘아 짐승들로부터 자기 부모의 시체를 보호했습니다. 그래서 '단죽속죽斷竹續竹, 비토축육飛土逐肉(대나무를 잘라 이어서 흙덩어리를 쏘아 짐승을 쫓았다)'이라는 당시의 노래가 전해지고 있습니다. 그후 신농황제神農皇帝 때에 이르러 비로소 나무를 휘어 오늘날과 같은 활을 만들었고, 나무를 깎아 화살을 만들어 그 위엄을 천하에 떨쳤습니다. 그후 호보弧父란 사람이 초나라 형산荊山에서 태어났는데, 그는 자기 부모를 본 일이 없는 사람이었습니다. 그는 아이 때부터 활 쏘는 법을 익혔는데 아무리 날쌘 짐승도 그의 화살에서 벗어나지 못했습니다. 그 뒤 호보는 예羿란 사람에게 활 쏘는 법을 전했고, 예는 다시 봉몽逢蒙이란 사람에게 전했고, 봉몽은 다시 금씨琴氏에게 그 법을 전했습니다. 그후 금씨는 모든 나라 제후들이 서로 싸우는 걸 본즉 예전의 활만으론 이기기 어렵다는 것을 알고 활을 눕혀 팔에 대고 다시 기계를 가설해서 노弩란 것을 만들었습니다. 이리하여 금씨는 그 노라는 무기를 초楚나라 삼후三侯에게 전했고, 그때부터 초나라는 대대로 복숭아나무로 노를 만들고 대추나무로 화살을 만들어 적의 침범을 막아왔습니다. 그래서 신의 조상은 초나라에서 대대로 궁노弓弩 쏘는 법을 배워 자손에게 전했습니다. 신이 바로 그 오대째 자손입니다. 대저 노를 사용하면 새도 날기 전에 죽고 짐승도 달리기 전에 쓰러집니다."

이에 월왕 구천은 용사 3,000명에게 북교北郊에 나가서 노 쓰는 법을 배우도록 분부했다.

진음은 북교에서 용사 3,000명을 거느리고 한 번에 화살 세 대를 연달아 날리는 비법을 가르쳤다. 화살 세 대를 연달아 쏘는 궁노 앞에선 아무도 몸을 피할 도리가 없었다.

3개월 동안 진음은 전력을 기울여 오묘한 비법을 가르치다가 갑자기 병이 나서 죽었다.

월왕 구천은 진음을 산에다 극진히 장사지내주고, 그 산의 이름을 진음산陳音山이라고 명명했다.

염선髥仙이 시로써 그 당시를 읊은 것이 있다.

칼과 활 쏘는 법을 가르친 것도 다 오나라를 치기 위해서니 그렇듯 결심하고 그렇듯 노력하는 동안에 눈물도 거의 말랐도다.

한편 고소대에선 바야흐로 춤과 노래가 한창인데

오왕 부차는 황망히 묻는구나, '이웃 나라에 무슨 일이 생겼느냐?'

擊劍彎弓總爲吳

臥薪嘗膽淚幾枯

蘇臺歌舞方如沸

遑問鄰邦事有無

한편 오자서는 월왕 구천이 열심히 군사를 조련시킨다는 소문을 듣고 즉시 고소대로 갔다.

오자서가 눈물을 흘리며 오왕 부차에게 간한다.

"대왕께선 아직도 월왕 구천을 믿으십니까? 구천은 범려를 시켜 밤낮없이 군사를 조련한다고 합니다. 그래서 월나라 군사들은 칼 쓰는 법과 활 쏘는 법을 열심히 배워 모두 다 놀라운 강병剛兵이 되었다고 합니다. 그러한 월나라 군사가 일시에 우리 나라로 쳐들어온다면 대왕께선 어떻게 그들을 막으시렵니까? 신의 말이 믿어지지 않으시면 왜 월나라로 사람을 보내어 그들의 실정을 알아보려고도 하지 않으십니까?"

그제야 오왕 부차는 의심이 나서 월나라로 비밀히 세작細作을 보냈다.

월나라에 갔던 세작이 수개월 만에 돌아와서 보고한다.

"칼 잘 쓰는 처녀와 활 잘 쏘는 진음이 월나라 군사를 교련敎練했다고 합니다."

오왕 부차가 즉시 태재 백비를 불러 묻는다.

"월나라는 과인에게 충성을 다하면서 한편으론 군사를 조련한다고 하니 이게 웬일일까?"

태재 백비가 대답한다.

"지난날 대왕께서 월나라에 땅을 하사하셨기 때문에 그들은 자기 나라를 지키기 위해서 군사를 양성해야만 합니다. 군사를 조련하는 것은 자기 강토를 지키기 위해 다른 나라에서도 모두 하고 있는 일입니다. 그러하거늘 왕께선 무얼 의심하십니까?"

그러나 이때부터 오왕 부차는 마음이 놓이지가 않았다. 그래서 마침내 군사를 일으켜 월나라를 쳐야겠다고 생각했다.

한편, 제齊나라에서 진씨陳氏는 대대로 민심을 얻는 동안에 이제는 임금 자리까지 탐내기에 이르렀다. 진항陳恒은 정승 자리에 오른 후로 드디어 역모逆謀할 결심을 했다. 그래서 진항은 우선 국서國書와 고무평高無平 일당부터 없애버리기로 했다.

진항이 제간공齊簡公에게 아뢴다.

"노魯나라는 우리와 이웃 나라이면서도 지난날 오吳나라와 손을 잡고 우리 나라를 쳤습니다. 상감께선 기필코 그 원수를 갚으셔야 합니다."

제간공이 묻는다.

"과인인들 어찌 그 당시를 잊었으리오. 어떻게 하면 노나라를 쳐서 지난날의 원수를 갚을 수 있을꼬?"

진항이 대답한다.

"노나라를 치기 위해서는 반드시 국서를 대장大將으로 삼고, 고무평과 종누宗樓를 부장副將으로 삼고, 대부 벼슬에 있는 공손하公孫夏와 공손휘公孫揮와 여구명閭丘明 등을 장수로 삼아서 출전시켜야 합니다. 그러면 노나라 하나쯤이야 즉시 항복을 받아낼 수 있습니다."

이에 철없는 제간공은 진항이 시키는 대로 유력한 신하들을 다 장수로 삼고 병거 1,000승을 주어 노나라를 치게 했다.

국서 등이 군사를 거느리고 노나라를 치러 떠날 때 진항은 문수汶水까지 따라가서 그들을 격려했다.

"만일 노나라를 쳐서 이기지 못하거든 맹세코 돌아오지 않을 각오로 싸워야 하오!"

한편, 이때 공자孔子는 노나라에 있었다. 공자는 날마다 『시경詩經』과 『서경書經』을 산술刪述하고 있었다.

어느 날이었다.

공자의 제자 자장子張이 스승을 뵈오려고 제나라에서 노나라로 돌아왔다.

공자가 자장에게 묻는다.

"그간 제나라는 평화롭던가?"

자장이 대답한다.

"평화로운 것이 다 뭡니까? 지금 제나라 군사가 우리 나라 접경에 집결하고 있다는 걸 모르시나이까?"

공자가 적이 놀란다.

"노나라는 바로 내 부모의 나라다. 우리 나라가 장차 위기에 놓였으니 가만히 있을 수 없구나. 누가 능히 제나라에 가서 우리 노나라를 치지 못하도록 하겠느냐?"

자장과 자석子石이 서로 가겠다고 자원했다. 그러나 공자는 허락하지 않았다.

자공子貢이 아뢴다.

"제가 가면 어떻겠습니까?"

공자가 대답한다.

"자공이 간다면 괜찮을 것이다."

자공은 그날로 노나라를 떠나 제나라 군사가 집결해 있는 문수로 향했다.

수일 후였다. 진항은 노나라에서 공자의 제자 자공이 왔다는 전갈을 받았다.

"그가 나와 만나자는 것은 나를 설복시키기 위해서로구나!"

진항은 짐짓 엄숙한 표정을 짓고서 자공을 데리고 들어오도록 분부했다.

이윽고 자공은 무인지경을 걷듯 태연히 들어왔다. 진항이 자공을 영접해서 앉게 하고 묻는다.

"선생은 노나라를 위해 세객說客으로서 오셨나이까?"

자공이 대답한다.

"저는 제나라를 위해서 왔지 노나라를 위해 온 것은 아닙니다. 대저 노나라를 치기란 퍽 어려운 일인데 승상께선 왜 그러한 노나라를 치려고 하십니까?"

진항이 되묻는다.

"노나라를 치는 것이 어찌 어렵다고 하십니까?"

자공이 조용한 음성으로 대답한다.

"우선 노나라는 그 성城이 보잘것없고 성지城池가 좁고 얕으며, 그 임금이 약하고 대신들이 무능하여 군사 또한 싸울 줄을 잘 모릅니다. 그러므로 노나라는 가장 무찌르기 어려운 나라입니다. 승상께서 지난날의 앙갚음을 하실 생각이라면 우리 노나라보다는 차라리 오나라를 치십시오. 오나라로 말할 것 같으면 우선 그 성이 튼튼하고 성지가 넓으며, 군사는 강하고 무기는 날카롭고 날쌘 장수들이 많습니다. 그러니 오나라를 무찌르기는 쉬운 일입니다."

진항이 불쾌한 기색으로 말한다.

"선생이 말하는 어렵고 쉽다는 것이 무슨 뜻인지 도무지 알 수가 없구려!"

"그럼 좌우에 있는 사람들을 내보내고 단둘이서 이야기하십시다. 그러면 승상을 위해 그 어렵고 쉽다는 뜻을 상세히 풀이해드리겠습니다."

진항은 좌우에 있는 사람들을 모두 내보내고 자공에게 가르침을 청했다.

자공이 조용히 설명한다.

"무릇 국외의 일로 걱정이 있을 때엔 약한 자를 공격해야 하며, 국내의 일로 걱정이 있을 때엔 강한 자를 쳐야 합니다. 제가 지금 승상의 형편과 사정을 보건대, 승상께선 다른 대신들로부터 별로 지지를 받지 못하고 있습니다. 그런데 이런 경우에 약한 노나라를 쳐서 무찌른다면 그 결과가 어떻게 되겠습니까? 노나라를 친 대신들이 모든 공로를 다 차지하게 되고 승상께선 그저 모든 대신들의 세도가 나날이 커가는 것만 구경해야 됩니다. 곧 다른 대신들의 세도가 나날이 커가면 커갈수록 승상의 지위는 위태로워집니다. 그러나 이와 반대로 오나라를 친다고 생각해보십시오. 모든 대신은 강한 오나라를 무찌르지 못해 그들과 싸우기에 무진 애를 써야 합니다. 그래야만 승상께선 국내에 있으면서 제나라를 전제專制할 수 있습니다. 그러니 어느 쪽을 치는 것이 승상께 유리하다고 생각하십니까?"

진항은 이 말을 듣자 즉시 안색이 부드러워졌다. 진항이 자공에게 흔연히 묻는다.

"선생의 가르침은 나의 걱정거리를 한꺼번에 씻어주는 듯합니다. 그러나 이미 군사가 노나라를 치려고 지금 문수에 집결해 있는데 갑자기 오나라를 치라고 하면 모든 대신들이 나를 의심하지 않겠습니까?"

자공이 대답한다.

"승상께선 문수에 주둔한 군사를 그대로 놔두고 움직이지 못하게만 하십시오. 저는 이 길로 오나라에 가서 오왕에게, 지금 제나라가 지난날의 앙갚음을 하기 위해 노나라를 치려고 하니 오나라 군사를 보내어 노나라를 구해달라고 교섭하겠습니다. 그러면 오나라 군사가 제나라를 칠 터이니 누가 승상을 의심하겠습니까?"

이에 진항이 감동한다. 그리고 즉시 대장 국서를 불러 분부한다.

"내 듣자 하니 지금 오나라가 우리 제나라를 칠 생각이라고 하오. 장군은 군사를 거느리고 이곳에 주둔하되 함부로 움직이지 마오. 다시 오나라의 동정을 살펴본 후에 오나라 군사가 쳐들어온다면 그들부터 먼저 무찔러버리고 다음에 노나라를 치도록 합시다."

대장 국서는 그렇게 하기로 승낙했다. 이에 진항은 문수를 떠나 제나라 도읍으로 돌아갔다.

한편, 자공은 밤낮을 가리지 않고 동쪽 오나라로 달려갔다.

자공이 오왕吳王 부차夫差를 만나 타이른다.

"지난날 오나라가 노나라와 함께 제나라를 쳤기 때문에 그후 제나라는 원한이 골수에 사무쳐 있습니다. 그래서 제나라는 지난날의 원한을 갚기 위해 지금 노나라를 치려고 문수에 군사를 집결시키고 있습니다. 제나라 군사가 노나라를 무찌르고 나면 그 다음은 오나라를 칠 것입니다. 대왕께선 왜 미리 제나라를 쳐서 노나라의 위기를 풀어주지 않으십니까? 대왕께서 만승萬乘의 나라인 제나라를 쳐서 무찌르고 천승千乘의 나라인 노나라를 거느린다면 오나라의 위세는 진晉나라보다 커집니다. 그러면 대왕께선 드디어 천하의 패권을 잡게 되는 것입니다."

오왕 부차가 대답한다.

"지난날엔 제나라가 대대로 과인을 섬기겠다기에 군사를 거두어 돌아왔던 것이오. 한데 그후로 제나라는 과인에게 사신도 공물도 보낸 일이 없소. 그래서 과인도 다시 제나라를 칠 작정을 하고 있던 참이오. 그런데 요즘 들리는 소문에는 월나라가 과인을 치기 위해 군사를 조련시키며 모든 준비를 서두르고 있다 하오. 장차 과인은 월나라부터 쳐서 무찔러버린 후에 제나라를 치겠소."

자공이 말한다.

"그렇게 하면 안 됩니다. 월나라는 약하고 제나라는 강합니다. 그러므로 약한 월나라를 쳐보았자 이익이 적고 대신 강한 제나라를 내버려두면 큰 불행이 닥쳐옵니다. 더구나 약한 월나라를 두려워하고 강한 제나라를 피한다는 건 용기가 없기 때문입니다. 또 조그만 이익을 위해서 큰 불행이 닥쳐오는 걸 모른다는 건 지혜가 없기 때문입니다. 만일 대왕께서 한꺼번에 용기와 지혜를 잃는다면 장차 무엇으로 천하의 패권을 잡으시렵니까? 그래도 대왕께서 월나라를 안심할 수 없으시다면 신이 대왕을 위해 월나라로 가겠습니다. 그리고 제나라를 치는 데 월나라 군사도 따라가서 돕도록 하겠습니다."

오왕 부차가 마음이 쏠려 당부한다.

"진실로 그렇게만 해준다면 참으로 고맙겠소."

이에 자공은 오왕 부차에게 하직하고 다시 동쪽 월나라를 향해 걸음을 옮겼다.

월왕 구천은 유명한 공자의 제자인 자공이 온다는 기별을 받고 미리 백성들을 시켜 길을 닦게 했다. 그리고 친히 30리 밖까지 나가서 자공을 영접하여 가장 훌륭한 공관公館으로 안내했다.

월왕 구천이 공손히 국궁鞠躬하고 묻는다.

"고명하신 선생께서 궁벽한 동해 가의 이 누추한 곳까지 어찌 오셨습니까?"

자공이 대답한다.

"특별히 대왕을 위로하러 왔나이다."

월왕 구천이 자공에게 재배하고 머리를 조아리며 청한다.

"들건대 불행과 행복은 종이 한 장 차이라고 합니다. 선생께서 이렇듯 오셔서 위로해주시니 이는 우리 월나라의 복입니다. 청컨대 매사를 잘 가르쳐주십시오."

자공이 조용한 목소리로 대답한다.

"신이 이번에 오왕을 만나본즉, 오나라는 노나라를 돕기 위해 제나라를 칠 생각이었습니다. 그런데 오왕은 대왕께서 오나라에 쳐들어오지나 않을까 의심하고 제나라보다 먼저 대왕을 칠 작정이더이다. 대저 원수를 갚으려는 사람이 먼저 적에게 의심을 품게 한다는 것부터가 졸렬한 짓입니다. 또 원수를 갚으려는 사람이 적에게 자기 뜻을 알린다는 것도 위험한 짓입니다. 그러므로 대왕께서 좀더 신중히 하지 않으면 월나라를 위해 좋지 못할 것입니다."

월왕 구천이 뜨끔 놀라 무릎을 꿇고 자공에게 청한다.

"그렇다면 선생께서 이 몸을 위해 좋은 방법을 가르쳐주십시오."

자공이 대답한다.

"오왕은 교만해서 간신을 좋아하고, 태재 백비는 세도를 누리기 위해서 아첨을 곧잘 한다고 합니다. 그러니 대왕께선 좋은 보물을 보내어 그들의 마음을 기쁘게 해주고 공손한 말로 예의를 다하십시오. 그런 후에 친히 일군一軍을 거느리시고 오나라 군사를 도와 제나라를 치십시오. 제나라 군사와 싸워서 지게 되면 자연 오나라는 힘을 잃을 것이며, 반면 싸워서 이기면 오왕은 더욱 교만해져서 천하 패권을 장악하려고 다음번엔 반드시 저 강한 진晉나라를 치러 갈 것입니다. 그때가 대왕껜 둘도 없는 기회이니 그틈을 타서 오나라를 치면 됩니다."

월왕 구천이 일어나 두 번 절하고 감사의 뜻을 표한다.

"바로 하늘이 과인에게 선생을 보내주심인가 합니다. 선생의 말씀은 마치 죽은 사람을 살리고 백골白骨에 살이 돋아나게 하시는 것과 같으니 어찌 그 가르치심을 받들지 않겠습니까."

월왕 구천은 자공에게 황금 100일鎰과 보검寶劍 한 자루와 좋은 말 두 필을 선사했다. 그러나 자공은 굳이 사양하고 월나라를 떠났다.

자공은 다시 오왕 부차에게 가서 다녀온 경과를 알렸다.

"월왕은 대왕께서 살려주신 은혜를 깊이 감사하고 있더이다. 그리고 대왕께서 월나라를 의심한다는 말을 듣고 매우 송구해했습니다. 그는 곧 대왕께 사신을 보내어 사죄하겠다고 했습니다."

오왕 부차는 자공을 공관에 나가서 편히 쉬도록 했다.

그후 닷새째 되던 날이었다.

과연 월나라에서 문종文種이 왔다. 문종이 오왕 부차 앞에 나아가 머리를 조아리고 월왕 구천의 말을 전한다.

"동해의 천신 구천은 대왕께서 살려주신 은혜를 입어 종묘사직을 유지하고 있습니다. 비록 땅바닥에 오장육부를 흩을지라도 어찌 대왕의 은혜를 다 갚겠습니까. 이번에 들으니 장차 대왕께서 정의正義를 위하사 강한 자를 치고 약한 자를 도우신다 하옵기로 하신下臣 문종을 시켜 좋은 갑옷 스무 벌과 굴려屈廬의 창과 보광步光의 칼을 보내옵니다. 구천은 대왕께 여쭙나이다. 대왕께서 군사를 언제 일으키시는지 그때를 알려주소서. 구천은 국내의 군사 중에서 정병精兵 3,000명을 뽑아 거느리고 친히 대왕의 군사를 돕겠습니다. 천신 구천은 대왕을 위해서라면 적군과 싸우다가 죽는 한이 있을지라도 아무 여한이 없겠습니다."

이 갸륵한 말을 듣고 오왕 부차는 매우 기뻐했다.

오왕 부차가 자공을 불러 묻는다.

"월왕 구천은 참으로 신의 있는 사람이오. 그는 친히 월나라 정병 3,000명을 거느리고 와서 장차 제나라 치는 일을 돕겠다고 하오. 선생의 생각은 어떠하신지요?"

자공이 대답한다.

"그래서는 안 됩니다. 대저 남의 나라 군사를 쓰면서 그 임금까지 부린다는 것은 예의가 아닙니다. 그러니 군사만 보내라 하시고 임금은 올 것 없다고 사양하십시오."

이에 오왕 부차는 자공이 시키는 대로 했다.

며칠 후 자공은 오나라를 떠나 북쪽 진晉나라를 향해갔다.

자공이 진정공晉定公을 뵈옵고 아뢴다.

"신이 들건대 앞날을 염려하지 않는 자는 머지않아 반드시 근심거리가 생긴다고 합니다. 이제 오나라와 제나라 사이에 싸움이 벌어질 것입니다. 오나라가 제나라와 싸워 이기면 다음엔 필시 진나라로 쳐들어와서 천하 패권을 다툴 것입니다. 그러니 군후께선 그

때를 위해서 오나라와 싸울 수 있는 만반의 준비를 해두십시오."

진정공이 공손히 허리를 굽히며 대답한다.

"선생께서 가르쳐주신 대로 하겠습니다."

그후 자공이 노나라로 돌아갔을 때엔 이미 오나라 군사가 제나라 군사를 쳐서 크게 무찌른 후였다.

기린麒麟이여, 기린이여

이때는 주경왕周敬王 36년 봄이었다.

월왕越王 구천句踐은 대부 제계영諸稽郢에게 군사 3,000명을 내주어 오吳나라 군사를 도와 제齊나라를 치게 했다.

한편 오왕吳王 부차夫差는 아홉 군郡의 큰 군사를 일으켰다. 동시에 그는 구곡句曲 땅에 또 하나의 별궁別宮을 지어 그 주위에다 특히 오동나무를 많이 심게 했다. 그리고 그 별궁의 이름을 오궁梧宮이라고 불렀다.

오왕 부차는 장차 서시西施를 그곳 오궁에 보내어 더위를 피하게 하고, 그동안 제나라를 쳐서 무찌른 뒤 개선해서 돌아오는 길에 오궁에 들러 서시와 함께 여름철을 지내고 고소대로 돌아올 예정이었다.

오나라 군사가 출발 준비를 한창 서두르던 참이었다. 오자서伍子胥가 또 오왕 부차에게 간한다.

"월나라는 우리 오나라엔 쉽게 다스릴 수 없는 병病과 같고, 제나라는 그저 부스럼 정도에 불과합니다. 이제 왕께서 10만 대군을 일으켰으니 제나라를 치려면 천리 먼 곳까지 군량軍糧을 대주어야 합니다. 뱃속의 병은 고치려 하지 않고 부스럼이나 걱정해서 이렇듯 군사를 출동시켜야 되겠습니까? 신은 왕께서 제나라를 쳐서 이기기도 전에 월나라가 먼저 이곳으로 쳐들어오지나 않을까 걱정입니다."

오왕 부차가 발끈 성을 낸다.

"과인이 군사를 거느리고 싸우러 떠나려는데 저 늙은 것이 이렇듯 재수 없는 소리만 하니 어떤 법으로 저 늙은이의 죄를 처벌해야 할꼬?"

태재太宰 백비伯嚭가 비밀히 아뢴다.

"오자서는 선왕先王 때부터 벼슬을 산 늙은 신하입니다. 그러니 왕께서 친히 죽여선 안 됩니다. 차라리 그를 제나라로 보내어 우리의 선전문宣戰文을 전하도록 하십시오. 그러면 제나라는 분통이 터져 반드시 오자서를 죽일 것입니다."

오왕 부차가 웃으며 머리를 끄덕인다.

"태재의 계책이 매우 좋소!"

이에 오왕 부차는 곧 선전문을 작성하게 했다. 그 내용은 제나라가 노나라를 치려고 한다 하니 그것은 오나라에 대한 모욕이라는 죄목을 들어 격렬한 어조로 제간공을 욕한 것이었다. 이는 제간공을 격노시켜 오자서를 죽이게 하려는 악독한 수법이었다.

오왕 부차는 그 선전문을 오자서에게 내주고 제나라에 전하라고 분부했다.

오자서는 이미 장차 오나라가 망하리라는 걸 짐작하고 있었다. 그는 아들 오봉伍封을 데리고 제나라를 향해 길을 떠났다.

오자서는 제나라 도읍 임치臨淄에 이르러 제간공에게 오왕 부차의 선전문을 바쳤다. 선전문을 읽고 분기충천한 제간공은 즉시 오자서를 잡아죽이려고 했다.

대부 포식鮑息이 간한다.

"오자서는 오나라의 충신입니다. 그는 누차 오왕 부차에게 간하다가 서로 뜻이 맞지 않게 되었습니다. 이번에 오왕 부차가 오자서를 보낸 것은 우리 제나라로 하여금 그를 죽이게 하려는 것입니다. 그러니 상감께선 오자서를 무사히 돌려보내십시오. 그러면 오왕 부차는 언제고 결국 오자서를 죽일 것이고, 그로 인하여 세상에 악명惡名만 드높이게 될 것입니다."

이에 제간공은 오히려 오자서를 융숭하게 대접하고,

"우리 나라는 금년 봄에 오나라 군사와 싸우겠소."

하고 싸울 기일까지 일러주었다.

지난날 오자서는 제나라의 포목鮑牧과 친한 사이였다. 그래서 포목의 아들인 포식이 제간공에게 오자서를 죽이지 말라고 간했던 것이다.

어느 날 포식은 공관으로 오자서를 찾아갔다.

"지금 오나라 형편은 어떻습니까?"

이에 오자서는 아무 대답도 하지 않고 한참 눈물만 흘리다가 아들 오봉을 불렀다.

"너는 포식에게 절하고 앞으로 형님으로 섬기도록 해라. 그리고 이후로는 오씨伍氏 성을 쓰지 말고 그저 왕손봉王孫封이라는 사람으로 행세하여라."

오자서가 이번엔 포식에게 부탁한다.

"나는 세상을 떠나신 그대의 아버지 포목과 친한 사이였소. 이

제 그대에게 내 자식을 맡기니 동생처럼 잘 돌봐주오."

이날 포식이 집으로 돌아가면서 길이 탄식한다.

"오자서는 장차 죽음을 당할 줄 알면서도 결국 오나라로 돌아갈 작정이구나. 그는 그 충직한 성격으로 끝까지 오왕 부차에게 간하다가 죽을 것이다. 그가 나에게 자기 아들 오봉을 맡기는 뜻이 무엇인가? 그는 죽은 후에 넋이라도 제나라에 와서 자손들로부터 제사를 받을 생각인 것이다."

며칠 후, 오자서는 사랑하는 자기 아들을 제나라에 남겨둔 채 초연히 오나라로 돌아갔다.

그들 부자가 이별할 때 서로 슬퍼하던 광경을 어찌 다 말할 수 있으리오.

한편, 오왕 부차는 서문西門에서 출군出軍할 날을 택일하고 고소대에 가서 점심을 먹었다. 점심을 먹고 나자 졸려서 잠이 들었다가 이상한 꿈을 꾸고는 퍼뜩 깨어났다.

이에 오왕 부차가 정신이 혼미해서 태재 백비를 불러 말한다.

"과인은 조금 전에 낮잠을 자다가 여러 가지 이상한 꿈을 꾸었소. 꿈에 과인이 장명궁章明宮이라는 곳으로 들어가니 두 개의 가마솥이 걸려 있는데 아무리 불을 때도 그 속의 것이 익지 않는 거요. 한데 난데없이 검은 개 두 마리가 나타나 한 마리는 남쪽을 보며 짖어대고 다른 한 마리는 북쪽을 향해 짖었소. 사방을 둘러보니 궁전宮殿 담 위에 삽 두 개가 나란히 꽂혀 있고, 어디서 온 물인지 전당殿堂 주변으로 물이 가득 흘러갑디다. 그리고 방 안에선 북소리도 종소리도 아닌 마치 대장장이의 쇠망치 같은 소리가 들려왔소. 또 동산엔 별다른 나무는 없고 오동나무만 비스듬히 서 있었소. 태재는 과인을 위해 이 꿈의 길흉을 풀이해주오."

태재 백비가 머리를 조아리며 칭송한다.

"참으로 아름다운 일입니다. 대왕의 꿈이여! 이는 대왕께서 군사를 일으켜 제나라를 칠 징조입니다. 신이 듣건대 장명章明이란 적을 무찌르고 성공한다는 뜻입니다. 두 가마솥에 불을 지펴도 속의 것이 익지 않는다는 것은 대왕의 큰 덕이 그만큼 치열하다는 뜻입니다. 또 두 마리 개가 서로 남북을 향하여 짖은 것은 사방의 오랑캐들이 우리 나라에 복종하고 모든 나라 제후가 대왕께 조례朝禮한다는 뜻입니다. 삽 두 개가 궁전 담에 꽂힌 것은 백성들이 힘써 농사를 짓는다는 뜻이며, 물이 전당 주변으로 흐르는 것은 이웃 나라가 대왕께 많은 재물을 바친다는 뜻이며, 방 안에서 대장장이의 쇠망치 같은 소리가 들렸다는 것은 모든 궁녀가 대왕을 위해 풍악을 울린다는 뜻이며, 오동나무가 비스듬히 서 있었다는 것은 그 오동나무로 거문고를 만들어 천하태평을 즐긴다는 뜻입니다. 이런 좋은 꿈을 꾸셨으니 대왕께서 이번에 군사를 거느리고 가시면 만사가 형통하리이다."

오왕 부차는 그 아첨하는 말이 듣기엔 좋았으나 종시 어딘지 께름칙하기만 했다.

그래서 오왕 부차는 다시 왕손 낙駱을 불러 꿈 이야기를 했다.

왕손 낙이 대답한다.

"신은 우매해서 그 꿈을 풀이할 능력이 없습니다. 지금 성의 서쪽 양산陽山에 한 이인異人이 살고 있습니다. 세상에선 그 이인을 공손성公孫聖이라고 부릅니다. 그 이인은 견문이 넓어 모르는 것이 없다고 합니다. 대왕께서 의심이 나시면 공손성을 불러 물어보십시오."

오왕 부차가 분부한다.

"그렇다면 그대는 나를 위해 그 이인을 불러오라."

왕손 낙은 오왕 부차의 분부를 받고 수레를 달려 공손성을 데리러 갔다.

공손성은 궁에서 온 왕손 낙한테 대충 이야기를 듣더니 땅바닥에 엎드려 흐느껴 울었다. 그 아내가 공손성이 엎드려 우는 것을 보고 웃으면서 말한다.

"첩은 그대가 천성이 너무 옹졸해서 임금을 뵈올 길이 없을 줄 알았소. 그래, 왕께서 부르신다는 말을 듣고 그렇게도 좋아서 눈물을 비 오듯 흘리시오?"

공손성이 허리를 펴고 하늘을 우러러 길이 탄식한다.

"슬프구나! 너 같은 여자는 알 바 아니다. 내 일찍이 나의 생명이 얼마나 길 것인지 풀이해봤지만, 오늘에야 내 목숨도 끝나는구나! 이제 너와 영이별할 것을 생각하여 이렇게 슬퍼하는 것이다."

왕손 낙은 공손성을 재촉해서 수레에 태워 고소대로 돌아갔다.

오왕 부차는 즉시 공손성을 불러보고 꿈 이야기를 들려주었다.

공손성이 아뢴다.

"대왕의 꿈을 풀이하면 신臣은 죽습니다. 그러나 죽을지언정 어찌 말씀드리지 않을 수 있겠습니까. 신이 듣건대 장章이란 싸워서 이기지 못하고 달아난다는 뜻입니다. 곧 장황章皇(당황해서 어찌할 바를 모르다)한다는 뜻입니다. 다음에 명明이란 밝다는 의미가 아니라 그 반대로 밝은 것을 떠나 명冥으로 나아간다는 뜻입니다. 명은 어두운 저 세상입니다. 두 가마솥에 불을 때도 속의 것이 익지 않았다는 것은 대왕께서 싸움에 지고서 달아나 화식火食을 못하리라는 뜻입니다. 검은 개 두 마리가 남북을 향해 짖었다는 것은, 곧 검은빛은 음陰에 속하니 음한 곳으로 달려간다는 뜻입니다. 또 삽 두 개가 궁전 담에 꽂혔다는 것은 장차 월나라 군사가 우리 오나라로 쳐들어와서 사직을 파헤친다는 뜻입니다. 물이 전당 주위로 홍건히 흘러간 것은 장차 파도에 휩쓸려 모든 방이 텅 빈다는 뜻입니다. 방 안에서 대장장이의 쇠망치 같은 소리가 들린 것은 모든 궁녀들이 사로잡혀 길이 탄식한다는 뜻입니다. 또 오동나무가 비스듬히 서 있는 것은 오동나무로 명기冥器(죽은 사람 곁에 묻어주는 기물器物)를 만들어 순장殉葬한다는 뜻입니다. 바라건대 대왕께선 제나라를 치지 마시고 그 대신 태재 백비를 발가벗겨 결박해서 월나라로 보내어 구천에게 머리를 조아려 사죄하게 하십시오. 그래야만 앞으로 우리 오나라가 편안하고 대왕께서도 목숨을 부지하실 수 있습니다."

곁에서 이 말을 듣던 태재 백비가 격분하여 오왕에게 아뢴다.

"저 촌놈이 함부로 요망한 말을 지껄이니 죽여버리는 것이 마땅한 줄로 아룁니다."

공손성이 눈을 부릅뜨고 소리를 높여 태재 백비를 꾸짖는다.

"태재야! 너는 높은 벼슬 자리에 앉아 많은 국록을 받아먹으면서도 임금께 충성할 줄은 모르고 오로지 아첨하는 것만 능사로 아느냐? 다음날에 월나라 군사가 쳐들어와서 우리 나라를 멸망시키면 너의 목은 안전할 줄 아느냐!"

이에 오왕 부차가 불같이 화를 내며 큰소리로 호령한다.

"저 무식한 백성 놈이 못하는 말 없이 방자하게 구는구나. 저런 놈을 죽이지 않으면 민심을 어지럽히겠다. 역사力士 석번石番아, 당장 철추鐵鎚로 저놈을 쳐죽여라!"

공손성이 하늘을 우러러 큰소리로 외친다.

"황천皇天, 황천이여! 나의 원통한 죽음을 굽어살피시라. 나는 충성 때문에 죄 없이 죽는다만, 내가 죽거든 땅속에 매장하지 마라. 바라건대 나의 시체를 양산 밑에 내다두어라. 다음날에 나는 영향影響이 되어 대왕에게 증명하리라."

말이 끝나기가 무섭게 석번은 철추로 공손성을 쳐죽였다.

오왕 부차가 추상같이 분부한다.

"저런 놈은 제 말마따나 묻어줄 필요도 없다. 저 시체를 양산 밑에 던져버려라. 늑대들은 송장을 뜯어먹을 것이며, 들불은 그 뼈를 태울 것이며, 바람은 그 그림자마저 없애버릴 것이다. 그놈이 어찌 영향이 되어 나에게 증명할 수 있으리오."

태재 백비가 잔에 술을 따라 오왕 부차에게 바치며 아뢴다.

"대왕께서 요망한 놈을 처치하셨으니 이 술 한잔을 받으십시오. 그리고 곧 군사를 출동시키는 것이 좋을 줄로 아룁니다."

사신史臣이 시로써 이 일을 탄식한 것이 있다.

> 요사한 꿈에 이미 흉한 징조가 나타났건만
> 교만한 오왕 부차는 제나라를 치려고 허영에 날뛰었도다.
> 오나라 궁정에 문무백관이 많았지만
> 도리어 공손성만큼 충성을 다한 사람은 없었도다.
> 妖夢先機已兆凶
> 驕君尙戀伐齊功
> 吳廷多少文和武
> 誰似公孫肯盡忠

이에 오왕 부차는 친히 중군中軍을 거느리고, 백비는 부장이 되고, 서문소胥門巢는 상군上軍 장수가 되고, 왕자 고조姑曹는 하군

下軍 장수가 되었다.

그들은 10만 대군과 월나라 군사 3,000명을 거느리고 산동을 향해 호호탕탕히 나아갔다.

오왕 부차는 노나라 노애공魯哀公에게 사신을 보내어 함께 제나라를 치도록 통지했다.

오자서는 오나라로 돌아오다가 도중에서 군사를 거느리고 오는 오왕 부차와 만났다. 오자서는 제나라에 갔다 온 경과를 보고한 뒤 몸이 아프다는 핑계를 대고 그냥 오나라로 돌아갔다. 그는 제나라를 치러 가는 오왕 부차를 따라가기가 싫었던 것이다.

한편, 제나라 장수 국서國書는 군사를 거느리고 줄곧 문수 가에 주둔하고 있었다. 그는 오나라와 노나라 군사가 쳐들어온다는 보고를 받고 즉시 모든 장수와 함께 상의했다.

이때 승상 진항陳恒의 동생 진역陳逆이 제나라 도읍 임치에서 문수로 왔다. 모든 장수는 진역을 군영軍營으로 영접해들였다.

국서가 묻는다.

"무슨 일로 이렇게 오셨소?"

진역이 대답한다.

"오나라 군사가 이미 영박嬴博 땅을 통과해 오고 있는 중이라 하오. 우리 제나라의 흥망이 바로 이번 싸움에 걸려 있소. 그래서 나의 형님인 승상 진항께서 나를 이곳으로 보내시며 가서 모든 장수에게 싸움을 독려하라고 하셨소. 그러니 이제부터 우리 제나라 군사에겐 오직 전진이 있을 뿐 후퇴란 있을 수 없으며, 죽음이 있을 뿐 살아서 돌아갈 생각은 말아야 하오. 다만 북을 두드려 나아가는 것만 허락할 뿐, 금金을 울려 물러서는 일이 없도록 하오."

모든 장수가 일제히 대답한다.

"우리는 목숨을 걸고 적과 싸울 생각이오."

이에 국서는 모든 군사에게 출동 명령을 내렸다. 제나라 군사는 일제히 영채를 뽑고 오나라 군사와 싸우러 떠나갔다.

제나라 군사가 애릉艾陵 땅에 이르렀을 때, 오나라 장수 서문소가 상군을 거느리고 앞서오고 있었다.

국서가 모든 장수를 돌아보고 묻는다.

"누가 나가서 적의 선발대를 무찌르겠느냐?"

공손휘公孫揮가 흔연히 대답한다.

"소장小將이 나가서 싸우겠소."

이에 공손휘는 본부군本部軍을 거느리고 오나라 군사를 향해 달려나갔다.

오나라 장수 서문소는 황망히 공손휘를 맞이하여 서로 30여 합을 싸웠으나 승부가 나지 않았다. 이때 국서가 친히 중군을 거느리고 달려나가 오나라 군사를 협공挾攻했다. 진격하는 제나라 군사의 북소리는 우레 소리 같았다. 서문소는 능히 제나라 군사를 당적하지 못하고 달아났다. 국서는 첫번째 싸움에서 승리하고 크게 사기를 떨쳤다.

국서가 모든 군사에게 분부한다.

"군사들은 각자 긴 밧줄을 준비하여라. 오나라에는 머리를 짧게 깎는 풍속이 있기 때문에 상투가 없다. 마땅히 밧줄로 그들의 목을 옭아매야 할 것이다."

이 말을 듣자 제나라 군사들은 오나라 군사를 전부 무찔러버리기라도 한 듯이 환호성부터 질렀다.

한편 서문소는 패잔군을 거느리고 오왕 부차에게 돌아갔다. 오왕 부차는 격노하여 서문소를 참하려고 했다.

서문소가 황망히 아뢴다.

"신은 첫번째 싸움이라 제나라 군사의 실정을 잘 몰라서 우연히 졌습니다. 다시 나아가서 이기지 못하고 돌아오거든 그때에 신을 군법軍法으로 다스리십시오."

태재 백비도 곁에서 오왕 부차에게 서문소를 한 번만 용서해주라고 힘써 권했다. 이에 오왕 부차는 서문소를 꾸짖기만 하고 그 대신 대장 전여展如에게 서문소의 군사를 거느리도록 했다.

이때 마침 노나라에서 장수 숙손주구叔孫州仇가 군사를 거느리고 오나라 군사와 합세하려고 왔다. 오왕 부차는 숙손주구에게 칼과 갑옷 한 벌을 주고 앞길을 인도하게 했다.

이리하여 오나라 군사는 애릉 땅을 떠나 5리쯤 나아가서 영채를 세웠다.

이때 제나라 병사 하나가 국서의 전서戰書를 가지고 오나라 군중軍中에 왔다. 오왕 부차는 내일 서로 결전하자는 답서를 써서 그 제나라 병사에게 주어 보냈다.

이튿날 아침이었다.

두 나라 군사는 각기 진陣을 치고 서로 대치했다.

오왕 부차는 숙손주구에게 적의 제1진을 치게 하고, 전여展如에게 적의 제2진을 치게 하고, 왕자 고조姑曹에게 적의 제3진을 치게 하고, 서문소에게 월나라 군사 3,000명을 거느리고 가서 적을 유인하도록 명했다. 그리고 오왕 부차는 태재 백비와 함께 대군을 거느리고 높은 언덕에 올라가서 둔屯치고 형편에 따라 싸우는 군사를 돕기로 했다.

오왕 부차가 월나라 장군 제계영諸稽郢에게 분부한다.

"장군은 과인 곁에 있으면서 싸움을 구경하라."

한편, 제나라 군사는 여러 곳에다 진을 벌였다.

진역陳逆이 모든 장수에게 분부한다.

"장수들은 각기 입에 구슬을 넣으시오(옛날 중국에선 사람이 죽으면 입 안에 구슬을 넣어주었다). 입 속에 구슬이 들어 있으니 여러분은 싸우다가 죽어도 염殮이 끝난 거나 다름없소."

공손하公孫夏와 공손휘는 모든 군사들로 하여금 장송가葬送歌를 부르게 했다.

구슬픈 장송가를 들으며 모든 장수가 서로 맹세한다.

"살아서 돌아오는 자는 사내대장부가 아니다!"

국서가 모든 장수에게 훈시한다.

"여러분이 모두 죽음을 각오하고 싸운다면 어찌 이기지 않으리오!"

참으로 비장한 일대 결심이었다.

이윽고 제나라 진영陳營과 오나라 진영이 서로 둥그렇게 대치했다. 드디어 오나라 장수 서문소가 말을 타고 달려와서 제나라 군사에게 싸움을 걸었다.

국서가 공손휘에게 분부한다.

"저놈은 일전에 그대에게 패한 장수다. 이번엔 저놈을 사로잡도록 하여라."

공손휘는 창을 높이 들고 말을 달려 나갔다. 서문소는 싸우지 않고 곧 말고삐를 돌려 달아나기 시작했다. 제나라 군사를 유인하기 위한 수작이었다.

제나라 장수 공손휘가 오나라 장수 서문소를 얼마쯤 뒤쫓아갔을 때였다. 노나라 장수 숙손주구가 군사를 거느리고 달려와서 공손휘의 앞을 가로막았다. 그제야 서문소가 다시 말고삐를 돌려 공손휘에게 덤벼들었다.

국서는 공손휘가 협공당하는 걸 보고 즉시 공손하에게 영을 내렸다.

"장군은 속히 가서 공손휘를 도우라!"

공손하는 병거를 타고 달려나갔다. 이에 서문소는 또 달아나기 시작했다. 공손하는 서문소의 뒤를 쫓아갔다. 이번엔 오나라 진영에서 대장 전여가 군사를 거느리고 달려나와 공손하의 앞을 가로막고 덤벼들었다. 이에 서문소는 다시 돌아와서 대장 전여를 도왔다.

제나라 장수 고무평高無平과 종누宗樓는 오나라 장수들의 전법戰法을 바라보다가 분노를 참을 수 없어서 일제히 싸움터로 달려나갔다.

이에 오나라 장수 왕자 고조가 달려와서 두 장수를 상대로 싸우는데 조금도 두려워하는 빛이 없었다. 마침내 양쪽 군대가 동시에 쏟아져 나와 각기 힘을 분발하여 서로 적을 쳐죽였다.

국서는 오나라 군사가 물러가지 않자 친히 북을 울려 대군을 모조리 출동시켰다.

오왕 부차는 높은 언덕에서 싸움을 바라보고 있는데 오나라 군사가 점점 몰리기 시작했다.

이에 오왕 부차가 태재 백비에게 하령한다.

"태재는 군사 1만 명을 거느리고 나가서 싸움을 도우라."

제나라 대장 국서는 오나라 태재 백비가 무수한 군사를 거느리고 내달아오자 즉시 군사를 좌우로 나눠서 싸우게 하려 했다.

바로 그때 금과 징[鉦]을 울리는 소리가 요란하게 진동했다. 금은 후퇴하라는 신호인 것이다.

모든 제나라 군사는 한창 싸우면서, '우리에겐 전진이 있을 뿐이니 후퇴하라는 명령이 내릴 리 없다. 아마 오나라 군사에게 퇴각 명령이 내렸나 보다' 하고 생각했다.

그러나 이와 반대로 오나라 군사는 금 소리로써 돌격 신호를 삼고 있었다.

오왕 부차는 금을 울리게 하고 친히 정병 3만 명을 거느리고서 싸움터로 내달아갔다. 이에 오나라 군사는 일제히 돌격전을 벌여 마침내 제나라 군사를 셋으로 갈라놓고 각각 포위했다. 오나라 대장 전여와 왕자 고조는 오왕 부차가 친히 나와서 지휘하자 더욱 용기 백배하여 제나라 군사를 무찔렀다.

그리하여 제나라 군사는 엎어지고 자빠지며 정신을 차리지 못했다. 오나라 대장 전여는 제나라 진으로 쳐들어가다가 공손하를 사로잡았다. 또 서문소는 병거를 타고 달리는 공손휘를 한칼에 쳐서 거꾸러뜨렸다. 동시에 오왕 부차는 친히 활로 종누를 쏘아죽였다.

사세가 다급해지자 제나라 장수 여구명閭邱明이 국서에게 말한다.

"우리 군사가 다 죽게 되었소. 원수元帥는 속히 옷을 바꿔입고 달아나오! 우리는 오나라 군사와 싸울 계책을 다시 세워야겠소!"

국서가 길이 탄식한다.

"우리 10만 대군이 오나라 군사에게 패했으니 내 무슨 면목으로 돌아가서 임금을 대하리오."

이에 국서는 갑옷을 벗어던지고 오나라 군사 속으로 달려들어가 힘껏 싸우다가 죽었다.

이를 보고 여구명은 수풀 속에 숨어 있다가 곧 노나라 장수 숙손주구에게 사로잡히고 말았다.

이리하여 오왕 부차는 제나라 군사를 쳐부수고 큰 승리를 거뒀다.

오나라 장수들은 전사한 제나라 원수 국서와 장수 공손휘의 목을 끊어 오왕 부차에게 바치고 사로잡은 공손하와 여구명을 즉시 참했다.

제나라 장수들 중에서 고무평과 진역만이 무사히 달아났다. 그 외에 맞아죽고 사로잡힌 제나라 군사의 수효는 이루 헤아릴 수 없을 정도로 많았다. 게다가 제나라 병거 800승도 몽땅 오나라 군사의 전리품이 되었다.

이에 오왕 부차가 월나라 장수 제계영에게 자랑조로 말한다.

"그대가 보기에 우리 오나라 군사의 실력이 어떠냐? 아니, 너희 월나라 군사와 비교해볼 때 어떠한가?"

제계영이 공손히 허리를 굽히고 대답한다.

"오나라 군사는 천하에서 가장 강한 군사입니다. 어찌 보잘것없는 우리 월나라 군사에 비교하겠습니까!"

오왕 부차는 이 말을 듣자 가슴 뿌듯해하며 월나라 군사에게 후한 상을 주었다.

이에 제계영은 오왕 부차에게 하직한 뒤 월나라 군사를 거느리고 본국으로 먼저 돌아갔다.

한편, 제간공은 제나라 군사가 대패했다는 보고를 듣고 매우 두려워하며 승상 진항과 감지를 불러 이 일을 상의했다.

드디어 제나라는 오왕 부차에게 사신을 보내어 많은 황금을 바치고 화평을 청했다.

오왕 부차가 제나라 사신에게 말한다.

"앞으로 제나라가 노나라와 우호를 맺고 서로 싸우지 않겠다고 맹세한다면 화평하리라."

그리하여 제·노 두 나라는 오왕 부차의 분부를 받고 서로 우호를 맹세했다. 이에 오왕 부차는 군사들의 개가凱歌를 들으며 본국으로 돌아갔다.

사신史臣이 시로써 이 일을 읊은 것이 있다.

애릉 땅에 백골이 산처럼 쌓였는데
사람들은 오왕 부차가 크게 이기고 돌아갔다 하더라.
씩씩한 기상이 한번 천하를 뒤흔든 것 같지만
장차 오나라 국경 지대에 근심이 있을 줄 뉘 알았으리오.
艾陵白骨壘如山
盡道吳王奏凱還
壯氣一如呑宇宙
隱憂誰想伏吳關

오왕 부차는 돌아오는 중에 구곡句曲 땅 신궁新宮에 들러 서시와 만났다.

"과인이 미리 이곳에 그대를 와 있게 한 것은 되도록 그대와 속히 만나기 위한 조처였다."

서시는 오왕 부차에게 절하고 승전을 축하했다.

이때가 바로 초가을로 오동나무 잎은 무성한데 시원한 바람이 솔솔 불어왔다. 오왕 부차는 서시를 데리고 고대高臺에 올라가서 함께 술을 마시며 즐기었다.

밤이 상당히 깊은 시간이었다.

신궁 바깥에서 아이들이 노래를 부른다. 오왕 부차는 그 노랫소리에 귀를 기울였다.

오동나무 잎사귀는 스산한데
오왕은 눈을 뜨고도 술에서 깨어나지 못하네.
오동나무 잎에 가을빛이 짙은데
오왕의 근심은 끝이 없네.
梧葉冷
吳王醒未醒
梧葉秋
吳王愁更愁

오왕 부차가 좌우 사람을 시켜 아이들을 신궁으로 잡아들이고 묻는다.

"누가 그 노래를 가르쳐주더냐?"

아이들이 대답한다.

"붉은 옷을 입은 어떤 동자가 와서 저희들에게 그 노래를 가르쳐주고는 어디론지 가버렸습니다."

오왕 부차가 격분해 소리친다.

"나는 보통 사람이 아니다! 하늘이 나를 세상에 내보냈으며, 모든 신명神明이 나에게 천하를 건지라고 부탁하신 바라. 그러한 나에게 무슨 근심이 있으리오. 저 아이놈들을 끌어내다가 모조리 죽여버려라!"

이에 곁에서 서시가 극력 말려 오왕 부차는 아이들을 죽이는 것만은 그만두었다.

태재 백비가 오왕 부차에게 아뢴다.

"봄이 되면 만물이 기뻐하고, 가을이 오면 만물이 슬퍼하는 법입니다. 대왕께선 이러한 하늘의 이치와 함께 기뻐하고 슬퍼하시거늘 무엇 때문에 염려하십니까?"

이 말을 듣고 오왕 부차는 유쾌해졌다.

오왕 부차는 구곡 땅 오궁梧宮에 머문 지 사흘 만에 어가御駕를 타고 도성으로 돌아갔다.

오왕 부차가 정전正殿에 오르자 문무백관은 일제히 절하고 승전을 축하했다. 그러나 오자서만은 종시 아무 말도 없었다.

오왕 부차가 의기양양하여 오자서에게 말한다.

"지난날 그대는 과인에게 제나라를 치지 말라고 권했다. 그런데 과인은 이렇듯 크게 이기고 돌아왔다. 이제 그대만 아무런 공로가 없으니 오히려 부끄럽지 않느냐?"

오자서가 발끈하여 허리에 차고 있던 칼을 풀어놓고 대답한다.

"하늘이 장차 사람이나 나라를 망칠 때에는 먼저 조그만 기쁨을 준 후에 큰 근심을 주는 법입니다. 그러므로 이번에 이긴 것은 조그만 기쁨에 불과합니다. 신은 곧 닥쳐올 큰 근심이 두렵습니다."

"내 한동안 그대를 보지 않아서 정신이 상쾌하더니, 그대는 또 시끄럽게 나를 들볶느냐?"

오왕 부차는 눈을 감고 손으로 귀를 틀어막았다.

이윽고 오왕 부차는 다시 눈을 떴다. 그런데 그의 눈동자가 움직이지 않았다. 그가 한참 동안 얼빠진 사람처럼 한곳만 응시하다가 불현듯 외친다.

"괴상한 일이다!"

모든 신하가 묻는다.

"대왕께선 무엇을 보셨습니까?"

"저기서 사람 넷이 서로 등을 기대고 있다가 곧 사방으로 각기 달아났다. 또 뜰에 두 사람이 서 있었는데 북쪽을 향하고 있던 사람이 남쪽을 향하고 있는 사람을 칼로 쳐죽였다. 그대들은 보지 못했느냐?"

모든 신하가 말한다.

"신들은 보지 못했습니다."

이때 오자서가 풀이한다.

"사람 넷이 서로 등을 기대고 있다가 사방으로 달아난 것은 장차 사방으로 뿔뿔이 흩어져버린다는 징조입니다. 북쪽을 향하고 있던 사람이 남쪽을 향하고 있는 사람을 죽였다는 것은, 아랫사람이 윗사람에게 반역하는 것으로 신하가 임금을 죽일 징조입니다. 왕께선 매사에 조심하고 반성하십시오. 그렇지 않으면 장차 국가와 몸을 동시에 망칠 것입니다."

오왕 부차가 버럭 소리를 지른다.

"그대는 어째서 상서롭지 못한 말만 하느냐? 나는 그대의 말만 들으면 화가 나서 견딜 수가 없다!"

곁에서 태재 백비가 아뢴다.

"사방으로 흩어진다는 것은 좋은 일입니다. 곧 천하 모든 나라 제후가 사방에서 우리 나라로 달려와 대왕께 조례를 드리며, 주 왕실을 버리고 대신 우리 나라를 섬긴다는 뜻입니다. 그러니 이것이 어찌 아랫사람이 윗사람에게 반역하는 것이 아니겠습니까? 다시 말씀드리자면 대왕께서 신하로서 장차 주 왕실을 범한다는 뜻입니다."

"태재의 말은 족히 나의 답답한 가슴을 열어주는도다. 승상은 이미 늙었다. 내 어찌 그의 말을 유의할 것 있으리오."

며칠 후였다.

월왕 구천은 모든 신하를 거느리고 친히 오나라에 와서 오왕 부차에게 조례하고 승전을 축하했다. 그리고 오나라의 중요한 지위에 있는 대신들에게 많은 뇌물을 썼다.

태재 백비가 오왕 부차에게 아뢴다.

"사방에서 모든 나라 제후들이 대왕께 모여든다는 징조가 이제야 들어맞는 성싶습니다."

이에 오왕 부차는 문대文臺에다 잔치를 베풀었다. 월왕 구천은 오왕 부차를 모시고 곁에 앉았다. 모든 대부는 좌우로 시립侍立했다.

오왕 부차가 좌중을 굽어보고 말한다.

"과인이 듣건대 임금은 공을 세운 신하를 잊지 않으며, 아버지는 그러한 자식을 잊지 않는다고 하더라. 그간 태재 백비는 과인을 위해 군사를 지휘하고 많은 공로를 세웠으니 그에게 상경 벼슬을 줄까 하노라. 또 월왕 구천은 시종일관 과인에게 극진히 충성을 다했으니 이제 과인은 그에게 영토를 더 주고 그 공로를 표창할까 하노라. 모든 대부의 뜻은 어떠하오?"

모든 신하가 대답한다.

"공훈功勳 있는 신하에게 상을 내리는 것은 자고로 모든 패왕霸王이 해온 일입니다."

그때 오자서가 꿇어 엎드려 울면서 탄식한다.

"아아, 애달프다! 충신은 입이 있어도 말을 못하는데 간신들이 곁에서 버티고 있구나. 간신들은 그른 것을 옳다고 하며 멀쩡한 사람마저 간신으로 만드는구나. 이러고서야 어찌 오나라가 망하지 않을 수 있으리오. 장차 이 나라 종묘사직은 폐허가 되고 말 것이다. 그리고 이 궁전도 다 쑥대밭이 될 것이다."

오왕 부차가 노기를 주체하지 못한다.

"저 늙은 도적이 이젠 못하는 소리가 없구나. 지금까지 전왕前

王에게 끼친 공로를 생각해서 죽이지 않고 참아왔다만 이제부터는 결코 내 앞에 나타나지 마라!"

오자서가 벌떡 일어서서,

"노신老臣에게 충성과 신의가 없었다면 이미 전왕께서 저를 신하로 삼지 않았을 것입니다. 신은 마치 옛 충신 용봉龍逢이 폭군 걸왕桀王을 만나고 비간比干이 주왕紂王을 만난 것과 같습니다. 왕께서 비록 신을 죽이실지라도 머지않아 왕도 저를 따라 죽게 될 것입니다. 이제 왕께 영이별을 고하고 다시는 오지 않겠습니다."

하고 궁성 밖으로 뛰어나갔다.

이에 오왕 부차는 분노를 참을 수 없었다. 곁에서 태재 백비가 아뢴다.

"전번에 오자서는 제나라에 사신으로 가서 자기 아들을 포씨鮑氏에게 맡기고 왔습니다. 오자서는 장차 왕께 반역할 생각입니다. 왕께선 그를 철저히 감시하십시오."

오왕 부차는 마침내 사람을 시켜 오자서에게 촉루검屬鏤劍을 보냈다.

오자서가 칼을 받고 길이 탄식한다.

"왕이 나에게 자결하라는 것이구나!"

오자서는 신도 신지 않고 섬돌 밑으로 내려갔다. 오자서가 뜰 한가운데 서서 하늘을 쳐다보고 부르짖는다.

"하늘이여, 하늘이여! 지난날 선왕은 부차에게 나라를 맡기려고 하지 않았건만 부차는 나의 힘을 빌려 오왕이 되었으며, 또 나는 부차를 위해 초나라와 월나라를 쳐서 천하에 그의 위엄을 떨치게 했다! 그런데 이제 부차는 나의 충고를 듣지 않고 도리어 나에게 죽으라 하는구나! 나는 오늘 죽는다만 내일이면 월나라 군사가 쳐들어와서 너의 사직을 파헤칠 것이다!"

오자서가 집안 식구들에게 유언한다.

"내가 죽은 후에 두 눈을 뽑아 저 동문東門에 걸어두어라! 나는 월나라 군사가 오나라에 쳐들어오는 것을 보리라."

오자서는 말을 마치자 촉루검으로 자기 목을 찌르고 쓰러져 죽었다. 사자는 즉시 오자서의 목에서 촉루검을 뽑아 돌아갔다. 사자는 오왕 부차에게 오자서가 죽으면서 한 말을 그대로 보고했다.

이에 오왕 부차는 수레를 타고 오자서의 집으로 갔다. 오왕 부차가 오자서의 시체를 굽어보며 꾸짖는다.

"오자서야! 죽은 후에도 아직 아는 것이 있느냐?"

오왕 부차는 친히 칼을 뽑아 죽은 오자서의 목을 끊었다. 오왕 부차가 다시 분부한다.

"이 목을 반문盤門 성루 위에 걸어두어라. 그리고 시체를 술 담는 치이鴟夷(말가죽 부대)에 넣어 전당강錢塘江에 던져버려라!"

무사들은 머리 없는 오자서의 시체를 술 담는 치이에 넣었다.

오왕 부차가 오자서의 목과 시체 내가는 모습을 지켜보며 소리 높여 저주한다.

"해와 달이 너의 뼈를 녹여버릴 것이며, 물고기와 자라가 너의 살을 뜯어먹을 것이다. 그러하거늘 네가 다시 무엇을 본단 말이냐!"

강물 속에 버림받은 오자서의 시체는 물결을 따라 떠돌아다니다가 수일 후에 한 언덕에 닿았다. 그 지방 백성들은 몰래 그 말가죽 부대를 건져올려 비밀히 오산吳山(오늘날 항주杭州에 있음)에다 장사를 지냈다. 후세 사람들은 그 산을 서산胥山이라고 했다. 지금도 산 위엔 오자서를 모신 사당이 있다.

농서 거사隴西居士가 시로써 만고의 영웅 오자서의 기구한 일
생을 탄식한 것이 있다.

　　장군 오자서는 어려서부터 영웅의 기상이 있었으니
　　씩씩한 그 재주는 천고에 보기 드문 바더라.
　　하루아침에 참소를 당해 아버지와 형님은 세상을 떠났고
　　그는 상강湘江을 건너면서 초楚나라에 보복을 맹세했도다.
　　한 많은 망명객은 장차 어디로 가느냐
　　이 나라 저 나라로 떠돌아다니면서 아까운 세월을 보냈도다.
　　단속이 엄한 소관昭關을 통과할 수 없어서
　　하룻밤 사이에 모발이 하얗게 세었도다.
　　고기잡이 노인과 빨래하던 처녀는 강에 몸을 던져 죽었고
　　마침내 그는 퉁소를 불며 돌아다니다 오나라 사람에게 구원
을 받았도다.
　　비수匕首 어장魚腸을 써서 임금과 신하의 관계를 맺은 이후로
　　다시 군력을 기르기 위해 손무孫武를 천거했도다.
　　마침내 다섯 번 싸워 원수인 초나라 궁성을 점령했으니
　　초왕楚王은 눈물을 머금고 운중雲中 땅으로 달아났도다.
　　그가 원수의 시체를 매질해서 쌓이고 쌓인 원한을 푸니
　　그 지극한 정성은 해를 꿰뚫고 푸른 하늘에 무지개를 내걸었
도다.
　　영웅은 다시 오吳나라 왕업王業을 크게 일으켜
　　초산椒山에서 한 번 싸워 월越나라를 눌렀도다.
　　월왕 구천은 가마솥 안의 고기 신세가 되었으나
　　한번 풀려나오자 범이 되어 다시 입을 벌렸도다.

이리하여 고소대姑蘇臺 위에 서시西施가 나타났으니
간신은 축하하고 충신은 깊이 근심했도다.
슬프다! 오나라 왕을 두 대나 섬긴 공신이
마침내 오왕 부차를 간하다가 죽을 줄이야 뉘 알았으리오.
말가죽에 싸인 시체가 전당호 조수에 떠돌면서
낮이나 밤이나 슬피 외치며 통곡하는 듯하도다.
이제 오·월의 흥망성쇠도 다 지나간 옛일이지만
충신의 영혼은 아직도 그 원한을 풀지 못했으리라.

將軍自幼稱英武

磊落雄才越千古

一旦蒙讒殺父兄

湘流誓濟吞荊楚

貫弓亡命欲何之

滎陽睢水空棲遲

昭關鎖鑰愁無翼

鬢毛一夜成霜絲

浣女沉溪漁丈死

簫聲吹入吳人耳

魚腸作合定君臣

復爲强兵進孫子

五戰長驅據楚宮

生王含淚逃雲中

掘墓鞭屍吐宿恨

精誠貫日生長虹

英雄再振匡吳業

夫椒一戰棲强越
釜中魚鼈宰夫手
縱虎歸山還自囓
姑蘇臺上西施笑
讒臣稱賀忠臣吊
可憐兩世輔吳功
到頭翻把屬鏤報
鴟夷激起錢塘潮
朝朝暮暮如呼號
吳越興衰成往事
忠魂千古恨難消

　오왕 부차는 오자서를 죽이고 태재 백비를 승상丞相으로 승진
시켰다. 그리고 월나라에 많은 땅을 하사했으나 월왕 구천은 굳이
사양하고 받지 않았다.
　그후 월왕 구천은 월나라로 돌아가서 마침내 오나라를 치려고
서둘렀다.
　한편 오왕 부차는 월나라에서 그런 일이 있으리라곤 꿈에도 생
각하지 않았다. 교만할 대로 교만해진 오왕 부차는 수만 명의 군
졸을 시켜 한성邗城을 쌓고, 동북쪽으론 물길을 파서 사양호射陽
湖와 통하게 하고, 서북쪽으론 강물을 회수淮水와 합치게 하고,
북쪽으론 기강沂江에 이르게 하고, 서쪽으론 제수濟水와 연결시
켰다.
　이때 오나라 세자 우友는 아버지 오왕 부차가 장차 스스로 맹주
盟主가 되어 중국中國의 모든 나라 제후를 거느리고 대회大會를

열려는 뜻이 있음을 알았다.

세자 우는 아버지에게 간할 생각이었으나 섣불리 간했다간 무슨 봉변을 당할지 몰라서 겁이 났다. 그래서 풍자諷刺와 비유比喩를 써서 아버지를 간하기로 했다.

어느 날 아침이었다.

세자 우는 탄환彈丸과 탄기彈機를 가지고 후원으로 갔다가 점심때쯤 돌아왔다. 그런데 세자 우의 옷이 흠씬 젖어 있고 흙투성이였다.

오왕 부차가 묻는다.

"어디를 갔다가 그렇게 옷을 버리고 왔느냐?"

세자 우가 대답한다.

"소자는 후원에 갔다가 높은 나무 위에서 가을 매미가 우는 걸 봤습니다. 매미는 시원한 가을바람을 쐬며 매우 만족한 듯이 노래하고 있었습니다. 이때 당랑螳螂(사마귀)이 나뭇가지를 따라 긴 허리를 이끌면서 매미에게 접근해갔습니다. 그러나 매미는 당랑이 저를 잡아먹으려고 가까이 오는 걸 모르고 있었습니다. 그런가 하면 매미에게 정신이 팔린 당랑은 나뭇잎 사이에서 참새가 저를 쪼아먹으려고 노리고 있다는 걸 모르고 있었습니다. 또 참새는 오로지 당랑만 노리고 있었기 때문에 소자가 탄환으로 저를 쏘려고 노리고 있다는 것을 모르고 있었습니다. 그리고 소자는 참새만 노리고 있었지 바로 곁에 함정이 있다는 것을 몰랐습니다. 마침내 소자는 발을 헛디뎌 함정에 빠지고 말았습니다. 그래 이렇게 의복을 버려 아버지의 웃음거리가 되었습니다."

오왕 부차가 꾸짖는다.

"너는 눈앞의 이익만 탐하고 후환을 생각하지 않았으니 너처럼 어리석은 자는 천하에 없을 것이다."

세자 우가 대답한다.

"천하에 소자보다도 더 어리석은 자가 있습니다. 노魯나라는 주공周公의 후예이며 공자孔子의 가르침을 받았기 때문에 이웃 나라를 침범하지 않았습니다. 그런데 제齊나라는 무고히 노나라를 쳐서 손아귀에 넣으려고 했습니다. 그러나 제나라는 우리 오吳나라 군사가 천리 먼 길을 와서 자기네를 칠 줄은 몰랐습니다. 우리 오나라는 제나라를 쳐서 크게 이겼지만, 장차 월왕越王이 군사를 거느리고 삼강三江 어귀로부터 오호五湖로 들어와서 우리 오나라를 치고 궁을 무찌르려 하는 것은 모르고 있습니다. 그러니 천하에 이보다 더 어리석은 일이 어디 있겠습니까?"

그제야 오왕 부차는 몹시 노한다.

"이건 오자서의 말버릇과 똑같구나! 너마저 그놈의 말버릇을 배워 나의 백년대계百年大計를 방해하려 드느냐? 한 번만 더 그런 소리를 한다면 너는 결코 내 자식이 아니다."

세자 우는 겁을 집어먹고 물러나갔다.

드디어 오왕 부차는 세자 우와 왕자王子 지地와 왕손王孫 미용彌庸에게 나라를 지키도록 맡겼다. 그리고 친히 군사를 거느리고 한구邗溝를 경유해 북쪽을 향해 올라가 탁고橐皋 땅에서 노애공魯哀公과 회견하고, 발양發陽 땅에서 위출공衛出公과 회견하고, 장차 황지黃池 땅에서 모든 나라 제후를 불러 대회를 열기로 언약했다.

이에 오왕 부차는 진晉나라와 천하 패권을 다투기 위해서 만반의 준비를 갖추었다.

한편, 월왕 구천은 오왕 부차가 군사를 거느리고 북쪽으로 떠났다는 정보를 받았다.

월왕 구천은 드디어 범려范蠡와 상의하여 수군水軍 2,000명과 육군陸軍 4만 명 그리고 정예 부대 6,000명을 거느리고 바다로 나가서 다시 강물을 따라 일제히 오나라로 쳐들어갔다.

월나라 전위前衛 부대를 거느린 주무여疇無餘가 맨 먼저 오나라 교외로 들이닥쳤다.

오나라 왕손 미용은 군사를 거느리고 나가서 월나라 전위 부대를 맞이해 싸웠다. 서로 싸운 지 얼마 안 되어 이번엔 왕자 지가 군사를 거느리고 나가서 월나라 전위 부대를 협공했다.

월나라 장수 주무여는 오나라 군사의 협공을 받고 싸우다가 타고 있던 말이 죽은 군사의 시체에 걸려 쓰러지는 바람에 결국 사로잡히고 말았다.

이튿날이었다.

월왕 구천이 대군을 거느리고 일제히 당도했다. 오나라 세자 우는 성문을 굳게 닫고 지키기만 할 요량인데 왕손 미용이 말한다.

"월나라 군사는 아직도 우리 오나라를 두려워하고 있소. 더욱이 그들은 먼 길을 오느라 매우 지쳤을 것이오. 이 기회에 한번 싸워서 우리가 이기기만 하면 월나라 군사는 틀림없이 후퇴할 것이오. 그러니 싸워서 우리가 이기지 못하거든 그때에 성문을 닫고 지켜도 늦지 않으리이다."

세자 우는 그 말을 믿고 왕손 미용을 내보내어 월나라 군사와 싸우게 하고 자기도 군사를 거느리고 나가서 그 뒤를 따랐다.

월왕 구천은 친히 진두陣頭에 서서 싸움을 지휘했다.

두 나라 군사가 한창 혼전을 벌이던 참이었다. 월나라 범려와 설용泄庸이 두 날개 모양으로 군사를 편 채 서로 호응하며 풍우처럼 달려나왔다.

그런데 오나라 군사 중에서 싸움에 경험이 많은 정예 부대는 다 오왕 부차를 따라가버렸기 때문에 이때 오나라에 남아 있던 군사는 제대로 훈련도 받지 못한 병사들이었다.

더구나 이와 반대로 월나라 군사는 오늘날을 위해서 여러 해 동안 밤낮없이 훈련을 거듭한 강병強兵들이며, 특히 검극劍戟과 궁노弓弩 쓰는 법을 연마한 정병들이었다.

뿐만 아니라 범려와 설용은 다 뛰어난 장수들이었다. 그러니 오나라 군사가 어찌 월나라 군사를 당적할 수 있으리오.

마침내 왕손 미용은 월나라 장수 설용의 창에 찔려 죽고, 세자 우는 월나라 군사에게 포위당했다.

세자 우는 좌충우돌했으나 몸에 화살만 여러 대 맞고 결국 사로잡히자, 지금까지 싸우던 칼로 목을 찌르고 자결했다. 이에 월나라 군사는 오나라 성 아래로 물밀듯 쳐들어갔다.

왕자 지地는 월나라 군사가 밀어닥치자 즉시 성문을 굳게 닫았다. 그리고 백성들을 거느리고 성 위로 올라가서 성을 지키기만 했다. 동시에 그는 이 급한 상황을 오왕 부차에게 알리기 위해서 황급히 사람을 떠나보냈다.

한편, 월왕 구천은 수군을 태호太湖에 주둔시키고 육군을 서문胥門과 창문閶門 사이에 주둔시켰다. 그리고 범려를 시켜 고소대에다 불을 질렀다.

고소대는 한 달이 지나도록 쉼 없이 불타오르며 불길이 사그라들 줄 몰랐다. 동시에 월나라 전선戰船은 대소大小 할 것 없이 다 태호에 집결했다.

오나라 군사는 성 위에서 이런 광경을 바라만 볼 뿐 감히 싸우러 나가지 못했다.

한편, 오왕 부차는 노魯·제齊 두 나라 임금과 황지 땅에 가서 진晉나라로 사자를 보내어 대회에 참석하도록 진정공晉定公을 초청했다. 진정공은 싫지만 할 수 없이 군사를 거느리고 황지 땅으로 갔다.

오왕 부차가 왕손 낙에게 말한다.

"그대는 진晉나라 상경 벼슬에 있는 조앙趙鞅에게 가서 이번 대회에 어느 나라 임금이 맹주盟主가 되어야 할 것인지 서로 상의하고 오너라."

마침내 이 문제로 오나라 왕손 낙과 진나라 조앙 사이에 격론이 벌어졌다.

진나라 조앙이 단호한 태도로 말한다.

"우리 진나라는 대대로 중국의 맹주로 군림해왔소. 그러니 어찌 맹주의 자리를 사양할 수 있으리오."

이에 왕손 낙이 반박한다.

"진나라 시조始祖인 당숙우唐叔虞는 바로 주성왕周成王의 동생이며, 우리 오나라 시조인 태백太伯은 바로 주무왕周武王의 할아버지뻘이오. 그러니 그대 나라는 지체가 우리 나라만 못하오. 비록 지금까지 진나라가 맹주 노릇을 했다지만, 송宋나라와 괵虢나라에서 대회를 연 것도 다 초楚나라의 후원 아래에서 이루어진 일이오. 한데 이제 그 초나라를 쳐서 무찌른 우리 오나라와 자리 다툼을 할 작정이오?"

그들은 날마다 논쟁을 벌였지만 결정이 나지 않았다. 이럴 때에 오나라에서 왕자 지의 밀사가 당도했다.

밀사가 부복하고 오왕 부차에게 아뢴다.

"월나라 군사가 우리 오나라에 쳐들어왔습니다. 세자는 죽고 고소대는 불타버렸습니다. 성이 포위당한 걸 보고 왔는데 그후 어찌 되었는지 모르겠습니다."

오왕 부차는 이 위급한 소식을 듣고 무척 놀랐다. 참으로 뜻밖의 일이었다. 곁에서 이 말을 듣던 태재 백비가 갑자기 칼을 뽑더니 불문곡직하고 밀사를 쳐죽였다.

오왕 부차가 묻는다.

"어찌하여 사자를 죽였는가?"

태재 백비가 대답한다.

"지금 사실 여부도 알 수 없는데, 만일 사자가 이런 소문을 퍼뜨리면 제나라와 진나라는 즉시 우리에게 들고일어날 것입니다. 그러면 대왕께서 어찌 무사히 돌아가실 수 있겠습니까?"

오왕 부차가 거듭 머리를 끄덕인다.

"그대 말이 옳다. 지금 우리는 진나라와 맹주 자리를 다투는 중이며 아직 아무런 결정도 나지 않았는데 더구나 이런 급한 소식까지 왔구나! 대회를 그만두고 곧 돌아가야 할까, 아니면 대회를 추진하면서 끝까지 진나라와 패권을 다퉈야 할까?"

왕손 낙이 아뢴다.

"이럴 수도 저럴 수도 없습니다. 대회를 그만두고 지금 곧 돌아간다면 다른 나라들이 우리를 수상히 생각하고 그 이유를 알려고 염탐할 것입니다. 그렇다고 이런 급한 처지에 대회를 추진하다가 진나라가 맹주라도 되는 날이면 우리는 꼼짝없이 진나라의 분부를 받들어야 합니다."

오왕 부차가 묻는다.

"그럼 어찌해야 좋을꼬?"

왕손 낙이 비밀히 아뢴다.

"지금 사세가 매우 급합니다. 이럴 때엔 전혀 딴 짓을 하는 도리밖에 없습니다. 갑자기 북을 울리고 진나라 군사를 쳐서 그들의 오만한 기상을 꺾어버리십시오."

오왕 부차가 흔연히 머리를 끄덕인다.

"그 계책이 좋다!"

그날 밤이었다.

오나라 군사는 배불리 먹은 후 말을 잘 먹이고 모두 함매銜枚(군사들이 떠들지 못하도록 입에 하무를 물림)하고서 출동했다.

오나라 군사는 진나라 군사가 있는 곳까지 약 1리 정도 남겨놓고 진을 쳤다. 그들은 100명으로 일행一行을 삼고 일행마다 큰 기旗를 세웠다. 그리고 120행으로 일면一面을 삼았다.

오나라 중군은 하얀 병거에, 하얀 기에, 하얀 갑옷에, 하얀 화살 깃을 사용했다. 멀리서 바라보기에 그들은 마치 들판에 가득 핀 하얀 억새 같았다.

오왕 부차는 친히 부월斧鉞을 잡고 중진中陣의 하얀 기 아래 섰다.

왼편 좌군도 120행이었다. 그들은 다 붉은 병거에, 붉은 기에, 붉은 갑옷에, 붉은 화살 깃을 사용했다. 멀리서 바라보기에 그들은 마치 피바다 같았다. 태재 백비가 좌군의 주장主將이었다.

오른편 우군도 120행이었다. 그들은 다 검은 병거에, 검은 기에, 검은 갑옷에, 검은 화살 깃을 사용했다. 멀리서 바라보기에 그들은 암흑暗黑 바로 그것이었다. 왕손 낙이 우군을 거느리고 있었다.

이리하여 오나라 군사 3만 6,000명은 새벽에야 완전히 진을 정했다. 드디어 오왕 부차가 북채를 들어 친히 북을 울리자 모든 군중軍中이 따라서 북을 치고, 요란한 징소리가 잇달아 일어나고,

삼군三軍이 떠드는 소리가 천지를 진동했다.

한편 진晉나라 군사는 갑자기 들려오는 요란한 소리에 매우 놀라 그 연유를 알아오도록 곧 대부 동갈董褐을 오나라 진영으로 보냈다.

오왕 부차가 친히 동갈을 접견하고 말한다.

"주왕周王께서 과인에게 명하시기를 중원中原의 맹주가 되어 모든 나라를 통솔하라고 하셨소. 그런데 진후晉侯가 명령을 거역하고 과인과 맹주 자리를 다투니 더 이상 시일을 지체할 수 없는지라, 과인은 양편 사자가 번거롭게 왔다갔다하면서 결말도 짓지 못하는 회담만 되풀이하는 걸 더는 보고 있을 수 없소. 오늘은 진후가 과인에게 복종하든 아니 하든 결말을 지읍시다!"

동갈은 돌아가서 진정공에게 들은 바를 보고했다. 그 자리에는 노魯 · 위衛 두 나라 군후도 있었다.

동갈이 조앙을 불러내어 속삭인다.

"내가 보기엔 오왕 부차가 입으론 흰소리를 하나 그 표정이 참혹합디다. 아마 무슨 큰 근심거리라도 있는 모양입니다. 아직 확실하진 않으나 월나라 군사가 오나라 국도國都로 쳐들어갔다는 소문도 있소. 만일 그들에게 맹주 자리를 양보하지 않으면 그들은 반드시 우리를 해칠 것이오. 그렇다고 그냥 양보할 수도 없는 노릇이오. 그러니 부차에게 오왕이란 왕호王號를 버리라는 조건을 내세우고 양보합시다."

이에 조앙은 진정공에게 이 뜻을 아뢨다. 진정공은 다시 동갈을 오왕 부차에게 보냈다.

동갈이 가서 오왕 부차에게 말한다.

"귀국이 주왕의 명령을 받들어 모든 나라 제후에게 맹권盟權을 선포한다면야 우리 나라 상감께서도 더 거역하지 않겠다고 하십니다. 그러나 오나라는 원래 주 왕실로부터 백작伯爵 칭호를 받은 것밖에 없건만 늘 오왕이라고 자처해왔습니다. 그렇다면 주왕과 오왕의 차이는 어떻게 됩니까? 그러니 귀국이 왕호를 버리고 공公으로 자처한다면 우리 진나라도 군후의 명령을 좇겠습니다."

오왕 부차가 대답한다.

"정 그러하다면 과인은 이제부터 왕호를 버리고 공으로 행세하겠소!"

이에 부차는 군사를 거두어 거느리고 자기 군막으로 돌아갔다. 마침내 그는 모든 나라 제후와 함께 대회를 열었다. 그는 오공吳公 부차의 자격으로 맹주가 되어 먼저 희생의 피를 입술에 발랐다. 다음은 진후晉侯·노후魯侯·위후衛侯의 순서로 피를 바른 후 서로 동맹을 맺었다.

대회가 끝나자마자 오공 부차는 즉시 군사를 거느리고 회수淮水를 따라 수로水路로 떠났다. 오공 부차는 돌아가는 도중에도 본국으로부터 연달아 급보를 받았다.

오나라 군사들은 이미 자기 나라에 월나라 군사가 쳐들어왔다는 걸 알고 모두 슬픔에 빠졌다. 더구나 그들은 먼 길을 왔다가 돌아가는 길인 만큼 지칠 대로 지쳐서 싸울 용기마저 없었다.

오왕 부차는 피곤한 군사를 거느리고 허둥지둥 오나라로 돌아가서 월나라 군사와 크게 싸웠다. 그러나 오나라 군사는 월나라 군사에게 여지없이 대패했다.

오왕 부차가 겁을 먹고 태재 백비에게 호령한다.

"그대는 과인에게 월나라는 결코 배반하지 않는다고 말했다. 그래서 그대의 말만 믿고 구천을 월나라로 돌려보냈던 것이다. 한데 오늘날 이 지경이 되었으니 그대가 모든 책임을 지고 구천에게 가서 화평을 청하여라! 만일 화평이 이루어지지 않을 경우엔 과인에게 촉루검이 있다는 걸 잊지 마라. 지난날은 오자서에게 촉루검을 보내어 자결하게 했지만 이번엔 그대 차례가 될지 모른다!"

이에 태재 백비는 황급히 월나라 군사가 주둔하고 있는 곳으로 갔다. 그는 월왕 구천에게 머리를 조아리고 오나라 죄를 용서해달라고 애걸했다.

"대왕께서 군사만 거두어주신다면 지난날 월나라가 오나라에 복종한 것과 똑같이 앞으론 우리 오나라가 대왕께 복종하겠습니다."

범려가 월왕 구천에게 아뢴다.

"아직 부차를 완전히 없애버릴 수는 없습니다. 그러니 이번엔 화평을 맺고 백비에게 생색을 내게 해주십시오. 앞으론 오나라가 힘을 쓰지 못할 것입니다."

이에 월왕 구천은 오나라의 항복을 받고 월나라로 돌아갔다. 이때가 바로 주경왕周敬王 38년이었다.

그 다음해였다.

노나라 노애공魯哀公은 모든 신하를 거느리고 거야鉅野란 곳에서 사냥을 했다.

이날 숙손씨叔孫氏의 가신인 서상鉏商이란 자가 이상한 짐승 한 마리를 잡았다. 그 짐승은 몸은 노루 같고, 꼬리는 쇠꼬리 같고, 머리에는 뿔이 나 있었다.

그들이 그 이상한 짐승을 죽인 후 공자孔子에게 가지고 가서 묻는다.

"이것이 무슨 짐승이오니까?"

공자가 그 짐승을 보더니 추연히 대답한다.

"기린麒麟이란 짐승이다."

이날 공자가 길이 탄식한다.

"이제 너의 진리〔道〕도 끝났구나!"

공자는 제자들을 시켜 죽은 기린을 땅에 묻어주었다.

오늘날도 거야 땅 옛 성터에서 동쪽으로 10리쯤 가면 둘레가 40여 보步쯤 되는 무덤 비슷한 토대土臺가 있다. 세상에선 그것을 획린퇴獲麟堆라고 부른다. 그곳이 바로 공자가 기린을 묻은 곳이다.

공자는 기린을 묻고 거문고를 탄주하며 노래를 지어 불렀다.

훌륭한 임금이 나서 세상을 잘 다스림이여

기린과 봉황이 와서 노는도다.

그러나 오늘날은 혼란한 무법 천하이며 암흑 시대인데

무엇하러 너는 이 세상에 나왔느냐!

기린이여! 기린이여!

내 마음이 매우 괴롭도다.

明王作兮

麟鳳遊

今非其時

來何求

麟兮麟兮

我心憂

이때부터 공자는 노나라의 역사歷史를 쓰기 시작했다. 곧 노은공魯隱公 원년부터 시작해 노애공이 기린을 잡은 그해까지 무릇

242년 간의 일을 기록했다. 이것이 저 유명한 『춘추春秋』라는 책이다.

세상에선 『주역周易』『시경詩經』『서경書經』『예기禮記』『악경樂經』에다 『춘추』를 합쳐서 이를 '육경六經'이라고 한다.

이해에 제나라 우상右相인 진항은 오나라가 월나라에 항복했다는 소식을 들었다. 그리하여 이제는 밖으론 강적이 될 만한 나라가 없고 국내엔 자기를 당적할 만한 인물도 없었다. 다만 진항에게 거치적거리는 것은 좌상 감지闞止 한 사람뿐이었다.

드디어 진항은 자기 족속族屬인 진역, 진표陳豹 등을 시켜 백주 대로에서 감지를 쳐죽였다.

그후 제간공齊簡公은 변장하고 제나라를 떠나 정처 없이 달아났다. 그러나 진항은 뒤쫓아가서 달아나는 제간공을 잡아죽이고 감씨闞氏 일당도 모조리 잡아죽였다.

이에 진항은 제간공의 동생인 공자 오驁를 군위에 올려세웠다. 그가 바로 제평공齊平公이다.

한편, 노나라 공자孔子는 제나라에서 그 임금을 죽였다는 소문을 듣고 사흘 간 목욕재계한 후 노나라 궁으로 들어갔다.

공자가 노애공에게 청한다.

"청컨대 군사를 일으켜 제나라를 무찌르고 임금을 죽인 진항을 치십시오."

노애공은 시신侍臣을 불러 공자의 뜻을 삼가三家(노나라 정권을 잡고 있는 숙손씨叔孫氏·계손씨季孫氏·맹손씨孟孫氏)에게 알리라고 분부했다.

이에 공자가 길이 탄식한다.

"신은 노나라에 임금이 계신 것만 알지 삼가가 있다는 것은 모릅니다."

한편, 제나라 진항은 이웃 나라 제후들이 자기 죄를 칠 뜻이 있음을 알고 겁이 나서 그간 노·위 두 나라에서 뺏은 옛 땅을 돌려주고, 북쪽 진晉나라의 세도권신勢道權臣인 네 경卿과 친히 사귀고, 남쪽으론 사절을 보내어 오·월 두 나라와도 우호를 맺었다.

그리고 가난한 백성들에게 자기의 재물과 곡식을 나눠주고 뒷수습을 하기에 급급했다. 이에 제나라 백성들은 차차 진항에 대한 불평이 사라졌다.

그후로 진항은 점점 포씨鮑氏·안씨晏氏·고씨高氏·국씨國氏 등을 제거하면서 나중엔 공족公族 자질子姪들의 세도까지 빼앗아 결국 제나라 땅 태반을 자기 영지領地로 차지했다. 뿐만 아니라 진항은 국내에서 키가 7척 이상 되는 여자 100여 명을 뽑아 자기 집 후방後房에 두어 일가친척이면 누구라도 그 후방에 드나드는 것을 금지하지 않았다.

그리하여 후방에 있는 100여 명의 여자들이 낳은 아들만도 70여 명이나 되었다. 그 70여 명의 남자들 성이 다 진씨인 것은 물론이다.

진항은 제나라를 완전히 차지하려고 이렇게까지 수단과 방법을 가리지 않고 자기 종족을 번식시켰다. 마침내 그는 제나라 모든 대부 벼슬에서부터 지방 고을의 수령에 이르기까지 모조리 진씨 일족으로 충당시켰다. 그러나 이것은 물론 다 다음날의 이야기다.

한편, 위衛나라 세자 괴외蒯聵는 척戚 땅에서 살고 있었다. 그는 위나라에서 쫓겨난 후로 그때까지 망명 중이었다. 그래서 위나라에선 괴외의 아들인 위출공衛出公이 임금 노릇을 하고 있었다. 위출공은 자기 아버지 괴외가 돌아오지 못하도록 늘 삼엄한 경계를 폈다.

대부 고시高柴가 부자지의父子之義를 말하고 그러지 말라고 간했으나 위출공은 아버지에게 임금 자리를 빼앗길까 봐 그 말을 듣지 않았다.

그런데 괴외에겐 누님이 하나 있었다. 사람들은 그녀가 대부 공어孔圉에게 출가했기 때문에 공희孔姬라고 불렀다.

공희에겐 공회孔悝라는 아들이 있었다. 그후 공회는 아버지 공어의 벼슬을 계승하여 대부로서 위출공을 섬겼다.

이때 공씨孔氏 집 가신 중에 혼양부渾良夫라는 사람이 있었다. 혼양부는 키가 크고 용모가 수려했다. 그는 주인인 공어가 죽자 과부가 된 공희와 마침내 정을 나누었다.

어느 날이었다.

공희가 혼양부에게 부탁한다.

"그대는 척 땅에 가서 나의 친정 동생인 괴외에게 문안을 드리고 오오."

이에 혼양부는 척 땅으로 갔다.

망명 중인 괴외가 혼양부의 손을 잡고 사정한다.

"이렇듯 외로운 사람을 찾아주니 참으로 고맙소! 그대가 나를 도성으로 돌아가 임금만 되게 해준다면 나는 그대와 함께 부귀를 누릴 생각이오. 그리고 장차 그대가 죽을죄를 짓는 한이 있더라도 나는 맹세코 세 번까지는 그대를 용서해주겠소. 자, 이만하면 나와 함께 부귀를 누릴 수 있지 않겠소?"

혼양부는 돌아가서 공희에게 이 말을 전하고 상의했다. 마침내 공희의 계책에 따라 혼양부는 여자로 가장하고 괴외를 데리러 척 땅으로 갔다.

이에 괴외도 혼양부처럼 부녀자로 가장했다. 그리고 그들은 용사인 석결石乞과 맹염孟黶이 모는 수레를 타고 밤중에 척 땅을 떠났다.

드디어 그들은 온거溫車에 누워 비첩婢妾이라 속이고서 위성衛城 안으로 들어가는 데 성공했다.

괴외는 누님 공희의 집에 가서 숨었다.

공희가 괴외에게 말한다.

"현재 위나라의 권력은 나의 아들 공회가 다 쥐고 있다. 지금 공회는 궁중 잔치에 참석하러 갔으니 돌아오면 윽박질러서라도 동생을 도와주도록 하리라."

이에 석결과 맹염과 혼양부는 갑옷을 입고 속에 칼을 품은 채 공회가 돌아올 때를 기다렸다. 그리고 괴외는 대臺 위에 숨어 있었다.

저녁 무렵이었다.

그제야 공회가 술이 얼근히 취해 궁에서 돌아왔다.

공회가 아들을 불러 묻는다.

"너는 아버지의 친척과 어머니의 친척 중에서 어느 쪽이 더 소중하다고 생각하느냐?"

공회가 어머니에게 대답한다.

"부모의 친척은 어느 쪽이든 다 소중합니다."

"네가 어머니의 친척을 소중히 생각한다면 어찌하여 나의 친정 동생인 괴외를 데려와서 임금으로 섬기지 않느냐?"

공회가 대답한다.

"선군先君께선 세상을 떠나실 때 아들을 폐하고 손자를 임금 자리에 세우라고 유언하셨습니다. 그러니 저는 전 임금의 뉴언을 시켜야 합니다."

그러고서 공회는 마침 뒤가 마려워 변소로 갔다. 그때 석걸과 맹염과 혼양부가 변소에서 나오는 공회의 뒷덜미를 잡았다.

"지금 세자가 그대를 부르니 우리와 함께 가자!"

그들은 공회를 대 위로 끌고 갔다. 그제야 숨어 있던 괴외가 대 위에 나타났다.

공회가 아들을 보고 꾸짖는다.

"세자가 나오셨는데 너는 어째서 절도 하지 않느냐!"

공회는 이 모든 것이 꿈이 아닌가 의심했다. 그는 하는 수 없이 괴외 앞에 나아가 무릎을 꿇고 절했다.

공희가 강요한다.

"네 오늘부터 나의 친정 동생을 섬기겠느냐, 안 섬기겠느냐? 지금 당장 대답하여라."

일이 이쯤 된 바에야 공회도 어쩔 도리가 없었다.

"어머님의 분부대로 거행하겠습니다."

공회는 수퇘지를 잡아 희생犧牲으로 삼고 친정 동생 괴외와 아들 공회에게 서로 맹세를 시켰다. 이에 그들은 수퇘지의 피를 입술에 바르고 임금과 신하가 되겠다고 천지신명에게 맹세했다.

그러고 나자 석걸과 맹염이 대 위에서 공회를 붙들어놓고 위협한다.

"속히 가병家兵들을 불러모으시오!"

공회는 시키는 대로 가병을 집합시켰다.

드디어 혼양부는 공회의 가병을 거느리고 궁으로 쳐들어갔다.

이때 위출공은 술에 잔뜩 취해서 막 잠자리에 들려던 참이었다. 그런데 갑자기 바깥이 떠들썩했다. 위출공은 대뜸 비상 사태가 일어났다는 걸 알았다.

위출공이 좌우 신하를 불러 분부한다.

"속히 사람을 보내어 공회를 불러오너라."

좌우 신하들이 아뢴다.

"지금 반란을 일으킨 자가 바로 공회라 합니다."

위출공은 깜짝 놀랐다. 그는 즉시 귀중한 보물만 몇 가지 챙겨서 날쌘 수레에 올라타고 노나라로 달아났다. 괴외를 싫어하는 신하들은 모두 다 사방으로 달아나 몸을 피했다.

이때 공자의 제자 자로子路는 위나라에서 공회의 가신으로 있었다. 자로는 볼일이 있어서 성 밖에 나갔다가 돌아오던 길에, 대부 공회가 괴외 일당에게 감금당했다는 소문을 들었다. 자로는 주인 공회를 구해내려고 위성衛城으로 달려가다가 도중에서 대부 고시高柴를 만났다. 고시 또한 공자의 제자였다.

고시가 자로를 보고 충고한다.

"성문은 이미 굳게 닫혔소. 그대가 위나라 책임자가 아닌 바에야 이런 정치 문제엔 관여하지 마오. 그러는 것이 신상에 좋을 것이오."

자로가 대답한다.

"나는 공씨孔氏의 녹을 받아먹는 사람인데 어찌 이 일을 좌시할 수 있겠소."

자로는 다시 성문으로 말을 달려갔다. 과연 성문은 굳게 닫혀 있었다. 자로는 성문을 열라고 목청껏 외쳤다.

성루에서 수문장守門將 공손감公孫敢이 내려다보고 묻는다.

"임금은 이미 다른 나라로 달아났소. 그런데 그대는 무엇하러 들어오려는 거요?"

자로가 대답한다.

"나는 녹을 받아먹으면서도 위기에 처한 주인을 돕지 않고 자기 몸만 생각하는 사람을 미워하오. 그래서 들어가려는 것이오."

때마침 성문이 열리면서 밖으로 나오는 사람이 있어 자로는 그 기회를 놓치지 않고 드디어 성안으로 들어갔다.

자로는 곧장 달려 공회의 집 대 아래로 갔다. 자로가 큰소리로 외친다.

"자로가 이제 돌아왔습니다. 공대부孔大夫는 속히 아래로 내려오십시오."

그러나 공회는 석걸과 맹염의 위협에 질려서 대 아래로 내려가지 못했다. 자로는 공회가 내려오지 않자 더 참을 수가 없어서 대 아래에다 불을 질렀다. 불이 대 위로 퍼져 올라간다.

괴외가 황망히 석걸과 맹염에게 분부한다.

"당장에 내려가서 저놈을 죽여버려라!"

석걸과 맹염은 창을 들고 대 아래로 뛰어내려갔다.

자로는 칼을 쭉 뽑아들고서 그들을 맞이해서 싸웠다. 그러나 자로가 어찌 혼자서 힘센 용사들을 대적할 수 있겠는가.

석걸과 맹염은 동시에 긴 창으로 자로를 마구 찔렀다. 그들은 쓰러지는 자로를 다시 칼로 쳤다. 자로의 관冠 끈이 끊어졌다.

자로가 치명상을 입고 중얼거린다.

"군자는 죽을지라도 관을 벗지 않는 것이 예의다!"

자로는 끊어진 관 끈을 다시 매고 나서 쓰러져 죽었다.

이리하여 공회는 하는 수 없이 괴외를 위나라 군위에 앉혔다. 그가 바로 위장공衛莊公이다.

위장공은 둘째아들 질疾을 세자로 삼고, 혼양부에게 경卿 벼슬을 주었다.

그때 공자孔子는 위나라에 있었다. 공자는 괴외가 난을 일으켰다는 소문을 듣고서 모든 제자에게 말한다.

"고시는 반드시 돌아올 것인저! 그러나 자로는 이번 변란에 죽었을 것이다."

제자들이 묻는다.

"어찌하여 그러리라고 생각하십니까?"

공자가 대답한다.

"고시는 대의大義를 알기 때문에 틀림없이 안전한 길을 택했을 것이다. 그러나 자로는 평소부터 용기를 좋아하고 목숨이란 걸 그다지 소중히 생각지 않았기 때문에, 이번 난에서도 냉정한 판단을 내리지 못했을 것이다. 그러므로 자로는 죽었을 것인저!"

공자의 말이 끝나기도 전이었다. 과연 고시가 살아서 돌아왔다. 스승과 제자는 오랜만에 만나 서로 슬퍼하고 서로 기뻐했다. 조금 지나자 이번엔 위장공의 사자가 왔다.

그 사자가 공자를 뵈옵고 아뢴다.

"이번에 새로 군위에 오르신 임금께선 부자夫子를 매우 공경하며 사모하고 계십니다. 그래서 부자께 특별한 음식을 보내셨습니다. 자, 받아주십시오."

공자는 일어나 두 번 절하고 음식이 들어 있다는 단지를 받았다. 그 단지 뚜껑을 열어본즉 젓으로 담근 고기가 가득 들어 있었다.

공자는 그 고기젓을 보자마자,

"속히 뚜껑을 덮어라."

하고 제자에게 분부했다. 공자가 사자를 돌아보고 말한다.

"이것은 바로 나의 제자 자로의 살이구려!"

사자가 흠칫 놀라면서 묻는다.

"그렇습니다. 부자께서는 이것이 자로의 살이라는 걸 어찌 아셨나이까?"

공자가 초연히 대답한다.

"그렇지 않고서는 위후衛侯가 나에게 보낼 리 없지요."

공자는 제자들을 시켜 산에다 그 단지를 잘 묻도록 했다.

늙은 공자가 통곡한다.

"내 항상 자로가 제 명대로 살지 못할까 염려했더니 결국 비명에 죽었구나!"

사자는 공자에게 하직하고 돌아갔다.

그후 얼마 지나지 않아 공자는 병을 앓다가 결국 회복하지 못하고 세상을 떠났다.

공자는 73세로 그 성스럽고 불행한 일생을 마쳤다. 공자가 세상을 떠난 날은 바로 주경왕周敬王 41년 여름 4월 기축일己丑日이었다.

사신史臣이 시로써 대성大聖 공자를 찬한 것이 있다.

공자는 성인聖人으로 탄생하사

노나라 궐리 땅에 살면서 그 위대함을 나타내셨도다.

칠십 평생을 학문과 덕으로 일관하셨고

모든 것에 이치를 밝히셨도다.

덕을 펴는 것과 처벌하는 것을 겸전하사

협곡 땅에서 이를 실천하셨도다.

봉황을 보지 못하사 탄식하셨고

죽은 기린을 보시고 우셨도다.

천하가 다 공자를 우러러 거울로 삼고

천추만세로 사람들이 모두 숭배하는도다.

尼丘誕聖

闕里生德

七十升堂

四方取則

行誅兩觀

攝相夾谷

嘆鳳遽衰

泣麟何促

九流仰鏡

萬古欽躅

　제자들은 공자를 곡부曲阜 땅에다 장사지냈다. 그 무덤의 크기
가 1경頃(1경은 100묘畝, 곧 2만여 평)이나 된다. 그후 공자의 무덤
근방에 있는 나무엔 날짐승들도 집을 짓지 않았다.

　역대로 나라에선 공자를 대성지성문선왕大成至聖文宣王으로 봉
했다. 그러다가 이젠 대성지성선사大成至聖先師라고도 한다.

　만천하 어디를 가도 공자를 모신 문묘文廟가 서 있다. 그리고
해마다 봄가을로 두 번씩 제사를 지낸다. 그 자손은 대대로 연성
공衍聖公이라는 칭호를 받으면서 모든 사람의 존경을 받고 있다.

　한편, 위장공 괴외는 공회가 달아난 위출공의 일당이거니 생각
하고 늘 속으로 의심했다. 그래서 언젠가 잔치 자리에서 취한 체
하고 공회를 국외로 추방했다. 이에 공회는 송宋나라로 망명 길을
떠났다.

　위장공이 혼양부에게 의논한다.

"전前 임금 놈이 보물을 몽땅 가지고 달아나버려서 지금 부고가 텅 비어 있다. 어찌하면 그 보물을 다시 찾아올 수 있을꼬?"

혼양부가 비밀히 아뢴다.

"달아난 전 상감 역시 임금의 친아드님이 아닙니까? 그런데 왜 아드님을 불러들이지 않으십니까?"

월왕越王, 패권을 잡다

위장공衛莊公 괴외는 아들 위출공衛出公이 가지고 달아난 부고의 보물을 어떻게 하면 다시 찾아올 수 있을지 혼양부渾良夫와 상의했다.

혼양부가 아뢴다.

"지금 세자로 있는 질疾과 달아난 전 임금은 모두 상감의 아들이십니다. 상감께선 '두 아들 중에서 다시 세자를 정해야겠다'고 하시고 달아난 아들을 소환하십시오. 그러면 그 보물을 도로 찾을 수 있습니다."

그때 곁에서 시중드는 동자 하나가 혼양부의 말을 듣고 세자 질에게 이 일을 밀고했다.

세자를 다시 정한다는 말을 듣고 세자 질은 잔뜩 노여워했다. 이에 그는 장사壯士 몇 사람과 함께 수퇘지 한 마리를 수레에 싣고서 한밤중에 궁으로 들어갔다.

세자 질은 자고 있는 위장공을 깨워,

"달아난 형님을 국내로 불러들이지 않겠다고 맹세하십시오."
하고 칼을 뽑아 끌고 온 수퇘지를 찔러 죽였다.

위장공은 둘째아들인 세자 질의 협박을 받고 하는 수 없이 돼지의 피를 입술에 바르고 시키는 대로 맹세했다.

세자 질이 다시 위협한다.

"곧 혼양부를 잡아서 죽이십시오."

위장공이 대답한다.

"달아난 너의 형을 불러오지 않는 것은 쉬운 일이나, 혼양부만은 내가 지난날 맹세한 일이 있기 때문에 죽일 수 없다. 나는 혼양부가 죽을죄를 지어도 세 번까지는 살려주겠다고 맹세를 했다. 그러니 그것만은 들어줄 수 없구나."

세자 질이 다시 위협한다.

"그럼 죽을죄 네 가지를 만들어서 기회 있는 대로 혼양부를 죽이십시오!"

위장공은 하는 수 없이 그렇게 하기로 허락했다.

그런 일이 있은 지 얼마 후였다.

위장공은 호막虎幕을 새로 지었는데 그 낙성식날 모든 대부를 초청했다. 이날 혼양부는 자줏빛 옷에 여우 가죽으로 만든 갓옷을 입고 낙성연落成宴에 참석했다. 그리고 허리에 찬 칼도 풀어놓지 않고 잔치 음식을 먹었다.

세자 질은 역사力士를 시켜 불문곡직하고 잔치 자리에서 혼양부를 끌어냈다.

혼양부가 끌려내려가면서 묻는다.

"신에게 무슨 죄가 있다고 이렇듯 끌어내십니까?"

세자 질이 죄목을 들어 꾸짖는다.

"신하가 임금을 뵈올 때는 반드시 예복을 입어야 하며, 임금이 계시는 곳에서 음식을 먹을 때는 반드시 칼을 풀어놓고 먹어야 한다. 그런데 너는 오늘 자줏빛 옷을 입고 왔으니 그 죄가 하나이며, 여우 가죽으로 만든 갓옷을 걸치고 왔으니 그 죄가 둘이며, 칼을 풀어놓지 않고 음식을 먹었으니 그 죄가 셋이다."

혼양부가 앙연히 대답한다.

"지난날 상감께서 신에게 맹세하시기를 제가 죽을죄를 짓더라도 세 번까지는 용서하겠다고 하셨습니다."

세자 질이 소리를 높여 꾸짖는다.

"지난날에 달아난 임금은 아버지를 귀국하시지 못하게 한 불효자였다. 그런데 너는 그 죄인을 다시 국내로 불러들일 작정이라지? 그만하면 너는 죽을죄를 세 가지만 저지른 것이 아니라 네 가지나 저질렀다. 그러고도 이 세상에서 살기를 바라느냐!"

혼양부는 대답을 못하고 고개를 떨구었다. 세자 질이 눈짓을 하자 역사들이 칼을 뽑아 그 자리에서 혼양부를 쳐죽였다.

그후 어느 날 밤, 위장공은 꿈을 꾸었다. 꿈에 한 귀신이 산발을 하고 나타나 위장공에게 달려들며 말한다.

"내가 누군지 아느냐! 바로 혼양부다! 나는 아무 죄 없이 죽었다. 알겠느냐? 나는 아무 죄도 없이 죽었다!"

그 형상이 하도 무서워서 위장공은 외마디 소리를 지르며 눈을 떴다.

위장공은 복대부卜大夫 서미사胥彌赦를 불러들여 꿈 이야기를 하고 점을 쳐보게 했다.

서미사가 점을 쳐보고서 아뢴다.

"그 꿈은 아무 해가 없습니다."

그러나 서미사가 궁을 나와서 친한 사람에게 말한다.

"원귀冤鬼가 상감 몸에 붙었소. 머지않아 상감은 몸도 망치고 나라를 위기에 몰아넣을 것이오."

그후 서미사는 위나라를 버리고 송宋나라로 가버렸다.

위장공 괴외가 임금이 된 지 2년째 되던 해였다. 진晉나라는 위나라가 해마다 조례도 하러 오지 않고 공물도 바치지 않는다 해서 격분한 나머지 상경 벼슬에 있는 조앙趙鞅을 시켜 위나라를 쳤다.

진나라 군사가 쳐들어오자 위나라 백성들은 반란을 일으켜 위장공을 국외로 몰아냈다. 이에 위장공은 오랑캐 융戎나라로 달아났다. 그러나 오랑캐들은 자기 나라로 도망온 위장공과 그 아들 세자 질을 잡아서 죽였다.

한편, 위나라는 위장공 괴외의 서庶동생인 공자 반사般師를 임금으로 세웠다. 그런데 이번엔 제나라 우상인 진항이 군사를 거느리고 와서 위나라를 쳤다. 진항은 위나라를 도와준다는 명분을 내세우고서 이미 임금 자리에 오른 공자 반사를 몰아내고 공자 기起를 임금 자리에 앉혔다.

그후 위나라 대부 석포石圃가 공자 기를 몰아내고 다시 위출공을 국내로 불러들여 임금으로 세웠다.

그런데 위출공은 다시 임금이 되자 자기를 도와준 석포를 몰아냈다. 이에 모든 대부들은 격분한 나머지 위출공을 국외로 몰아낸 후 이번엔 공자 묵默을 임금으로 모셨다. 그가 바로 위도공衛悼公이다.

그리하여 위출공은 월나라로 달아나고, 위나라는 진晉나라에 항복했다. 참으로 위나라는 엉망진창이었다. 이렇게 임금이 자주 몰려나가고 갈리는 바람에 더욱 쇠약해진 위나라는 완전히 진나

라에 쥐여 지냈다. 그후로 위나라는 특히 진나라 권신權臣인 조씨
趙氏 일파를 섬겼다.

한편, 이야기는 다시 초楚나라로 돌아간다.

지난날 오자서伍子胥와 함께 정鄭나라에 피신 중이다가 정정공
鄭定公에게 피살당한 초나라 세자 건建을 독자는 기억할 것이다.

오자서는 죽은 세자 건의 아들 공자 승勝을 데리고 오나라에서
지내다가 그후 초나라를 쳐서 이겼을 때 그를 초나라에 가서 살도
록 해주었다.

그후 공자 승은 초소왕楚昭王으로부터 백공白公이란 작위를 받
고 백공白公 승勝이 되었다.

초나라에 돌아온 백공 승은 자기 아버지 세자 건을 죽인 정나라
에 원수를 갚고자 결심했다. 그러나 그에게는 은인인 오자서가 지
난날에 이미 정나라를 용서해주었고, 그후론 정나라가 초소왕을
잘 섬겼기 때문에 마땅한 기회가 없었다.

그러던 차에 초소왕이 죽자 영윤인 공자 서西와 사마인 공자 기
期는 월희越姬의 소생인 세자 장章을 왕위에 모셨다. 그가 바로 초
혜왕楚惠王이다.

백공 승은 자기가 지난날 원통하게 죽은 세자 건의 유일한 아들
인 만큼 이젠 영윤 공자 서가 함께 초나라의 정사를 의논하겠지
하고 은근히 기대했다. 그러나 공자 서는 백공 승에게 같이 나랏
일을 돌보자고 청하지 않았다.

백공 승은 그렇다면 국록이라도 좀더 주겠지 하고 기대했으나
아무 소식이 없었다. 그래서 그는 사람 대접을 이렇게 할 수 있는
가 하며 속으로 몹시 우울해했다.

그러던 차에 백공 승은 오자서가 오나라에서 죽었다는 소식을 들었다.

"음! 이제야 정나라를 쳐서 아버지의 원수를 갚을 때가 왔구나!"

이에 백공 승이 공자 서를 찾아가 청한다.

"지난날에 정나라가 나의 아버지 세자 건을 죽였다는 것은 영윤도 잘 알 것이오. 자식이 아버지의 원수를 갚지 않는다면 어찌 사람이라 하겠소. 영윤은 지난날 나의 아버지인 세자가 무고히 피살된 것을 불쌍히 생각하고 일려一旅(1려는 500명의 군사)의 군사만 일으켜 정나라를 쳐주오. 만일 원수를 갚으러 정나라로 쳐들어간다면 나는 가다가 죽어도 한이 없겠소."

영윤 공자 서가 대답한다.

"지금 왕이 새로 등극하셔서 모든 것이 안정되지 않았으니 그대는 잠시 시기를 기다리오."

그후 백공 승은 자기 고을로 돌아가서,

"오나라 군사가 언제 쳐들어올지 모르니 항상 준비를 튼튼히 해야 한다."

하고 성을 쌓아 가신家臣인 석걸石乞(위나라 석걸과 동명이인同名異人)을 시켜 군사를 조련하고 무기를 모았다.

그런 후에 그는 다시 공자 서에게 가서 청했다.

"내가 가병家兵들을 거느리고 선봉이 되겠으니 군사를 일으켜 정나라를 칩시다."

이에 영윤 공자 서는 정나라를 치기로 승낙했다.

그런데 초나라가 군사를 일으키기도 전이었다. 때마침 진晉나라 조앙趙鞅이 군사를 일으켜 정나라를 쳤다. 정나라는 곧 초나라로 사람을 보내어 구원을 청했다.

이에 초나라 영윤 공자 서는 군사를 거느리고 정나라에 가서 진나라 군사를 물리쳤다.

진나라 군사가 물러가자 영윤 공자 서는 새로이 정나라와 동맹까지 맺고 초나라로 돌아왔다.

사태가 이렇게 되자 백공 승은 분을 참을 수가 없었다.

"내게는 정나라를 치겠다 해놓고서 실은 정나라를 도와주고 동맹까지 맺고 돌아오다니 영윤은 나를 이렇듯 속이는가! 내 마땅히 영윤부터 죽이고 연후에 정나라를 치리라!"

마침내 백공 승은 자기 종친宗親으로서 예양澧陽 땅 태수太守로 있는 백선白善에게 사람을 보내어 좀 다녀가라고 초청했다.

초청을 받고 백선이 심부름 온 사람에게 말한다.

"너는 돌아가서 내 말을 전하여라. '그대를 따르면 초나라가 소란해질 터이니 그로써 나는 불충한 사람이 될 것이며, 그대를 버리고 내 고집대로만 하면 이는 원수를 갚아야 할 일가친척을 돕지 못하는 것이니 또한 괴로운 노릇이라.' 이것이 나의 솔직한 심정이다. 그러니 돌아가서 그대로 전하여라."

그후 백선은 모든 벼슬을 내놓고 농장과 과수원을 경영하면서 일생을 마쳤다. 그래서 초나라 백성들은 그 농장을 백선장군악포白善將軍樂圃라고 했다.

백공 승은 심부름 갔다 온 사람으로부터 백선의 말을 전해듣고 분노했다.

"백선이 도와주지 않아도 그까짓 영윤쯤은 죽일 수 있다!"

백공 승이 가신 석걸을 불러 상의한다.

"영윤 공자 서와 사마 공자 기를 죽이는 데 각각 500명만 있으면 될까?"

석걸이 대답한다.

"그걸로는 부족합니다. 지금 시남市南 땅에 한 용사가 있는데 이름은 웅의료熊宜僚라고 합니다. 그 사람만 우리 편이 되어준다면 두려울 것이 없습니다."

이에 백공 승은 석걸과 함께 시남 땅으로 웅의료를 찾아갔다.

웅의료가 자기 집까지 찾아온 백공 승을 보고서 놀란다.

"왕손의 귀하신 몸으로 어찌하사 이렇듯 미천한 사람에게 왕림하셨습니까?"

백공 승은 조용한 목소리로,

"내가 지금 한 가지 일을 도모하고 있는데 그대와 함께 상의하려고 왔소."

하고 드디어 영윤 공자 서를 죽일 작정이라고 말했다.

웅의료가 머리를 저으면서 대답한다.

"영윤은 우리 초나라에 공로가 있을 뿐만 아니라 나와는 원수진 일이 없습니다. 그러니 그런 분부는 거행하지 못하겠습니다."

백공 승이 대뜸 칼을 뽑아 웅의료의 목에 들이대고 위협한다.

"내 말을 따르지 않으면 너부터 먼저 죽여버리겠다."

웅의료가 얼굴빛 하나 흐트러뜨리지 않고 조용히 대답한다.

"이 웅의료 하나 죽이기야 개미 한 마리 죽이기만큼 쉬우실 터인데 뭘 그렇게 흥분하십니까?"

백공 승이 칼을 땅바닥에 던지고 탄식한다.

"그대는 참으로 용사요. 내 잠시 그대를 시험해보았을 뿐이오. 청컨대 나와 함께 지냅시다."

이에 백공 승은 수레에 웅의료를 태워 돌아갔다.

그후로 백공 승은 웅의료를 귀빈으로 대우하면서 음식을 먹을 때나 출입할 때나 반드시 함께했다. 웅의료는 백공 승의 정성에 감복하여 마침내 자기 몸을 마음대로 써달라고 청했다.

이때는 마침 오왕吳王 부차夫差가 황지黃池 땅에서 여러 나라 제후와 함께 회會를 열던 그 무렵이었다.

초나라는 오나라의 세력이 점점 커지자 겁이 나서 국경 지대의 경비를 더욱 철저히 했다.

이에 백공 승은 장차 오나라 군사가 초나라를 칠 것이라는 핑계를 대고서 군사를 거느리고 도리어 오나라 변경으로 들어갔다.

백공 승은 동네를 돌아다니며 좀도둑처럼 노략질을 해가지고 돌아와서는 오나라 군사와 싸워서 대승을 거두고 왔노라고 허풍을 쳤다.

백공 승이 영윤 공자 서에게 말한다.

"이번에 오나라 군사를 무찌르고 적의 무기와 갑옷과 병거 등 전리품을 가지고 왔습니다. 장차 왕께 그 전리품을 바치는 의식을 열어 백성들에게 우리 초나라의 위엄을 보여주는 것이 어떻겠습니까?"

영윤 공자 서는 그 의식을 열기로 승낙했다.

이에 백공 승은 자기 가병들이 쓰던 병거와 갑옷과 무기 등을 전리품으로 꾸며서 친히 장사 1,000명을 거느리고 태묘太廟에 들어가서 승전을 고했다.

초혜왕은 전상殿上에 나와 앉아 백공 승이 바치는 전리품 목록을 받았다. 공자 서와 공자 기는 초혜왕 곁에 모시고 서 있었다.

백공 승의 승전 보고가 끝났을 때였다. 초혜왕은 층계 아래 양편에 무장한 장사 두 사람이 서 있는 걸 굽어보고서 백공 승에게 묻는다.

"저 두 사람은 누구냐?"

백공 승이 허리를 굽히며 아뢴다.

"그들은 신의 부하 장사로 하나는 이름이 석걸이며 하나는 웅의료라 하온데, 이번에 오나라 군사와 싸워 각기 큰 공훈을 세웠습니다."

그러고서 곧 손을 들어 두 장사를 올라오라고 불렀다.

이에 석걸과 웅의료가 층계 위로 올라오는데 공자 기가 큰소리로 꾸짖는다.

"대왕께서 지금 전상에 계시는데 어디를 함부로 올라오느냐? 썩 내려가지 못할까!"

그러나 석걸과 웅의료가 어찌 그 말에 복종할 리 있으리오. 그들 두 사람은 못 들은 체하고 성큼성큼 층계 위로 올라왔다.

공자 기가 분기충천하여 시위侍衛들에게 분부한다.

"저 두 놈을 당장 끌어내려라!"

웅의료와 석걸은 달려드는 시위들을 닥치는 대로 집어던졌다. 시위들은 동쪽으로 나가떨어지고 서쪽으로 나가자빠졌다.

두 사람은 곧 정전正殿으로 뛰어들어갔다. 석걸은 칼을 뽑아 영윤 공자 서에게 덤벼들고, 웅의료는 사마 공자 기에게 달려들었다.

백공 승이 다시 층계 아래를 굽어보고 소리친다.

"모두 다 속히 올라오너라!"

이에 장사 1,000명이 일제히 칼을 뽑아들고 벌 떼처럼 정전으로 뛰어올라갔다.

백공 승은 초혜왕에게 칼을 들이대고 꼼짝못하게 했다. 그러는 동안에 석걸은 영윤 공자 서를 결박해서 땅바닥에 꿇어앉혔다. 문무백관들은 기겁을 해 어쩔 줄을 몰라 했다.

다만 공자 기만은 원래 용기와 힘이 대단해서, 전각殿閣 안에 비치되어 있는 창을 뽑아들고서 웅의료와 싸웠다.

웅의료는 싸우다가 공자 기의 창을 뺏고는 그 창으로 싸우려고 자기 칼을 버렸다. 순간 공자 기는 그 칼을 번개같이 주워들면서 웅의료를 쳐올렸다.

웅의료는 왼쪽 어깨에 칼을 맞고 쓰러지면서 동시에 창으로 공자 기의 배를 찔렀다. 두 사람은 치명상을 입었건만 서로 붙들고 뒹굴다가 함께 층계 아래로 굴러떨어졌다. 사람들이 달려가본즉 둘 다 이미 죽어 있었다.

결박을 당한 영윤 공자 서가 백공 승을 꾸짖는다.

"네 이놈! 내가 오나라에서 겨우 밥을 빌어먹으며 자라난 너를 불쌍히 생각하고, 차마 친척 간의 정을 끊을 수 없어 초나라에 돌아와 살게 해주지 않았느냐. 게다가 공작公爵의 벼슬까지 주었거늘, 네 어찌하여 은혜를 저버리고 도리어 이렇듯 반란을 일으키느냐?"

백공 승이 대답한다.

"정나라는 나의 아버지를 죽인 원수다. 그런데 너는 이번에 정나라를 도와주고 그놈들과 동맹까지 맺었다. 그러니 네가 바로 정나라나 다를 것이 없다. 나는 원통히 돌아가신 아버지의 원수를 갚아야 할 몸이다. 어찌 지난날의 개인적인 은혜까지 돌볼 여가가 있으리오."

영윤 공자 서가 길이 탄식한다.

"내 지난날 심제량沈諸梁의 말을 듣지 않았다가 오늘날에 이 꼴을 당하는구나!"

그때 백공 승의 칼이 번쩍 하며 공자 서의 목을 내리쳤다. 백공 승은 굴러떨어진 공자 서의 목을 조문朝門 밖에 내다걸게 하고 목 없는 시체를 궁정 뜰에 전시했다.

석걸이 백공 승에게 말한다.

"왕까지 죽여버려야만 이번 일이 끝납니다!"

백공 승이 대답한다.

"그까짓 어린것이 무슨 죄가 있겠는가? 왕위에서 몰아내면 그만이다."

석걸은 초혜왕을 끌고 나가 고부高府에다 감금했다.

백공 승은 초평왕楚平王의 아들인 왕자 계啓를 왕위에 세우려고 했다. 그러나 왕자 계는 끝까지 왕위를 사양했다. 이에 백공 승은 시키는 대로 말을 듣지 않는다 해서 한칼에 왕자 계를 쳐죽였다.

석걸이 백공 승에게 권한다.

"그러지 마시고 친히 왕위에 오르십시오."

백공 승이 말한다.

"우선 모든 군사를 불러들여 불의의 변을 막도록 해야 한다."

드디어 백공 승은 모든 군사까지 동원하여 태묘太廟를 근거로 둔屯쳤다.

그때 대부 관수管修는 변란이 일어났다는 급보를 받고 가병을 거느리고 태묘로 가서 백공 승을 쳤다. 원래 관수는 제나라 관중管仲의 후손으로 초나라에 망명 와 벼슬을 살던 사람이었다. 그러나 싸운 지 사흘 만에 그는 백공 승에게 대패하고 마침내 붙잡혀 죽음을 당했다.

그들이 싸우는 틈을 타서 어공御公 양陽은 한밤중에 부하를 거느리고 고부高府로 갔다. 그는 담을 뚫고 들어가서 갇혀 있는 초혜왕을 업고 나와 죽은 초소왕의 부인인 소부인昭夫人(초소왕의 본부인은 자결했고 월나라에서 계실繼室로 들어온 두번째 부인)의 궁에다 감춰두었다.

한편, 섭葉 땅의 섭공葉公 심제량沈諸梁은 도성에서 변란이 일어났다는 급보를 받았다. 그는 섭 땅의 군사를 모조리 거느리고서 밤낮을 가리지 않고 도성으로 달려갔다.

섭공 심제량이 도성 교외에 당도했을 때였다. 백성들이 길을 막다시피 하고 그를 영접했다.

그런데 섭공 심제량은 갑옷을 입고 있지 않았다. 백성들이 의아해서 물었다.

"섭공께서는 왜 갑옷을 입지 않으셨습니까? 우리 백성들은 모두 어린아이가 부모를 기다리듯 섭공이 오실 때만 기다렸습니다. 만일 역적들이 쏘는 화살에 부상이라도 당하신다면 우리 백성들은 앞으로 누구를 믿고 살아야 합니까?"

이에 섭공 심제량은 갑옷을 입고 진군했다. 그가 도성 가까이 갔을 때 또 한 무리의 백성들이 몰려와서 영접했다.

백성들이 의아해하며 섭공 심제량에게 묻는다.

"섭공께서는 어찌하여 온몸을 무장하고 오셨습니까? 우리 백성들은 흉년에 곡식을 기다리듯 섭공을 기다렸습니다. 그런데 그렇게 갑옷을 입고 투구를 쓰고 계시면 어찌합니까? 우리는 섭공의 얼굴만 한번 뵈어도 죽었다가 살아난 것처럼 기운이 나겠습니다. 얼굴이라도 한번 볼 수 있다면 그 누가 죽음을 각오하고 싸우지 않겠습니까. 그런데 왜 투구로 얼굴을 감추고 보는 사람에게 의심을 품게 하십니까?"

이에 섭공 심제량은 투구와 갑옷을 벗어버리고 진군했다. 동시에 그는 모든 백성이 자기를 지지한다는 걸 알았다.

드디어 섭공 심제량은 병거에다 대패大旆(끝이 제비꼬리처럼 된 큰 깃발)를 세웠다.

이때 잠윤箴尹 고固는 백공 승의 부름을 받고서 부하들을 거느리고 성으로 들어가려다가 저편에 대패가 나부끼고 있는 걸 보았다. 그 큰 기에는 섭葉자가 뚜렷이 수놓여 있었다. 성으로 들어가려던 잠윤 고는 곧 병거를 돌려 섭공 심제량에게 가담했다.

백성들과 군사들은 섭공 심제량이 오자 즉시 성문을 활짝 열고 환영했다.

섭공 심제량은 자기가 데려온 군사와 초나라 관군과 백성들까지 거느리고서 곧장 태묘로 쳐들어갔다.

이에 태묘 쪽에선 석걸이 군사를 거느리고 나와 섭공 심제량과 싸웠다. 그러나 벌써 민심과 대세는 기울어진 후였다.

석걸이 어찌 초나라 전체를 상대로 싸울 수 있겠는가. 석걸은 싸움에 패하자 백공 승을 부축해서 수레에 태워 용산龍山으로 달아났다.

백공 승이 장차 어느 나라로 달아나야 할까 궁리하던 참이었다. 어느덧 섭공 심제량이 군사를 거느리고 풍우처럼 뒤쫓아와서 용산 일대를 포위했다. 이젠 빠져나갈 수도 없게 되었다.

백공 승은 마침내 가죽띠로 목을 옭아매고 자살했다. 석걸은 산 속에다 백공 승의 시체를 묻은 후 달아나다가 결국 섭공 심제량의 군사에게 붙들렸다.

섭공 심제량이 석걸을 문초한다.

"백공 승은 지금 어디 있느냐?"

석걸이 대답한다.

"백공은 이미 자결하셨소!"

"그럼 그 시체는 어디에 있느냐?"

"……"

석걸은 끝내 대답을 하지 않았다.

섭공 심제량이 군사들에게 분부한다.

"가마솥에 물을 끓여라!"

이윽고 군사들은 물이 펄펄 끓는 큰 가마솥 앞으로 석걸을 끌고 갔다.

섭공 심제량이 호통을 친다.

"백공 승의 시체를 어디에 묻었는지 말하지 않으면 너를 삶아 죽이겠다!"

이에 석걸이 자진해서 옷을 홀홀 벗어던지고 껄껄 웃으며 대답한다.

"사내대장부가 일을 하다가 성공하면 상경 벼슬에 오르는 것이며, 실패하면 죽는 것이 당연하다. 내 어찌 죽은 사람의 시체를 팔아서 살기를 도모하겠느냐."

말을 마치자마자 석걸은 가마솥으로 태연히 뛰어들어갔다. 석걸은 끓는 가마솥에서 온몸이 부옇게 익어 죽었다. 비록 그는 생전에 옳지 못한 자를 따랐으나 당대의 쾌남아임은 틀림없었다.

그리하여 섭공 심제량은 초혜왕을 다시 왕위에 올려모셨다.

이때 진陳나라가 초나라에 변란이 일어난 걸 기회로 삼아 군사를 일으켜 쳐들어왔다. 이에 섭공 심제량은 초혜왕에게 아뢰고 군사를 일으켜 진나라 군사와 싸워 대승을 거두고 물밀듯 진나라로 쳐들어가서 마구 무찔렀다.

이것이 진나라의 마지막 운명이었다. 섭공 심제량은 진나라 임금 진민공陳湣公을 잡아죽이고 마침내 진나라를 멸망시켰다.

진나라가 망한 것은 주경왕周敬王 42년 때 일이었다.

이에 초나라는 공자 서의 아들인 영寧을 영윤으로 삼고, 공자 기의 아들인 관寬을 사마로 삼았다.

그리고 섭공 심제량은 이젠 늙어서 왕을 모시지 못하겠다 아뢰고 섭 땅으로 돌아갔다.

이리하여 한때 위태로웠던 초나라는 다시 안정되었다.

진陳나라가 멸망한 바로 그해에 월왕越王 구천句踐은 다시 오吳나라를 치려고 군사를 일으켰다.

한편 오왕 부차는 전번에 월나라 군사가 물러간 후로 더욱 주색에만 빠져 나라 정사를 돌보지 않았다. 더구나 해마다 흉년이 들어서 오나라의 민심은 자못 흉흉했다. 월왕 구천은 이러한 형편을 잘 알고 다시 군사를 일으켰던 것이다.

월왕 구천이 오나라를 치기 위해 군사를 거느리고 교외로 나갔을 때였다.

길 한복판에 난데없는 큰 거북 한 마리가 꼼짝도 하지 않고 있는 게 아닌가. 그 거북은 눈을 부릅뜨고 배를 동그랗게 내밀고 있는 것이 마치 뭔가 마땅치 않아 매우 노기를 품은 듯한 모습이었다. 그 거북을 보자 월왕 구천은 병거에서 엄숙히 일어나 부동 자세를 취했다.

좌우에 있는 장수들이 하도 이상해서 묻는다.

"대왕께선 무엇을 보시고 그렇듯 존경하는 태도를 취하십니까?"

월왕 구천이 대답한다.

"저 성난 거북을 보아라! 마치 싸움에 나온 투사 같구나! 그러므로 과인이 경의를 표하는 것이다."

월왕 구천의 말을 듣고 군사들의 얼굴엔 일제히 굳은 결심이 떠올랐다.

"우리 왕께선 성난 거북을 보시고도 경의를 표하셨다. 더구나 우리는 오래 전부터 원수인 오왕 부차와 싸우기 위해 밤낮없이 훈련을 받아왔다. 그러니 우리가 어찌 저 거북만 못할 리 있겠는가!"

이에 군사들은 서로 격려하며 죽음으로써 국가에 보답하기로 결심했다.

월나라 백성들은 교외 밖까지 나가서 출정出征하는 아들과 남편과 아버지와 동생을 전송하며 눈물을 흘렸다.

"아들아! 동생아! 이번에 가서 오나라를 무찌르고 멸망시키지 못하거든 살아서 돌아와 서로 만나려고도 하지 마라!"

월왕 구천이 잠시 모든 군사를 멈추게 하고 말한다.

"이중에 부자父子가 다 군인으로 나가는 사람들이 있거든 그 아버지는 고향으로 돌아가거라. 또 형제가 다 군인으로 나가는 사람들이 있거든 그 형은 고향으로 돌아가거라. 이중에 부모는 계시건만 형제가 없는 사람은 집으로 돌아가서 부모를 봉양하여라. 그리고 병이 있어 싸울 수 없는 자는 약품과 식량을 받아서 집으로 돌아가거라."

백성을 아끼고 사랑하는 월왕 구천의 말을 듣고서 모든 백성과 군사들은 천지가 진동하듯 환호성을 올렸다.

그리고 월왕 구천은 강변에 이르러 그간 군법을 어긴 자를 끌어내어 참했다. 이에 모든 군사가 다시 숙연해졌다.

한편, 오왕 부차는 월나라 군사가 또 쳐들어온다는 보고를 받고 모든 군사를 일으켜 강 상류에서 싸우기로 했다.

드디어 오나라 군사는 강북江北에 둔치고, 월왕 구천은 대군을 둘로 나누어 좌우 양진兩陣으로 강남江南에 영채를 세웠다.

월나라는 범려范蠡가 우군을 거느리고, 문종文種이 좌군左軍을 거느렸다. 그리고 정예 부대 6,000명은 월왕 구천을 따라 중진中陣이 되었다. 이리하여 오·월 양군은 강을 사이에 두고 서로 진을 쳤다.

이튿날 황혼 무렵, 월나라 중군中軍은 강을 따라 5리쯤 올라가서 오나라 군사에게 접근했다. 그곳에서 그들은 한밤중에 북소리가 울리면 그것을 신호로 다시 진격하기로 되어 있었다. 그리고 월나라 우군은 강을 건너 10리쯤 올라갔다. 그들은 좌군이 오나라 군사와 접전할 때를 기다려 서로 협공할 작정이었다.

이윽고 한밤중이 되었다.

홀연 사방에서 일제히 북소리가 천지를 뒤흔들었다.

오나라 군사는 밤중에 진동하는 북소리로 월나라 군사가 쳐들어오는 걸 알고 황망히 횃불을 켜들었다. 그러나 사방이 어두워서 무엇이 오는지 전혀 보이지 않았다. 다시 북소리가 아득히 먼 곳에서 들려왔다.

북소리는 멀리서 일어났지만 월나라 군사는 이미 그 북소리를 신호로 오나라 군사를 완전히 포위하고 있었다.

이번엔 북소리가 갑자기 가까이에서 일어났다. 월나라 좌우 양군은 그것을 신호로 일제히 쳐들어갔다.

오왕 부차는 월나라 군사가 좌우에서 협공해오자 매우 놀라 그제야 군사를 나누어 맞붙어 싸웠다.

그러나 누가 알았으리오.

이때 월왕 구천이 6,000명의 정예 부대를 거느리고 금과 북소리도 울리지 않은 채 어둠을 뚫고 나아가 직접 오나라 진영 한가운데를 들이쳤다.

아직 먼동도 트기 전이었다.

오왕 부차가 깜짝 놀라 돌아보니 좌우와 중심의 삼면이 모두 다 월나라 군사였다.

이에 오나라 군사는 일제히 달아나기 시작했다. 월왕 구천은 삼군三軍을 거느리고 오왕 부차를 뒤쫓아 입택笠澤이란 곳까지 갔다.

달아나던 오나라 군사는 문득 돌아서서 다시 월나라 군사에게 덤벼들어 싸웠으나 결국 또 패하고 말았다. 오나라 군사는 달아나다가는 다시 돌아서서 세 번을 싸웠으나 역시 다 패했다. 그러는 동안에 오나라의 유명한 장수 왕자 고조姑曹와 서문소胥門巢도 전사했다.

오왕 부차는 밤낮없이 오성吳城으로 달아나 성문을 굳게 닫고 지키기만 했다.

이에 월왕 구천은 횡산橫山을 경유해 오성으로 육박해갔다. 오늘날도 횡산 밑에 흐르는 계곡을 월래계越來溪라고 한다.

월왕 구천은 오나라 서문胥門 밖에 이르러 그곳에다 성을 쌓고 이름을 월성越城이라고 명명했다. 이리하여 월나라 군사는 철통같이 오성을 포위했다.

한편 오나라 성안은 모든 것이 말이 아니었다. 태재太宰 백비伯嚭는 병들었다는 핑계를 대고 숫제 나오지도 않았다.

오왕 부차가 마침내 왕손王孫 낙駱에게 분부한다.

"그대는 나를 대신해서 구천에게 화평을 청해보오."

이에 왕손 낙은 오왕 부차를 대신해서 웃옷을 벗고 성 밖으로 기어나가 월왕 구천에게 가서 화평을 청했다.

"지난날에 고신孤臣 부차夫差는 회계會稽 땅에서 대왕께 큰 죄를 지었습니다. 부차는 엎드려 대왕께 화평을 청합니다. 지난날 신이 대왕께 저지른 죄와 똑같은 벌을 내려주십시오. 그러면 신 부차는 죽을 때까지 대왕께 충성을 다하겠습니다."

월왕 구천은 그 말에 측은한 생각이 들어서 오나라의 청대로 화평을 허락하려고 했다.

곁에서 범려가 엄숙히 간한다.

"왕께선 오나라를 치기 위해서 20년 간이나 밤낮없이 노심초사하셨습니다. 그런데 이제 눈앞에 적을 두고서 왜 모든 걸 포기하려 하십니까? 천부당만부당한 생각이십니다."

그리하여 월왕 구천은 화평을 거절했다.

그후 오나라 사자는 화평을 청하려고 여러 가지 조건을 가지고 일곱 번이나 월왕 구천을 찾아가서 교섭했다. 그러나 문종과 범려는 모든 조건을 거절하고 드디어 북을 울려 오성吳城을 총공격했다. 이제 오나라 사람들은 더 싸울 힘도 없었다.

문종과 범려는 장차 오나라 서문胥門을 부수고 성안으로 쳐들어갈 작정이었다.

그런데 그날 밤이었다.

보라!

캄캄한 오나라 남성南城 위로 오자서伍子胥의 머리가 뚜렷이 나타나기 시작했다. 이를 바라보고 월나라 군사들은 자기 눈을 의심할 만큼 당황했다. 오자서의 얼굴은 크기가 꼭 병거 바퀴만했다. 이윽고 오자서의 두 눈에서 번갯불이 번쩍 일어났다. 동시에 산발한 머리털과 수염이 일시에 사방으로 꼿꼿이 일어섰다. 오자서의 두 눈에서 발하는 빛이 10리를 비추었다.

이를 바라보던 월나라 모든 장수와 군사들은 무서워서 벌벌 떨었다.

밤이 더욱 깊어지자 남문南門 쪽에서 일시에 폭풍이 일어나더니 비가 억수로 쏟아지며 천둥 소리가 진동하고 연방 번개가 번쩍였다.

일순 모래가 온 천지를 뒤덮고 급기야는 큰 돌멩이가 공중으로 날아오르더니 마구 떨어지기 시작했다. 월나라 군사 중에 바람에 날려가버리거나 떨어지는 돌에 얻어맞은 군사는 죽지 않으면 부상을 당했다. 강변에 매어둔 큰 배도 낱낱이 줄이 끊어져서 제각기 강 한가운데로 떠내려갔다.

이에 범려와 문종은 당황하고 초조했다. 마침내 두 장수는 웃옷을 벗어던지고 반발가숭이가 된 채로 무섭게 쏟아지는 빗발 속을 기어나갔다. 그리고 남문 쪽을 향해 꿇어엎드려 거듭 머리를 조아리며,

"그저 우리들의 모든 허물을 용서하소서, 용서하소서……"
하고 절했다.

얼마 후에야 바람과 비는 그쳤다.

그제야 범려와 문종은 장막帳幕으로 돌아가서 쓰러지듯 자리에 누웠다.

그날 밤 꿈이었다.

오자서가 하얀 수레를 타고 백마를 몰면서 오는 것이었다. 그의 의관衣冠은 매우 웅장했고, 얼굴은 살아 있을 때처럼 준수하고도 엄숙했다.

오자서가 수레를 멈추고서 말한다.

"나는 너희 월나라 군사가 반드시 쳐들어올 줄 알고 있었다. 그래서 죽을 때 동문에다 나의 머리를 걸어달라고 유언했다. 나는 너희 월나라 군사가 오나라에 쳐들어오는 걸 보기 위해서 그렇게 말했던 것이다. 그런데 오왕 부차는 나의 머리를 동문에 걸지 않고 남문에다 걸었다. 그러나 나는 오나라를 향한 충성을 하루아침에 버릴 수가 없었다. 그래서 너희들을 물리치기 위해 비바람을 일으켰던 것이다. 하지만 월나라가 오나라를 정복하는 것은 하늘의 뜻이라. 내가 어찌 하늘의 뜻을 막을 수 있으리오. 너희들이 오성吳城으로 들어가려거든 동문 쪽으로 나아가거라. 내 너희들을 위하여 성안으로 들어갈 수 있도록 길을 열어주마."

범려와 문종은 꿈에서 깨어났다. 그들은 동시에 같은 꿈을 꾼 것이다. 그들은 월왕 구천에게 가서 꿈 이야기를 한 뒤 군사들을 거느리고 물길을 따라 동문 쪽으로 나아갔다.

월나라 군사가 동쪽 사문蛇門과 장문匠門 가까이 갔을 때였다. 갑자기 태호太湖의 물이 넘쳐 동쪽으로 들이닥쳤다. 그 물살은 매우 급하고 흉흉했다. 범람하는 급류는 곧 서문胥門 쪽 성의 모퉁이를 무너뜨리고 크게 구멍을 뚫었다. 밀어닥치는 물살을 따라 아름다운 물고기〔鱄〕와 돌고래〔鮲〕들이 무수히 성안으로 쏠려들어가고 있었다.

범려가 이 광경을 보고 말한다.

"이는 오자서가 우리를 위해 길을 열어주시는 것이다."

이에 월나라 군사는 일제히 그 무너진 성의 구멍으로 뛰어들어갔다.

후세 사람들은 월나라 군사가 오성 안으로 들어가게 된 무너진 성의 그 구멍을 전부문鱄鮲門이라고 명명했다. 또 물이 휩쓸고 지나갔기 때문에 그후 물풀의 일종인 봉초萻草가 많이 자라나서 봉문萻門이라고도 했고, 그 시냇물을 봉계萻溪라고 불렀다. 오늘날도 그곳들은 오자서의 영험靈驗이 나타났던 고적으로 유명하다.

월나라 군사가 오성으로 들어갔을 때였다. 맨 먼저 나와서 항복한 자는 태재 백비였다.

오왕 부차는 월나라 군사가 성안으로 들어왔다는 보고를 듣고 왕손 낙과 아들 셋을 데리고 양산陽山으로 향해 달아났다.

오왕 부차 일행은 밤낮을 쉬지 않고 양산으로 갔다. 그들은 심한 시장기와 갈증으로 기진맥진하여 눈앞이 가물가물하고 현기증이 났다. 왕자 세 사람과 왕손 낙은 생날알을 훑어 와서 오왕 부차에게 바쳤다. 오왕 부차가 생날알을 씹어먹은 후 땅바닥에 엎드려 시냇물을 마시고서 묻는다.

"내가 지금 먹은 것이 무엇인고?"

"생날알입니다."

부차가 길이 탄식한다.

"지난날에 공손성公孫聖이 말하기를 '화식火食을 먹지 못하고 황망히 달아난다'고 하더니 바로 오늘날을 두고서 예언한 것이었구나!"

왕손 낙이 아뢴다.

"넉넉히 잡수시고 어서 가사이다. 조금만 가면 깊은 산골짜기가 나오니 가히 몸을 숨길 수 있습니다."

부차가 대답한다.

"지난날의 그 요사한 꿈이 이제야 맞았으니 나의 죽음도 눈앞에 닥쳐왔다. 몸을 피한들 어디로 피할 것이며 피해보았자 무슨 소용이 있으리오."

오왕 부차는 그냥 양산에 머물기로 하고 왕손 낙을 돌아보며 묻는다.

"내 지난날에 공손성을 죽이고 이 양산에다 시체를 던져버리게 했는데 아직도 그의 혼령이 이곳에 있을까?"

왕손 낙이 말한다.

"왕께서 친히 한번 불러보십시오."

오왕 부차가 큰소리로 부른다.

"공손성아!"

온 산속이 메아리치며 대답한다.

"공손성아!"

세 번을 불렀으나 세 번 다 똑같은 대답이었다. 오왕 부차는 더욱 무섭고 겁이 나서 벌벌 떨었다.

이때 월왕 구천이 군사 1,000명을 거느리고 뒤쫓아왔다. 그들은 오왕 부차가 숨어 있는 근방 일대를 겹겹이 포위했다.

오왕 부차는 글을 써서 화살에 꽂아 월나라 군사가 있는 쪽으로 쏘아보냈다.

월나라 군사가 그 화살을 주워 범려에게 갖다바쳤다.

범려와 문종이 화살에 꽂혀 있는 종이를 뽑아 펴본즉 그 글에 하였으되,

영리한 토끼를 잡고 나면 그 다음은 사냥개를 삶아먹는다*는 뜻을 아오? 이와 마찬가지로 부려먹을 대로 부려먹고 나서 쓸모가 없어지면 죽이는 것이 인간 세상이오. 이제 오나라가 망하면 다음은 범려와 문종 두 대부가 망할 차례요. 그러니 두 대부께서는 우리 오나라에 약간의 은혜를 베풀어주오. 그러는 것이 또

194

한 두 대부가 자기 자신을 보호하는 길인가 하오.

이에 문종은 답장을 써서 역시 화살에 꽂아 오왕 부차가 숨어 있는 쪽으로 쏘아보냈다.
그 글에 하였으되,

오나라가 저지른 큰 잘못이 여섯 가지나 있는데 그것을 알겠는가? 자세히 들어보아라. 충신 오자서를 죽였으니 그 잘못이 하나이며, 바른말을 한 공손성을 죽였으니 그 잘못이 둘이며, 간신奸臣 태재 백비의 망령된 말만 들었으니 그 잘못이 셋이며, 아무 허물도 없는 제齊나라와 진晉나라를 누차 쳤으니 그 잘못이 넷이며, 이웃인 우리 월越나라를 쳤으니 그 잘못이 다섯이며, 우리 월나라는 지난날에 너의 아버지를 죽였건만 너는 아버지의 원수는 갚으려 하지 않고 우리 나라 왕을 용서해준 결과 이제 이 지경을 당하게 되었으니 그 잘못이 여섯이라. 이런 여섯 가지 잘못을 저지르고도 너는 살기를 바라느냐! 지난날 하늘은 오吳나라에 우리 월나라를 내주었건만 너는 받지 않았다. 이젠 하늘이 우리 월나라에 오나라를 주시니 우리가 어찌 하늘의 뜻을 어길 수 있겠느냐!

오왕 부차는 이 여섯 가지 잘못을 읽고 하염없이 울었다.
"과인이 아버지의 원수를 갚지 않고 월왕 구천을 살려주었기 때문에 하늘이 이 불효한 자식을 미워하시고 우리 오나라를 버리심이로다!"
왕손 낙이 아뢴다.

"신이 다시 월왕에게 가서 간곡히 사정해보겠습니다."

오왕 부차가 분부한다.

"과인이 나라를 되찾으려는 것은 아니다. 단지 한번만 용서해주면 월나라의 속국이 되어 자자손손에 이르기까지 월나라를 섬기도록 할 작정이다. 그러니 가서 나의 뜻을 잘 전하여라."

이에 왕손 낙은 월나라 군사가 있는 곳으로 갔다. 그러나 문종과 범려는 왕손 낙을 만나주지도 않았다.

월왕 구천은 오왕 부차의 사자인 왕손 낙이 울면서 돌아가는 뒷모습을 바라보고 매우 측은한 생각이 들었다.

월왕 구천이 한 장수를 불러 분부한다.

"그대는 부차에게 가서 과인의 말을 전하여라. '내 지난날의 정리情理를 잊을 수 없어 특별히 너를 용동甬東 땅으로 보내줄 테니 그곳에서 500가구만 거느리고 살다가 일생을 마쳐라' 하고 일러라."

월나라 장수는 오왕 부차에게 가서 월왕 구천의 말을 전했다.

그 전갈을 듣자 오왕 부차의 눈에서는 눈물이 주르르 흘렀다.

"월왕께서 한 번만 용서해주면 우리 오나라는 월나라의 속국이 될 터인데…… 그런데 사직과 종묘를 아주 없애버리고 겨우 500가구만 거느리고 그나마 궁벽한 용동 땅에 가서 살라 하니…… 아아, 이젠 나도 늙었다! 그러느니 차라리 죽는 편이 낫겠다!"

월나라 장수는 오왕 부차에게 더 이상 권하지 않고 돌아갔다. 그래도 오왕 부차는 선뜻 자기 목숨을 끊지 못했다.

한편 월왕 구천은 돌아온 장수로부터 오왕 부차가 '차라리 죽는 게 낫겠다'고 하더란 말을 듣고서 범려와 문종을 불렀다.

"그대들은 왜 속히 부차를 잡아죽이지 않소?"

문종과 범려가 대답한다.

"신하 된 저희들로서는 감히 다른 나라 왕을 죽일 수 없습니다. 그러니 대왕께서 친히 부차를 죽이고 하늘의 뜻을 밝히십시오."

이에 월왕 구천은 보광검步光劍을 들고 군전軍前으로 나아갔다. 한 장수가 월왕 구천의 분부를 받고 오왕 부차가 숨어 있는 산속을 향해 외친다.

"이 세상에 만세萬歲를 누리는 임금은 없습니다. 누구나 결국 한 번은 죽게 마련입니다. 하필이면 왕은 꼭 우리 월나라 군사의 칼을 받아야만 하겠습니까?"

월나라 장수의 소리가 온 산속에 울려퍼졌다. 곧 맞아죽기 전에서 스스로 목숨을 끊으라는 재촉이었다.

오왕 부차가 거듭거듭 한숨을 몰아쉬고 사방을 돌아보며 흐느껴 운다.

"내가 충신 오자서와 공손성을 죽였으니 지금까지 살아 있는 것도 부끄러울 지경이다. 나는 벌써 죽었어야만 했다."

이윽고 오왕 부차가 눈물을 닦고 좌우 사람에게 유언한다.

"만일 죽어서도 이승에서처럼 아는 것이 있다면 내 저승에 가서 무슨 면목으로 오자서와 공손성을 대하리오! 내가 죽은 후에 비단으로 나의 얼굴을 세 겹만 싸다오."

오왕 부차는 말을 마치자 드디어 칼을 뽑아 스스로 자기 목을 치고 쓰러져 죽었다. 왕손 낙은 곧 옷을 벗어 오왕 부차의 시체를 덮었다. 그런 후에 그도 부차의 시체 곁에서 가죽띠를 풀어 목을 옭아매고 자살했다.

이에 월왕 구천은 오왕 부차를 왕후王侯에 대한 예로써 양산에다 장사지냈다. 군인 한 사람마다 흙 한 지게씩을 지어다 붓자 즉시 큰 무덤이 되었다.

그리고 월왕 구천은 오왕 부차의 아들 셋을 용미산龍尾山에 가서 살게 했다. 오왕 부차의 아들 삼형제가 살던 용미산 밑 동네를 후세 사람들은 오산리吳山里라고 했다.

시인詩人 장우張羽가 시로써 오나라를 탄식한 것이 있다.

홀로 옛 성 서쪽 황량한 대에 올라보니

오왕이 연輦을 타고 다녔던 길엔 초목만 처량하구나.

주인 없는 무덤엔 아무 장식도 없고

밤이면 무너진 담에서 이따금 까마귀가 우는도다.

향나무 열매를 따던 자취는 간곳없고 사슴만 오락가락

걸을 때마다 소리가 울렸다는 향섭랑은 폐허로 변했구나.

내 어디에 가서 오자서를 조상弔喪할꼬

희미한 밤하늘에 비낀 달만 바라보며 붓을 놓노라.

荒臺獨上故城西

輦路凄涼草木悲

廢墓已無金虎臥

壞牆時有夜烏啼

採香徑斷來麋鹿

響屧廊空變黍離

欲弔伍員何處所

淡煙斜月不堪題

양성재楊誠齋가 시로써 고소대姑蘇臺를 읊은 것이 있다.

하늘과 높이를 겨루듯이 네 개의 탑은 구름 속에 솟았는데 물 건너 모든 산봉우리는 눈 내린 뒤에 더욱 새롭도다.
이곳에 오르면 300리가 내다보인다는데
어찌하여 쳐들어오는 월나라 군사는 보지 못했더냐?
挿天四塔雲中出
隔水諸峯雪後新
道是遠膽三百里
如何不見六千人

호증胡曾 선생이 그 당시의 역사를 읊은 것이 있다.

오왕 부차는 자기 힘만 믿고
고소대에서 미인을 안고 술만 마셨도다.
누가 알았으랴, 전당강 위에 솟은 달이여!
하룻밤 사이에 월나라 군사가 쳐들어왔도다.
吳王恃霸逞雄才
貪向姑蘇醉綠醅
不覺錢塘江上月
一宵西送越兵來

원元나라 사람 살도랄薩都剌이 시로써 그 당시를 읊은 것이 있다.

창문 가에 서 있는 수양버들은 봄바람에 흐느적거리는데
궁전 앞뒤에 그윽이 피어 있는 꽃은 얼마나 울었기에 저리도
붉으냐.
해마다 버들강아지는 바람에 날아 온 성터에 가득한데

나그네는 호화롭던 관왜궁을 찾아볼 수 없구나!

閶門楊柳自春風
水殿幽花泣露紅
飛絮年年滿城郭
行人不見館娃宮

당唐나라 사람 육구몽陸龜蒙이 시로써 서시西施를 읊은 것이 있다.

한밤중에 관왜궁은 전쟁터로 변했으니
피비린내가 오히려 잔치 자리의 향기와 뒤섞였도다.
서시는 그나마 남은 초를 다 밝히지 못하고
오히려 오왕 부차를 위해서 눈물만 흘렸도다.

半夜娃宮作戰場
血腥尙雜宴時香
西施不及燒殘蠟
猶爲君王泣數行

한편, 월왕 구천은 고소성姑蘇城으로 들어가서 오나라 궁전을 차지했다. 모든 신하와 문무백관들은 월왕 구천에게 하례를 드렸다.

백비伯嚭 역시 문무백관의 반열에 끼여 의젓이 뽐내며 서 있었다. 그는 지난날 여러 가지로 월나라 형편을 도와주었다 해서 우쭐거리고 생색을 냈다.

월왕 구천이 백비를 불러 묻는다.

"그대는 오나라의 태재太宰다. 그러니 과인은 그대와 상종할 수가 없구나! 너의 임금이 지금 양산陽山에 누워 있는데 어째서 너

200

는 임금 곁으로 가지 않느냐?"

이에 백비는 아무 소리도 못하고 슬며시 물러나가려고 했다. 그러나 월왕 구천은 역사力士를 시켜 백비를 붙들어다가 그 자리에서 처죽였다. 이튿날 월왕 구천은 백비의 집안 식구까지 모조리 도륙했다.

"내가 백비를 죽인 것은 충신 오자서의 원수를 갚기 위해서다!"
하고 월왕 구천은 그 이유를 설명했다.

월왕 구천은 군사를 거느리고 회수淮水를 건너 북쪽 서주舒州 땅으로 가서 드디어 제齊·진晉·송宋·노魯 네 나라 군후와 회견하고 대회를 열었다.

그런 후에 월왕 구천은 주 왕실로 사신을 보내어 공물을 바치고 조례했다.

이때 주경왕은 이미 세상을 떠났고 태자 인仁이 왕위에 있었다. 그가 바로 주원왕周元王이다.

주원왕은 월왕 구천에게 곤룡포袞龍袍와 면류관冕旒冠과 규벽圭璧과 동궁彤弓과 호시弧矢를 보냈다. 이리하여 월왕 구천은 동방의 백주伯主가 되어 마침내 패권을 잡았다.

월왕 구천이 왕명을 받자 모든 나라 제후는 각기 월나라로 사자를 보내어 치하했다.

한편, 이때 초楚나라는 진陳나라를 무찔러 없애버렸기 때문에 혹 월나라 군사가 시비를 따지려고 쳐들어오지나 않을까 겁이 났다. 그래서 초나라는 월나라로 사자를 보내어 친선을 맺었다.

이에 월왕 구천은 초나라에 회수 일대의 땅을 베어주고, 노나라에는 사수泗水 동쪽 100리 땅을 주고, 송나라에는 전번에 오나라가 침범해서 빼앗은 땅을 돌려주었다. 그래서 모든 나라 제후는 다 기꺼이 월나라에 복종하고 월왕 구천의 패업을 칭송했다.

그후 월왕 구천은 다시 오나라로 가서 사람을 보내어 회계 땅에다 큰 대臺를 세웠다. 이는 지난날 회계 땅에서 오왕 부차에게 항복했던 당시의 수치를 씻기 위해 세운 것이었다.

그리고 월왕 구천은 오나라 문대文臺에서 잔치를 베풀고 모든 신하와 함께 술을 마시며 즐기었다.

월왕 구천이 악공樂工에게 명한다.

"이번에 오나라를 정복한 데 대해서 악공은 기념할 만한 곡조를 하나 지어라."

이에 악공이 거문고를 탄주하며 노래한다.

그 가사에 하였으되,

영용하신 우리 왕이 군사를 길렀으니
무도한 오나라를 언제 무찌르실까?
대부 문종과 범려는 나아가서 계책을 아뢰는데
오나라에선 오왕 부차가 만고의 충신 오자서를 죽였도다.
지금 오나라를 치지 않으면 언제 다시 치리오
훌륭한 신하들이 서로 모여 의논하고 마침내 하늘의 뜻을 받았도다.
한번 싸워 1,000리의 강토를 넓혔으니
크고 클진저! 길이 후세에 이 높은 공적을 전하리로다.
우리 월나라는 상을 아끼는 일이 없고 죄 있는 자에겐 어김없이 벌을 내리어
이제 왕과 신하가 함께 술잔을 들고 즐기는도다.

吳王神武蓄兵威

欲誅無道當何時

大夫種蠡前致詞

吳殺忠臣伍子胥

今不伐吳又何須

良臣集謀迎天禧

一戰開疆千里餘

恢恢功業勒常彝

賞無所吝罰不違

君臣同樂酒盈卮

이 노래를 듣고 문대 위의 신하들은 모두 통쾌한 웃음을 터뜨렸
다. 그러나 월왕 구천의 얼굴엔 전혀 기쁜 기색이 없었다.

범려가 속으로 탄식한다.

'왕은 모든 공로를 독차지하려고 하는구나! 신하들을 의심하고
시기하는 기색이 역력하다.'

이튿날 범려는 월왕 구천에게 가서 사의辭意를 표명했다.

"신이 듣건대 임금이 굴욕을 당하면 신하는 죽어야 한다고 하
옵니다. 지난날 대왕께선 회계 땅에서 오나라 부차에게 갖은 굴욕
을 당하셨건만, 그 당시에 신이 죽지 않고 오늘날까지 살아온 뜻
은 오로지 오나라에 원수를 갚기 위해서였습니다. 그러나 이제 오
나라는 멸망했습니다. 지난날 우리 나라가 오나라에 졌을 때 신이
죽음을 면한 것만 해도 천행으로 생각합니다. 이제 이 늙은 몸은
대왕 곁을 떠나 저 강호江湖로 물러가야겠습니다."

월왕 구천이 측연히 옷소매로 눈물을 닦으며 대답한다.

"과인은 그대의 도움을 받아 오늘날 이렇게 성공하였음이라. 장차 그대의 공로에 보답하려는데 그대는 어찌하여 과인을 버리고 떠나려 하오? 그대가 떠나지 않는다면 과인은 그대와 함께 나라를 다스릴 것이며, 굳이 떠나겠다면 과인은 그대의 처자를 도륙하리라!"

범려가 대답한다.

"죽으면 신이 죽었지 신의 처자에게 무슨 죄가 있겠습니까? 그러나 살리고 죽이는 것은 대왕의 처분이십니다. 그러므로 신이 알 바 아닙니다."

그날 밤에 범려는 일엽편주一葉扁舟를 타고 제문齊門을 나가 삼강三江을 건너 오호五湖로 들어갔다. 오늘날도 제문 밖에 여구蠡口란 곳이 있다. 곧 범려가 삼강을 건널 때 출발했던 곳이다.

이튿날 월왕 구천은 사람을 보내어 궁으로 범려를 불렀다. 그러나 범려는 이미 떠나고 없었다.

월왕 구천이 안색이 달라지며 수심에 찬 목소리로 문종에게 말한다.

"사람을 뒤쫓아보내면 범려를 데려올 수 있을까?"

문종이 대답한다.

"범려는 귀신도 측량할 수 없는 재주를 가진 사람입니다. 일단 떠나간 그를 뒤쫓을 순 없습니다."

이날 문종은 궁에서 나와 집으로 돌아갔다. 그런데 어떤 사람이 대문 앞에 있다가 문종에게 서신 한 통을 전했다.

문종이 뜯어본즉 바로 범려의 친필親筆이었다. 그 서신에 하였으되,

그대는 지난날 오왕 부차가 한 말을 기억하시는가? 오왕 부차는 죽기 전에 우리에게 보낸 글에서, '영리한 토끼를 잡고 나면 그 다음은 사냥개를 삶아먹는다는 뜻을 아오? 이와 마찬가지로 부려먹을 대로 부려먹고 나서 쓸모가 없어지면 죽이는 것이 인간 세상이오. 이제 오나라가 망하면 다음은 범려와 문종 두 대부가 망할 차례요' 하고 말했소. 이제야 말하지만 월왕의 상호相好를 보건대, 그는 목이 길고 입이 새의 부리처럼 뾰족해서 욕심이 많고 질투심이 강하오. 특히 욕辱되는 것을 참아내는 힘만은 대단한 사람이오. 그러므로 환난患難은 함께할 수 있으나 함께 안락을 누릴 인물은 못 되오. 그대가 지금 벼슬을 버리고 떠나지 않는다면 반드시 불행을 면치 못하리이다.

문종은 서신을 가지고 온 사람을 불렀다. 그러나 그 사람은 그새 어디로 가버렸는지 사라지고 없었다.

문종은 종일 우울했지만 범려의 서신을 깊이 믿으려고 하지는 않았다.

문종이 혼잣말로 중얼거린다.

"범려는 어찌하여 이토록 지나치게 앞일을 염려하는가!"

그후 월왕 구천은 군사를 거느리고 미인 서시西施를 데리고서 월나라로 돌아갔다.

월부인越夫人은 월왕 구천이 서시를 데려왔다는 말을 듣고 심복 부하 한 사람에게 비밀히 지시를 내렸다. 그 심복 부하는 어느 날 한밤중에 서시를 강변으로 납치해서 등에다 큰 돌을 지워 강물로 던져버렸다. 돌을 지고 강물에 풍덩 빠진 서시는 다시 떠오르지 않았다.

이튿날 심복 부하로부터 서시가 죽었다는 보고를 받고 월부인이 거듭 머리를 끄덕인다.

"이제야 나라를 망치는 요물을 없앴으니 마음이 놓이는구나!"

이리하여 미인 서시는 월부인 때문에 무참히 죽고 말았다.

그런데 후세 사람들은 이 사실을 모르고서 흔히 말하기를, '범려가 서시를 데리고 오호五湖에 가서 함께 살았'고 한다.

그러나 그건 말이 되지 않는다. 그 당시에 범려는 처자까지 버리고서 혼자 떠난 사람이다. 그러한 그가 어찌 오나라 궁에서 오왕 부차에게 사랑받던 서시를 데리고 갔을 리 있으리오.

또 후세 사람들 중엔, '실은 범려가 월왕 구천이 서시를 사랑하다가 또 오왕 부차처럼 망하지나 않을까 염려한 나머지 서시를 강에 던져 죽이게 했'고도 한다. 그러나 그것도 역시 사실을 모르고서 하는 소리다.

나은羅隱이 시로써 서시의 원통한 죽음을 변명한 것이 있다.

> 나라가 흥하고 망하는 것도 다 때가 있거늘
> 어찌하여 사람들은 서시에게 모든 허물을 뒤집어씌우는가?
> 오나라가 망한 것이 다 서시 때문이라고 주장한다면
> 그럼 장차 월나라를 망칠 미인은 누구인가?
> 家國興亡自有時
> 時人何苦咎西施
> 西施若解亡吳國
> 越國亡來又是誰

월왕 구천은 범려의 공로를 생각하여 그 아내와 아들에게 100

리의 땅을 주었다. 그리고 솜씨 좋은 장인匠人을 불러 조그만 범려의 동상을 만들게 하여 항상 자기 자리 곁에다 두고 마치 살아 있는 사람 대하듯 했다.

한편, 범려는 오호五湖에서 노닐다가 바다로 나갔다. 그후 그는 월나라로 사람을 보내어 아내와 아들을 데려갔다.

범려는 처자를 데리고 제나라에 가서 치이자피鴟夷子皮(치이는 앞에서도 말한 것처럼 말가죽으로 만든 술 부대다. 곧 범려는 지난날에 오자서가 치이에 싸여 강에 던져진 걸 잊지 못하고 자기를 또한 오자서에 비유해서 그렇게 이름지은 것이다)라고 이름을 고치고 상경 벼슬을 살다가, 얼마 후에 벼슬을 버리고 다시 도산陶山에 들어가서 목축牧畜을 했다. 그는 가축을 길러 번식시켜서 천금千金을 벌었다.

그런 후에 범려는 스스로를 도주공陶朱公이라고 자칭했다. 그래서 후세 사람들은 부자 되는 법을 기록한 책을 말할 때 '도주공이 남긴 술법'이라고도 한다.

그후 오나라 사람들은 오강吳江에다 범려의 사당을 짓고 봄가을로 제사를 지냈다.

송나라 사람 유인劉寅이 시로써 이 일을 탄식한 것이 있다.

오나라가 어리석었다는 것은 누구나 다 아는 사실이니
월나라 승상 범려의 사당을 모신 것만 보아도 알 수 있다.
만일 오나라 사람들이 망해버린 자기 나라에 대해 원한이 무궁했다면
강변에다 범려 대신 오자서를 모셨어야만 했을 것이다.
人謂吳癡信不虛
建崇越相果何如

千年亡國無窮恨
只合江邊祀子胥

월왕 구천은 오나라를 멸망시켰건만 공로 있는 신하에게 한치의 땅도 상으로 주지 않았을 뿐만 아니라, 지난날의 신하들을 경원敬遠했다. 그래서 옛 신하들은 월왕 구천을 만나보기조차 점점 힘들게 되었다.

이에 계예計倪는 일부러 미친 체하고서 벼슬을 내놓았으며, 예용曳庸 등도 늙었음을 핑계 삼아 벼슬에서 물러났다.

그럴 때마다 문종은 범려가 떠나면서 자기에게 보낸 그 서신을 생각하곤 했다. 드디어 문종도 병들었다는 핑계를 대고 궁에 들어가지 않았다.

이때 원래부터 문종을 좋아하지 않는 신하들이 있었다. 그들이 좌우에서 월왕 구천에게 참소한다.

"문종은 자기의 공로가 크건만 대왕께서 상을 주지 않는다고 해서 늘 불만을 품고 있습니다. 그래서 궁에도 들어오지 않는 것입니다."

월왕 구천은 문종의 뛰어난 재주를 잘 알고 있었다. 그러나 이젠 오나라를 무찔러버렸으니 문종을 이용할 데가 없었다. 게다가 문종의 재주가 두렵기만 했다. 그런 출중한 인물이 반란이라도 일으키는 날이면 막아낼 도리가 없을 것 같았다. 마침내 월왕 구천은 문종을 없애버리기로 작정했다. 그러나 명목이 있어야 죽일 수 있지 않은가?

한편, 노나라 노애공魯哀公은 여전히 계손씨·맹손씨·숙손씨 삼가三家의 세력에 골머리를 앓고 있었다. 그래서 노애공은 월나라 군사를 청해다가 그들 삼가를 없애버리기로 결심했다.

이에 노애공은 조례하러 간다는 핑계를 대고 월나라로 가서 월왕 구천에게 청했다.

"우리 노나라는 권세를 잡고 있는 계손·맹손·숙손 삼가 때문에 나라 꼴이 말이 아닙니다. 대왕께서 군사를 보내어 그들을 쳐주시면 그 은혜를 잊지 않겠습니다."

그러나 월왕 구천은 혹 자기가 없는 동안에 문종이 반란을 일으키지나 않을까 염려한 나머지 군사를 일으키지 않았다.

이에 노애공은 삼가가 무서워서 본국에도 돌아가지 못했다. 그러다가 마침내 노애공은 월나라에서 세상을 떠났다.

어느 날, 월왕 구천은 문종을 문병하러 그의 집으로 행차했다. 문종은 일부러 앓는 시늉을 하면서 월왕 구천을 방으로 영접해들였다.

월왕 구천이 허리에 찬 칼을 끌러놓고 자리에 앉아 문종에게 묻는다.

"과인이 듣기에 지사志士는 죽음을 두려워하지 않고 다만 자기 신념이 이루어지지 않을까만을 근심한다고 하오. 그대에겐 일곱 가지 재주가 있는데 과인이 그중 세 가지를 써서 이미 오나라를 무찔렀음이라. 그러니 그대는 나머지 네 가지 재주를 어디다 쓸 생각이오?"

문종이 대답한다.

"신은 쓸 곳을 모르겠습니다."

"바라건대 그대는 나를 위해 그 나머지 네 가지 재주를 저 세상으로 가버린 오나라 사람에게 써주오."

월왕 구천은 말을 마치자 곧 일어나 연輦을 타고 궁으로 돌아갔다.

월왕 구천이 앉았던 자리엔 칼 한 자루만 덩그렇게 남아 있었다. 문종이 그 칼을 들어보니 칼집에 촉루屬鏤라는 두 글자가 새겨져 있었다. 지난날 오왕 부차가 오자서에게 보낸 바로 그 칼이었다.

문종이 하늘을 우러러 길이 탄식한다.

"옛사람이 말하기를 '참으로 어진 사람은 보복하지 않는다'고 하더라. 내 범려의 말을 듣지 않았다가 오늘날 월왕 구천에게 죽음을 당하는구나! 참으로 나는 어리석었다!"

문종이 다시 웃으며 중얼거린다.

"100년 후에 사람들은 반드시 나와 오자서를 충신이라고 할 것이다. 그러니 무엇을 탄식하리오."

문종은 칼을 입에 물고 엎어졌다. 참으로 비참한 죽음이었다.

월왕 구천은 문종이 죽었다는 소식을 듣고 마음이 놓였다. 사람들은 문종을 와룡산臥龍山에다 장사지냈다. 후세 사람들은 와룡산을 종산種山이라고 고쳐 불렀다.

와룡산에 문종을 묻은 지도 1년이 지났다.

어느 날이었다.

해일海溢이 넘쳐들어와 와룡산을 뚫고 마을을 휩쓸었다. 안전한 지대로 피해간 촌사람들은 이상한 광경을 보게 되었다.

빠져나가는 해일을 따라 오자서와 문종이 앞뒤로 물결을 타고 어디론지 가고 있었다.

오늘날도 전당강錢塘江에 조수潮水가 밀려들 때면 사람들은 '앞의 물결은 오자서요, 뒤따라가는 물결은 문종이다'라고 말한다.

염옹髯翁이 시로써 문종을 찬한 것이 있다.

충신 문종이여!

나라를 잘 다스릴 줄 아는 인걸이었도다.

세 가지 재주로 오나라를 없애버렸고

월나라에서 자기 한 몸을 희생했도다.

그는 범려와 함께 떠나지 않았고

오히려 오자서와 함께 그 이름을 남겼도다.

아아, 유구한 세월과 더불어 살아 있는 문종이여

오늘날도 조수는 끝없이 퍼져 있도다.

忠哉文種

治國之傑

三術亡吳

一身殉越

不共蠡行

寧同胥滅

千載生氣

海潮疊疊

  그후 월왕 구천은 재위 27년에 세상을 떠났다. 그때가 주원왕周
元王 7년이었다.

  월왕 구천의 자손은 대대로 패후覇侯로서 자처했다.

범 세 마리와 염소

진晉나라는 원래 지씨智氏·조씨趙氏·한씨韓氏·위씨魏氏·순씨荀氏·범씨范氏 등 육경六卿이 서로 권세를 다투다가 순인荀寅과 범길사范吉射가 그들 세력에서 몰려나 조가朝歌 땅으로 달아났다는 것은 이미 말한 바와 같다.

그리하여 이때 진나라는 지씨·조씨·위씨·한씨 네 가문家門이 국권國權을 좌지우지하고 있었다.

이 무렵 진나라는 지씨 집안 출신인 지백智伯이 정승으로 있었다.

한편, 제齊나라에선 전씨田氏(제나라 진씨陳氏의 후손)가 임금까지 죽이고 모든 국권을 마음대로 휘둘렀다. 그러나 모든 나라 제후는 제나라 전씨를 치지 않고 내버려두었다.

이에 진晉나라 사가는 한자리에 모여,

"제나라 전씨가 그러는 바에야 우리도 주저할 것 없이 마음대로 하자!"

하고 서로 의논하여 진나라 땅을 각기 나눠 가졌다.

결국 네 가문이 차지한 땅이 임금인 진출공晉出公이 가진 땅보다 더 많았다. 그러나 진출공은 강성한 사가를 어찌해볼 도리가 없었다.

여기에서는 이들 네 가문 중에서 조씨 집안 출신인 조앙趙鞅만을 잠시 이야기하겠다. 세상에선 조앙을 조간자趙簡子라고도 부른다.

조앙에겐 아들이 여럿 있었다. 그중 큰아들 이름은 조백로趙伯魯이며, 막내아들 이름은 조무휼趙無恤*이었다. 그런데 막내아들 조무휼은 천한 여비女婢가 낳은 서출庶出이었다.

그 당시에 관상을 잘 보는 사람이 있었다. 그의 성은 고포姑布이며 이름은 자경子卿이었다.

어느 날 고포자경이 진晉나라에 왔다. 조앙은 고포자경을 자기 집으로 불러 모든 아들의 관상을 보인 일이 있었다.

조앙이 묻는다.

"내 자식들 관상이 어떠하오?"

고포자경이 대답한다.

"모두 다 장군감도 못 됩니다."

조앙이 길이 탄식한다.

"그렇다면 우리 조씨 집안도 장차 망하겠구나!"

고포자경이 묻는다.

"제가 장군의 집으로 오다가 길에서 한 소년을 만났는데, 그 소년을 따르는 사람들이 다 이곳 부중府中 사람들입니다. 혹 그 소년이 대감의 자제가 아닌지요?"

"그놈은 나의 막내자식 무휼이오. 그러나 워낙 천한 몸에서 태어난 자식인데, 무슨 장래성이 있겠소?"

고포자경이 청한다.

"하늘이 버리면 아무리 귀한 몸도 천해지며, 하늘이 일으키면 비록 천한 몸일지라도 반드시 귀해집니다. 길에서 잠깐 보아서 자세한 건 모르겠으나 대감의 모든 자제들 중에서 가장 뛰어난 인물인가 합니다. 대감께선 막내 자제를 불러 다시 한번 보게 해주십시오."

조앙은 사람을 보내어 무휼을 불러오게 했다.

잠시 후에 무휼이 심부름 갔던 사람을 따라 들어왔다.

고포자경이 방으로 들어오는 무휼을 보자 갑자기 일어나 공손한 태도를 지으면서 말한다.

"이분이야말로 참으로 장군감이십니다."

이에 조앙은 그저 웃기만 하고 아무 대답도 하지 않았다.

그후 언젠가 조앙은 아들들을 전부 불러놓고 학문에 대해서 물어보았다. 그들 중에서 무휼의 대답이 가장 조리가 정연하고 분명했다.

조앙은 비로소 자식들 가운데 무휼이 가장 출중하다는 사실을 확인했다. 그리하여 조앙은 장자인 백로 대신에 무휼을 적자嫡子로 삼았다.

그런 일이 있은 지 얼마 후의 일이었다.

진나라 정승 지백智伯이 조앙에게 분부한다.

"정鄭나라가 수년이 지나도록 우리 진나라에 조례朝禮를 드리지 않으니 참으로 괘씸하오. 그대는 나와 함께 군사를 일으켜 정나라를 치도록 합시다!"

이에 군사를 일으켜 정나라로 출발하려던 참이었다. 그런데 조앙이 갑작스레 병이 나서 자리에 눕게 되었다. 그래서 조앙은 무휼을 자기 대신 정나라로 보냈다.

진나라 군사는 정나라를 쳐서 대승을 거뒀다. 이에 지백은 큰 잔치를 벌이고 강제로 조무휼에게 술을 먹이려고 했다. 그러나 조무휼은 억지 술은 마실 수 없어 단호히 거절했다.

지백은 취한 김에 발끈하여 조무휼의 얼굴에 쇠로 만든 술잔을 내던졌다. 조무휼은 술잔에 얻어맞아 얼굴에서 피가 흘러내렸다. 이 광경을 본 조씨의 수하 장사들은 다 같이 격분하여 잔치 자리에서 지백을 치려고 했다.

조무휼이 조용한 목소리로 장사들을 타이른다.

"이런 건 조그만 수치에 불과하다. 내가 참기로 했으니 그대들은 경거망동하지 마라."

그후 지백은 군사를 거느리고 진나라로 돌아와서 조앙에게,

"그대의 아들 조무휼은 버릇없는 놈이오. 그런 서출 자식은 추방해버리오."

하고 권했다.

그러나 조앙은 지백의 권고를 따르지 않았다. 이때부터 조무휼과 지백은 서로 미워하게 되었다.

그후 조앙의 병은 점점 악화되었다. 마침내 조앙이 조무휼을 불러 유언한다.

"장차 진나라에 큰 혼란이 일어날 것이다. 믿을 만한 곳이라곤 진양晉陽 땅밖에 없다. 너는 내 말을 깊이 명심해서 앞일을 처리하여라."

그날 밤에 조앙은 세상을 떠났다.

이리하여 조무휼은 적자로서 조앙의 대를 이어받았다. 그가 바로 조양자趙襄子다. 이것이 주정정왕周貞定土 11년 때 일이있다.

진출공은 날로 심해가는 지씨·한씨·위씨·조씨 네 가문의 권세와 횡포에 분노했다. 그래서 제나라와 노나라로 밀사를 보내어 즉시 군사를 일으켜 진나라 네 가문을 쳐달라고 간청했다.

앞에서 말한 것처럼 그때 제齊나라는 전씨田氏가 세도를 잡았고, 노魯나라는 숙손씨·맹손씨·계손씨 등 삼가三家가 국권을 잡고 있었다.

그러나 사태는 공교롭게 비틀어졌다. 곧 제나라 전씨와 노나라 삼가가 각기 진나라 지백에게 밀사를 보내어,

"그대 나라의 임금이 네 가문을 없애버리려고 우리 제나라와 노나라에 군사를 청해왔으니 각별히 조심하오."

하고 알려준 것이다.

지백은 제·노 두 나라 밀사로부터 이 내막을 듣고 분기충천했다.

지백은 즉시 한강자韓康子 호虎와 위환자魏桓子 구구駒와 조양자 趙襄子 무휼과 상의하고 네 가문의 군사를 일으켜 진출공을 쳤다. 이에 진출공은 제나라로 달아났다.

그후 지백은 진소공晉昭公의 증손뻘 되는 공손교公孫驕를 임금으로 올려 세웠다. 그가 바로 진애공晉哀公이다.

이때부터 진나라의 국권은 사실상 지백에게 넘어간 것이나 다름없었다. 마침내 지백은 자기가 군위에 올라 진나라를 차지하기로 결심하고 가신들을 불러 이 일을 상의했다.

원래 지백의 이름은 요瑤이니, 그는 지문자智文子 역躒의 손자이며 지선자智宣子 신申의 아들이었다.(원문에는 智武子躒智宣子徐吾라고 되어 있으나 이는 원저자의 오류다. ─편집자 주)

지난날의 일이었다.

지선자는 지씨智氏 일족을 불러놓고 자기의 후계 문제에 대해

서 의견을 말했다.

"나는 대代를 지요智瑤에게 넘겨줄까 하는데 그대들의 뜻은 어떠하냐?"

일족 중 지과智果과 대답한다.

"지요보다는 지소智宵가 적임자입니다."

지선자가 자기 의견을 고집한다.

"그렇지 않다. 재주로 보나 지혜로 보나 지소보다는 지요가 월등히 낫다. 그러니 나의 대를 지요에게 넘겨주는 것이 합당할 것이다."

지과가 다시 따져서 말한다.

"지요는 보통 사람보다 뛰어난 점이 다섯 가지가 있습니다. 그러나 그는 보통 사람만도 못한 한 가지 결점이 있습니다. 그는 수염이 길어서 아름다우며, 활을 잘 쏘며, 여러 가지 재주가 있으며, 과감한 결단성이 있으며, 교묘한 지혜가 있습니다. 물론 이런 건 좋은 점입니다. 그러나 그는 잔인하리만큼 욕심이 많고 어질지 못한 것이 큰 결점입니다. 그는 뛰어난 다섯 가지 장점으로써 필시 많은 사람을 거느릴 수도 있을 것입니다. 그러나 많은 사람을 거느리는 자가 욕심만 부리고 덕이 없으면 어떻게 되겠습니까? 이세상에선 아무도 그런 자를 용납하지 않을 것입니다. 그러므로 만일 지요가 대를 잇는다면 우리 지씨 일족은 반드시 망합니다."

그러나 지선자는 그 말을 들으려 하지 않고 결국 지요를 적자로 세웠다.

지과가 탄식한다.

"만일 지금 지씨 성을 버리지 않으면 장차 큰 불행에 휩쓸려 들어가서 나까지 목숨을 보존하지 못할 것이다."

이에 지과는 태사太史를 찾아가 자기 성씨인 지씨를 씨보氏譜에서 삭제해버리고 스스로 보씨輔氏로 고쳤다.

그후 지선자가 죽자 지요는 아버지의 대를 이어 지백이 되어 마침내 진나라 정권을 잡았던 것이다.

지백을 돕는 자로서 안으론 지개智開·지국智國 등 일가친척이 있었고, 밖으론 치자絺疵·예양豫讓 등 충후忠厚한 모사謀士들이 있었다.

이리하여 지백은 높은 권력과 방대한 세력을 거머쥐게 되었다. 그래서 마침내 진나라를 송두리째 차지하기로 결심했던 것이다.

지백은 가신들을 모두 불러놓고 비밀히 회의를 열었다.

모사인 치자가 먼저 말한다.

"지금 우리 나라의 세력을 잡고 있는 것은 사가四家입니다. 그 중 일가一家가 군위를 차지하려고 들면 나머지 삼가는 반드시 반대하고 일어날 것입니다. 그러니 진나라를 차지하려면 먼저 한씨·조씨·위씨 삼가三家의 세력부터 꺾어야 합니다."

"어떻게 하면 그들의 세도를 깎아내릴 수 있겠소?"

치자가 대답한다.

"지금 천하대세를 보건대, 월越나라가 크게 일어나고 우리 진나라는 이미 패권을 잃었습니다. 그러니 주인께선 '장차 군사를 일으켜 월나라를 무찌르고 다시 우리 진나라가 패권을 잡아야 한다'고 선전하십시오. 그리고 한씨·조씨·위씨 삼가에게 '상감의 분부이시니 사방 100리의 땅을 각각 바쳐라. 그 땅에서 나는 소출所出로 군자금軍資金을 마련해야 한다'고 하십시오. 그들이 순종하면 우리는 300리의 땅을 얻는 동시에 삼가는 그만큼 손해를 보게 됩니다. 그러나 만일 그들이 순종하지 않거든 주인께선 상감의 명령을 받았다 하고 대군을 일으켜 그들을 무찔러버리십시오. 이것이 바로 과일은 먹고 껍질은 버린다는 수법입니다."

"그 계책이 참으로 묘하오. 그럼 그들 삼가 중에서 어디에 먼저 교섭을 거는 것이 좋겠소?"

치자가 다시 대답한다.

"지씨는 원래 한씨, 위씨와 친하며 조씨와는 비교적 사이가 좋지 못한 편이 아닙니까? 그러니 먼저 한씨에게 분부하고, 그 다음은 위씨에게 분부하십시오. 한씨와 위씨가 우리에게 복종하는데 조씨만이 단독으로 반대하진 못할 것입니다."

이에 지백은 동생 지개智開를 한강자韓康子 호虎의 부중府中으로 보냈다.

한강자는 지개를 중당中堂으로 영접하고 찾아온 뜻을 물었다.

지개가 고한다.

"저의 형님께선 상감의 명령을 받고 장차 군사를 일으켜 월나라를 치게 되었습니다. 상감께서는 '삼가三家로부터 각각 땅 100리씩을 거두어 군자금에 쓰도록 하라'고 분부하셨습니다. 그래 형님께서 저를 대감께 보낸 것입니다. 원컨대 사방 100리의 땅을 국가에 환납還納하십시오."

한강자가 대답한다.

"그대는 먼저 돌아가오. 내가 내일 그대 형님에게 직접 가서 대답하겠소."

지개가 돌아간 후였다.

한강자는 곧 수하의 모사들을 불러들여 이 일을 상의했다.

"이제 지백이 임금을 끼고서 우리 삼가의 세력을 꺾으려고 땅을 내놓으라는구려. 내 먼저 이 도적을 쳐서 없애버릴까 하는데 그대들의 뜻은 어떠하오?"

모사 단규段規가 대답한다.

"지백은 탐욕이 한없는 자입니다. 그는 지금 임금을 내세우고 서 우리 땅을 뺏으려는 것입니다. 한데 이제 우리가 군사를 쓴다 면 바로 임금에게 거역하는 결과가 됩니다. 그러면 그는 임금을 거역한다는 죄목을 뒤집어씌워 도리어 우리를 칠 것입니다. 그러 느니 차라리 땅을 주어버리십시오. 지백은 틀림없이 조씨와 위씨 에게도 땅을 내놓으라고 할 것입니다. 조씨와 위씨가 거절만 하면 반드시 그들 사이에 싸움이 일어날 것이니, 우리는 가만히 앉아서 그들의 승부를 볼 수 있지 않겠습니까?"

한강자가 흔연히 머리를 끄덕인다.

"그러는 것이 좋겠소."

이튿날 한강자는 친히 100리의 땅의 지도를 가지고 가서 지백 에게 바쳤다. 지백은 매우 기뻐하고 남대藍臺 위에다 잔치를 차려 한강자를 대접했다.

잔치 자리에서 서로 술을 마시는데 지백이 좌우 사람에게 분부 하여 그림 족자 한 폭을 내왔다. 그것은 노나라 변장자卞莊子라는 사람이 호랑이 세 마리를 찔러죽이는 그림이었다.

그 그림 위에 다음과 같은 시문詩文이 적혀 있었다.

범 세 마리가 양을 먹으려 하니
그 형세는 반드시 다투게 마련이로다.
서로 싸우도록 내버려두어라
싸우다가 지칠 때를 노릴지로다.
이리하여 한꺼번에 범 세 마리를 다 잡았으니

이것이 변장자의 뛰어난 솜씨로다.

三虎啖羊
勢在必爭
其鬪可俟
其倦可乘
一擧兼收
卞莊之能

지백이 한강자에게 농담을 한다.

"내 언젠가 사책史冊을 봤더니 열국列國 중에 그대와 같은 범호虎자 이름을 가진 사람이 세 사람이나 있습디. 곧 제나라엔 고호高虎란 사람이 있었고, 정나라엔 한호罕虎란 사람이 있었고, 또 우리 나라엔 그대가 있구려."

한강자를 모시고 온 단규가 항의조로 말한다.

"그건 농담이 좀 지나치지 않으십니까?"

원래 단규는 키가 매우 작아서 지백이 굽어볼 정도였다.

지백이 손을 들어 단규의 이마를 탁 치면서 대답한다.

"요 조그만 것이 무얼 안다고 나서느냐? 너야말로 세 마리 범이 먹다 남긴 양이 아니냐!"

지백은 자기가 한 말이 재미있다는 듯이 손뼉을 치며 껄껄 웃었다.

단규는 아무 대답도 하지 않고 한강자에게 시선을 보냈다. 한강자가 거짓으로 취한 체하면서 눈을 지그시 감고 말한다.

"지백의 말이 옳소."

그러고선 곧 지백에게 작별하고 단규를 데리고서 집으로 돌아갔다.

며칠 후, 지국智國이 이 소문을 듣고 지백에게 간한다.

"주인께서 한강자를 희롱하고 그 가신을 모욕했으니 한씨 일파는 필시 우리에게 원한을 품었을 것입니다. 그러니 지금부터라도 경비를 하지 않으면 곧 불행이 닥쳐올 것입니다."

지백이 눈을 부릅뜨고 호언장담한다.

"사람을 불행하게 하고 안 하는 것은 다 내가 주장하거늘 누가 감히 나를 불행으로 몰아넣을 수 있단 말이냐!"

지국이 대답한다.

"개미와 벌 떼도 능히 사람을 해칠 수 있습니다. 그런데 어찌 그들이 주인을 해칠 수 없겠습니까? 만일 경비를 하지 않으면 다음날에 후회해도 소용없습니다."

지백이 장담한다.

"내 장차 변장자처럼 한꺼번에 범 세 마리를 다 잡을 작정인데 어찌 그까짓 개미와 벌 떼 같은 것들을 두려워하리오."

이에 지국은 길게 탄식만 하고 물러나갔다.

사신史臣이 시로써 이 일을 읊은 것이 있다.

지백은 분명히 우물 안 개구리인지

한씨·조씨·위씨 삼가를 얕잡아보았도다.

지백의 일가친척 중에 출중한 사람도 있어 여러모로 타일렀지만

불행을 미연에 피한 사람은 일찍이 지씨智氏 성을 버리고 보씨輔氏가 된 과과뿐이었도다.

智伯分明井底蛙

眼中不復置三家

宗英空進興亡計

避害誰如輔果嘉

이튿날이었다.

지백은 다음 차례로 위환자魏桓子 구駒에게 사람을 보내어 100
리의 땅을 내놓으라고 청했다.

위환자가 당장에 그 요구를 거절하려고 하는데 곁에서 그의 모
신謀臣 임장任章이 아뢴다.

"저편에서 요구하는 대로 100리의 땅을 내주시는 것이 좋을 성
싶습니다. 그래야만 땅을 잃은 자는 불쾌해하고 얻은 자는 교만해
질 것 아닙니까? 교만하면 상대를 얕잡아보게 마련입니다. 그때에
수치를 당한 사람들끼리 서로 단합해서 교만한 자를 치면 됩니다.
머지않아 지씨 일파가 망할 것을 확신할 수 있습니다."

위환자가 대답한다.

"그대 말이 옳소!"

이에 위환자는 1만 호구戶口가 살고 있는 곳을 지백에게 바쳤다.

지백은 이번엔 그의 형님인 지소智宵를 보내어 그 다음 차례인 조
씨에게 땅까지 지적해서 채고랑蔡皋狼 땅을 내놓으라고 분부했다.

원래부터 조양자趙襄子 무휼은 지백과 사이가 좋지 않은 터라
이 말을 듣고 분노했다.

"토지란 조상이 전해준 것이오. 자손이 어찌 그걸 함부로 버릴
수 있으리오. 한씨와 위씨는 넉넉해서 땅을 내놓았는지 모르겠지
만 나는 그렇게까지 해서 남에게 아첨할 순 없소."

지소는 돌아가서 지백에게 조양자의 말을 그대로 전했다.

이 말을 듣고 지백 또한 노기등등했다.

"곧 우리 문중의 군사를 모조리 일으켜라. 그리고 한씨와 위씨에게 사람을 보내어 함께 조씨를 치자고 전하여라. 조씨가 망하면 조씨의 토지를 세 조각으로 똑같이 나눠주겠다고 교섭하여라."

한강자와 위환자는 이 교섭을 받고서 각기 군사를 일으켰다. 그들은 한편으로 지백의 세력이 무서웠고, 다른 한편으론 조씨의 토지를 3분의 1씩 나눠준다는 데에 그만 욕심이 났던 것이다.

그리하여 지백은 스스로 중군中軍이 되고, 한군韓軍은 우군右軍이 되고, 위군魏軍은 좌군左軍이 되어 일제히 조씨 부중으로 쳐들어갔다.

이때 조씨의 가신인 장맹담張孟談은 지씨·한씨·위씨가 한꺼번에 군사를 일으켰다는 소문을 듣고 즉시 조양자에게 달려가서 고했다.

"적은 많고 우리 수효는 적으니 주인께선 속히 다른 데로 몸을 피하십시오."

조양자가 묻는다.

"몸을 피한다면 어디로 가야 좋겠소?"

장맹담이 대답한다.

"진양晉陽 땅만한 곳이 없습니다. 진양성晉陽城 안엔 옛날에 동안우董安于가 지어놓은 공궁公宮이 남아 있으니, 그곳은 일세의 경제가經濟家인 윤탁尹鐸이 수십 년 동안 다스리며 많은 공을 들였고 백성들에게 많은 은혜를 베풀었던 곳입니다. 그러므로 선군께서 세상을 떠나실 때 '다음날 국가에 변이 일어나거든 진양 땅으로 가라'고 유언까지 하시지 않았습니까. 이렇게 지체할 때가 아닙니다. 속히 진양 땅으로 피신하십시오."

드디어 조양자는 장맹담·고혁高赫 등의 가신을 거느리고 진양 땅으로 달아났다.

이에 지백은 한씨 · 위씨와 함께 군사를 거느리고 달아난 조양자를 뒤쫓아갔다.

이때 조양자의 가신 원과原過는 주인과 함께 달아나지 못하고 뒤떨어져서 진양 땅을 향해 가고 있었다.

그런데 원과는 도중에서 한 신인神人을 만났다. 그 신인은 구름과 안개에 싸여 있어서 얼굴은 자세히 보이지 않았으나 머리에 쓴 금관金冠과 입고 있는 금포金袍만은 비교적 뚜렷이 볼 수 있었다.

신인이 원과에게 새파란 대통〔竹管〕을 주면서 또랑또랑한 목소리로 말한다.

"이것을 조양자에게 갖다주어라."

그러고는 문득 사라져버렸다.

원과는 급히 말을 달려 조양자를 뒤따라가서 그 대통을 전하고 신인과 만났던 일을 고했다.

조양자가 칼로 그 새파란 대통을 쪼개어본즉 속에서 붉은 글씨 두 줄이 나왔다.

나는 곽산霍山의 산신山神이다. 이제 나는 옥황상제의 분부를 받았으니 3월 병술일丙戌日에 너로 하여금 지씨를 무찌르게 하리라.

조양자는 모든 가신에게 그 내용을 극비에 부치도록 분부하고 다시 길을 재촉하여 무사히 진양성에 당도했다. 진양 땅 백성들은 지난날 윤탁尹鐸한테 많은 은혜를 입었기 때문에 늙은이를 부축하고 어린것의 손을 이끌고 나와서 조양자를 영접했다.

이에 조양자는 공궁公宮에 들어가서 주둔했다.

진양성의 성곽은 매우 높고 튼튼했으며, 창고마다 곡식이 풍부했다. 또한 조양자는 백성들의 인심이 자기를 몹시 따르는 것을 보고 그제야 적이 안심했다.

조양자는 백성들에게 일장 연설을 하고 나서 성을 굳게 지키도록 하고 무기가 얼마나 있는지 살펴보았다. 그러나 창[戟]과 과戈 같은 것은 모두 날이 무뎌지고 녹이 슬었으며 화살이라곤 불과 1,000묶음도 안 되었다.

조양자가 우울한 기색으로 장맹담에게 말한다.

"성을 지키는 데는 화살이 가장 필요한데 이걸 가지고야 어찌 적을 막아낼 수 있으리오."

장맹담이 대답한다.

"듣자 하니 지난날에 동안우가 이곳에다 공궁을 지을 때 담만큼은 모조리 화살의 재료로 쌓았다고 하더이다. 주인께선 공궁의 담을 헐어보십시오. 그러면 그것이 진짜인지 거짓인지 알 수 있을 것입니다."

조양자는 곧 사람들을 시켜 공궁 담을 헐었다. 그랬더니 과연 담 속이 모두 화살의 재료로 쌓여 있었다.

조양자가 다시 근심한다.

"화살대는 이만하면 족하지만 쇠가 있어야 화살촉과 무기를 만들 텐데 낭패로구려!"

장맹담이 말한다.

"지난날 동안우는 공궁을 지을 때 모든 궁실宮室의 기둥을 잘 정련精鍊된 동철銅鐵로 세웠다고 하더이다."

이에 조양자는 사람들을 시켜 공궁의 모든 기둥을 뽑고 나무 기둥으로 바꿔세웠다. 뽑은 기둥의 단청丹靑을 벗겨내고 보니 과연 모두가 잘 정련된 동철이었다.

대장장이들은 그 기둥을 부수고 녹여서 화살촉과 칼과 창과 과戈를 만들었다. 워낙 쇠가 좋았기 때문에 무기가 모두 날카로웠다. 그리하여 인심은 더욱 안정되었다.

조양자가 거듭 찬탄한다.

"이 세상에서 가장 필요한 것은 나라를 잘 다스리는 어진 신하다! 옛날에 동안우는 미래를 위해서 모든 준비를 해두었고, 윤탁은 모든 민심을 합쳐놓았구나! 장하도다, 그들 어진 신하여! 이는 또한 하늘이 우리 조씨를 도우심인가 하노라. 그러니 내 이제 무엇을 두려워하리오."

그때 지씨 · 한씨 · 위씨 삼가三家의 군사가 진양 땅으로 쳐들어왔다. 그들은 세 개의 큰 영채를 세우고 서로 긴밀한 연락을 취하며 진양성을 철통같이 에워쌌다.

한편 진양성 안에선 적과 싸우러 나가겠다고 자청하는 백성들이 많았다. 백성들은 일제히 공궁으로 몰려가서 조양자에게 명령을 내려달라고 간청했다.

장맹담이 아뢴다.

"적은 수효가 많고 우리는 적습니다. 그러니 싸워도 이길 가망이 없습니다. 차라리 도랑을 더욱 깊이 파고 보루堡壘를 더 높이 쌓아 성문을 굳게 닫고 지키면서 성 밖에서 변變이 일어나기만을 기다리는 것만 못합니다. 원래 한씨와 위씨는 우리 조씨와 아무런 원한이 없습니다. 그들은 지씨의 세력에 눌려서 하는 수 없이 여기까지 온 것뿐입니다. 더구나 한씨와 위씨가 각기 100리의 땅을 내놓은 것도 울며 겨자 먹기로 부득이 내놓은 것입니다. 그들은 함께 군사를 거느리고 왔지만 그 속마음은 각기 다릅니다. 몇 달 지나지 않아서 그들 사이에는 반드시 서로 의심하고 시기하는 사태가 벌어질 것입니다. 그러고서야 그들이 어찌 오래 버틸 수 있겠습니까?"

조양자가 장맹담의 말을 좇기로 하고 친히 나가서 백성들에게 말한다.

"공연히 귀중한 생명까지 버려가며 싸울 필요가 없다. 서로 힘을 합쳐 굳게 지키기만 하여라."

이에 군사들과 백성들은 더욱 단결하여 부녀자와 어린아이들까지도 생명을 걸고서 성을 지키기로 결심했다. 그들은 적군이 진양성에 가까이 오기만 하면 빗발치듯 활을 쏘아댔다.

지씨·위씨·한씨 삼가가 진양성을 포위한 지도 어언 1년이 지났다. 그러나 진양성은 끄떡도 하지 않았다.

지백智伯이 조그만 수레를 타고 진양성 밖을 둘러보며 탄식한다.

"이 성이야말로 문자 그대로 철옹성鐵甕城(쇠로 만든 독같이 튼튼한 성이란 뜻)이구나! 그러니 어찌 격파할 수 있으리오."

지백은 골똘히 고민하며 산세山勢를 둘러보다가 한 산기슭에 이르렀다. 그 산 밑에 무수한 계곡 물이 동쪽으로 흘러가고 있었다.

지백이 그곳 백성에게 묻는다.

"저 물은 어디서 시작해서 어디로 빠져나가느냐?"

그곳 백성이 아뢴다.

"이 산의 이름은 원래 용산龍山이라 하는데, 산 중턱에 독 같은 큰 돌이 있어 일명 현옹산懸甕山이라고도 합니다. 저 물은 진수晉水라 하는데 동쪽으로 흘러가서 분수汾水와 합칩니다. 그러나 두 물줄기는 다 이 산에서 시작되고 있습니다."

지백이 다시 묻는다.

"이곳에서 진양성까지는 몇 리나 되느냐?"

"여기서 진양성 서문西門까지는 약 10리 가량 됩니다."

지백은 용산 위로 올라가서 진수를 바라보았다. 진수는 진양성 동북쪽을 휘감아 흐르고 있었다.

지백이 머리를 끄덕이며 혼잣말로 중얼거린다.

"이제야 진양성을 격파할 수 있는 계책이 섰다!"

그는 즉시 자기 영채로 돌아가서 한강자와 위환자를 불러들였다.

"나는 장차 진양성 안을 온통 물바다로 만들 작정이오."

한강자가 묻는다.

"동쪽으로 흐르는 진수를 어떻게 서쪽으로 끌어넣는단 말씀이오?"

지백이 자기 계책을 설명한다.

"나는 진수를 끌어넣겠다는 건 아니오. 바로 진수의 수원水源이 용산이란 데서 착안했는데, 그 용산에다 저수지를 하나 파자는 것이오. 곧 수원에서 진수로 빠지는 물줄기를 막아 물을 저장하자는 것이오. 이제 봄비가 한창 내릴 때이니 반드시 산속의 물이 넘쳐날 것이오. 그 저수지에 물이 가득 차거든 우리는 둑을 끊고 그 물을 진양성 안으로 몰아넣으면 되오. 그러면 우리가 성을 치지 않아도 진양성은 곧 용궁龍宮으로 변할 것이오. 이 얼마나 통쾌한 일이오?"

한강자와 위환자가 찬탄한다.

"그 계책이 참 묘하군요!"

지백이 지시한다.

"오늘부터 우리는 각기 일을 분담해서 해나가야겠소. 한공韓公

은 동쪽 길을 파수把守하고, 위공魏公은 남쪽 길을 파수하오. 절대로 적이 달아나지 못하도록 막아야 하오. 나는 용산으로 영채를 옮기고 장수들을 시켜 서쪽과 북쪽 길을 파수하도록 하는 동시에 저수지를 파는 군사들을 친히 감독하겠소."

한강자와 위환자는 지시를 받고 각기 돌아갔다.

이튿날 지백은 정식으로 분부를 내렸다. 모든 군사는 진수의 북쪽 산으로 올라가서 저수지를 파기 시작했다. 군사들은 각처로 흘러내려가는 모든 물줄기를 끊어버리고 저수지를 파면서 한편으로는 그 주위에다 높이 둑을 쌓아올렸다.

이에 물은 방향을 바꾸어 넘쳐흐르면서 북쪽으로 흘러내려가다가 새로 파놓은 저수지 속으로 떨어져 들어갔다. 철판으로 수문水門을 막아놓았기 때문에 물은 점점 불어나 마침내 저수지는 호수로 변했다.

오늘날도 진수를 따라 북쪽으로 올라가면 지백거智伯渠란 곳이 있다. 바로 그 당시 지백이 만든 저수지의 터다.

한 달이 지나자 과연 봄비가 많이 내렸다. 산골짜기의 물은 힘차게 흘러내렸다. 마침내 저수지의 물은 높은 둑의 높이와 똑같이 불어났다.

드디어 지백은 군사를 시켜 북쪽 둑을 무너뜨려버렸다. 순간 간혔던 저수지 물은 무섭게 터져나가 산 밑 진양성 안으로 몰려들어갔다.

옛 사람이 시로써 이 일을 증명한 것이 있다.

옛날에 홍수가 산과 언덕을 뒤덮었다는 것을 이야기로만 들었는데 이제 용산 물이 진양성 안으로 몰려드는 걸 보는도다.

수신水神으로 하여금 좀더 날뛰게 했더라면

치산치수治山治水한 옛 우禹임금의 신령도 아마 크게 놀랐으리라.

向聞洪水汨山陵

復見壅泉灌晉城

能令陽侯添膽大

便教神禹也心驚

한편 오랫동안 포위를 당했지만 진양성 안 백성들은 별로 의식衣食에 곤란을 받지 않았다.

진양성은 성벽이 워낙 튼튼해서 비록 큰비에 침수浸水는 되었으나 조금도 상하지 않았다.

그런데 날이 갈수록 물은 점점 불어나기만 했다. 마침내 집들이 쓰러지고 침몰하여 백성들은 몸붙일 곳도 없고 불도 땔 수가 없었다. 사람들은 높은 곳에다 새처럼 둥지를 짓고 솥을 달아매고서 음식을 만들었다.

공궁은 비록 높은 대臺 위에 있었지만 조양자라고 거기서 편안히 앉아 있을 수만은 없었다.

조양자는 장맹담과 함께 대나무를 베어 뗏목을 만들어서 타고 성안을 한바퀴 돌아보았다. 성 밖에선 홍수 내려가는 소리가 진동했다. 무시무시한 황톳물이었다. 그 형세는 산이라도 밀어낼 듯했다.

이튿날 물은 4, 5척이나 더 불어나 거의 성 꼭대기에 닿을 정도였다.

조양자는 속으로 매우 당황했다. 그런 와중에도 다행스러운 것은 성을 지키는 군사와 백성들이 밤낮없이 순찰하며 조금도 태만하지 않는 것이었다. 백성들은 모두 죽기로 각오하고 한결같이 조양자를 도왔다.

조양자가 길이 찬탄한다.

"지난날에 윤탁이 이곳 백성들을 얼마나 잘 다스렸던가를 내 이제야 알겠구나!"

조양자가 장맹담을 돌아보고 걱정한다.

"비록 민심은 변하지 않으나 물이 빠지지 않고 이대로 불어만 가면 머지않아 모두 물귀신이 되고 말 것이오. 장차 이 일을 어찌할꼬! 결국 곽산霍山의 신神도 나를 속일 작정이신가!"

장맹담이 대답한다.

"거듭 말씀드립니다만, 한씨와 위씨가 내놓고 싶어서 지백에게 땅을 바친 것은 아닙니다. 그들이 군사를 거느리고 이곳에 온 것도 실은 지백의 세력이 무서워서 복종한 것뿐입니다. 청컨대 오늘 밤 신이 몰래 성 밖으로 나가서 한강자와 위환자를 만나보고 그들에게 도리어 지백을 치도록 권고하겠습니다. 그러니 과도히 걱정하지 마십시오."

조양자가 말한다.

"진양성은 포위당했고 물은 성안을 휩쓸고 있으니 비록 날개가 있다 할지라도 어떻게 벗어날 수 있으리오!"

"신에게 이미 계책이 서 있습니다. 너무 염려하지 마십시오. 주인께선 모든 장수를 시켜 뗏목을 많이 만들고 무기에 녹이나 슬지 않도록 하십시오. 만일 하늘이 도우신다면 한씨와 위씨를 움직여 며칠 안으로 지백의 목을 취할 수 있을 것입니다."

"그럼 나는 그대만 믿겠소."

하고 조양자가 허락했다.

장맹담은 한강자가 동문東門 밖에 주둔하고 있다는 걸 알고 있었다. 그날 밤 장맹담은 지백의 군사처럼 가장하고 진양성 밖으로 넘어갔다. 장맹담이 곧장 한강자의 대채大寨로 가서 영문營門 군사에게 말한다.

"나는 지백 원수元帥의 비밀 지시를 받고 대장을 뵈러 왔소."

이때 한강자는 장막 안에 있다가 지백이 보낸 군사가 비밀 지시를 가지고 왔다는 말을 듣고 곧 데리고 들어오게 했다.

군중軍中의 절차는 매우 까다로웠다. 군사들은 한강자를 만나러 온 사람이면 누구나 몸수색을 철저히 한 후에야 들여보냈다. 물론 장맹담에겐 의심받을 만한 건 아무것도 없었다.

장맹담이 한강자를 만나 청한다.

"말씀드릴 일이 기밀에 관한 것이므로 좌우 사람들을 밖으로 물러가게 해주십시오."

한강자가 좌우 사람을 밖으로 내보내고 나서 말한다.

"자, 이젠 무엇이든 말해도 좋소."

장맹담이 고한다.

"실은 저는 지백의 군사가 아니옵고 바로 조씨의 가신 장맹담이란 사람입니다. 저의 주인은 오랫동안 포위당하여 이제 조석을 헤아릴 수 없는 위기에 놓여 있습니다. 비록 목숨을 잃고 집안은 망할지라도 하고 싶은 말을 남길 곳이 없어서 이렇게 저를 변장시켜 이곳으로 보내신 것입니다. 이제 장군께서 제 말을 들어주시겠다면 모든 걸 말하겠거니와 그럴 수 없으시다면 청컨대 이 몸부터 속히 죽여주십시오."

"그대는 하고 싶은 말이 있거든 다 하오. 들어봐서 그럴 만한 이유가 있으면 청하는 바를 들어주리라."

"옛날엔 육가六家가 서로 친목하고 함께 진나라 정사를 돌봐오다가 범씨范氏와 순씨荀氏가 민심을 잃고 멸망한 후로 이제 지씨·한씨·위씨·조씨 사가四家밖에 남지 않았습니다. 그런데 지백은 무고히 조씨의 소유인 채고랑蔡皐狼 땅을 뺏으려고 합니다. 저의 주인께선 조상이 남겨주신 땅을 무고히 내줄 수 없어 거절하신 것뿐입니다. 그러니 조씨는 지백에게 아무 죄도 저지르지 않았습니다. 그런데 지백은 자기 힘만 믿고서 한씨와 위씨를 동원시켜 조씨를 없애버리려고 이렇듯 진양성을 포위하고 있습니다. 장차 조씨가 망하면 그 다음엔 누가 망하겠습니까? 반드시 한씨와 위씨가 오늘날 조씨와 같은 불행을 당하고야 말 것입니다."

"……"

한강자는 눈을 떴다 감았다 하며 아무 대답도 하지 않았다.

장맹담이 말을 계속한다.

"오늘날 한씨와 위씨가 지백을 도와 조씨를 공격하는 뜻은 결국 진양성이 함락되는 날엔 조씨의 땅을 세 조각으로 나누어 갖겠다는 것 아닙니까? 그런데 한씨와 위씨는 이미 1만 호구가 살고 있는 땅을 지백에게 바치지 않았습니까. 지백은 자기 욕심만 채우기 위해서 남의 소유를 무작정 빼앗았습니다. 그래도 한씨와 위씨는 한마디 반항조차 하지 못했습니다. 지백은 어엿한 남의 소유도 빼앗은 자입니다. 그런 자가 더구나 조씨의 땅을 나눠 준다면 장군께 얼마나 나눠 주겠습니까? 조씨가 망하면 지백만 더 강해집니다. 그래, 한씨와 위씨가 오늘날에 공로를 세웠다고 해서 더욱 강해진 지백을 상대로 누구는 분배가 많고 누구는 분배가 적지 않느냐고 과연 다툴 수 있겠습니까? 또 만일 조씨의 땅을 세 조각으로 똑같이 나누어 갖는다 할지라도 다음날에 지백이 다시 그 땅을 내놓으라고 요구한다면 그때는 어찌하시렵니까? 장군께선 이런 점을 깊이 생각하셔야 합니다."

"그럼 이 일을 어찌하면 좋겠소? 그대의 의견을 들려주오!"

"제 어리석은 소견으로는 장군께선 저의 주인과 손을 잡으시고 도리어 지백을 쳐서 그의 땅을 똑같이 나누어 갖는 길밖에 없습니다. 더구나 지씨의 땅은 조씨의 땅보다도 배가 큽니다. 뿐만 아니라 그렇게 하면 우리는 미래의 모든 불행을 완전히 막아버릴 수 있고 대대로 함께 친하게 지낼 수 있습니다. 이 어찌 아름다운 일이 아니겠습니까!"

"그대의 말 또한 일리가 있는 것 같소. 내 위씨와 함께 상의해보리다. 그대는 사흘 후에 다시 한 번 내게로 오시오. 그때에 확실한 대답을 하겠소."

"저는 구사일생으로 여기에 왔습니다. 이곳에 한 번 오기란 결코 쉬운 일이 아닙니다. 더구나 군중의 이목이 너무 많습니다. 바라건대 장군 밑에 사흘만 있게 해주십시오. 좌우간 대답을 듣기 전엔 돌아가지 않겠습니다."

한강자는 비밀히 단규段規를 불러들여 장맹담에게서 들은 바를 말했다. 단규는 지난날에 지백한테 당한 모욕을 잊지 않고 있었기에 장맹담의 계책에 극구 찬성했다.

이에 한강자는 단규와 장맹담을 서로 대면시켰다. 그날 밤에 단규와 장맹담은 깊이 친교를 맺었다.

이튿날 단규는 한강자의 분부를 받고 위환자의 군영으로 갔다. 단규는 위환자에게 조양자의 가신 장맹담이 와서 한 밀을 비밀히 고했다.

"일이 이쯤 되자 우리 주인께선 혼자 결정할 수 없어서 장군의 결정을 청하는 것입니다."

위환자가 대답한다.

"나도 속으로 지백이란 놈을 원망하고 있소! 그러나 호랑이를 잡으려다가 잡지 못하면 그놈에게 물린다는 걸 알아야 하오."

"그러나 장차 지백과 함께 살 수 없다는 것은 지금 형세로 미루어보아도 충분히 짐작할 수 있는 일입니다. 다음날에 그놈한테 갖은 압제를 받느니 차라리 지금 당장 그놈과 관계를 끊어버리는 것이 현명한 처사인 줄 압니다. 오늘날 우리 한씨와 위씨 두 집안이 망하게 된 조씨를 살려준다면 조씨는 반드시 우리 은혜를 잊지 않을 것입니다. 그러니 흉악한 지백과 함께 일하는 것보다는 훨씬 낫지 않겠습니까?"

"이 일은 심사숙고한 연후에 결정할 문제요. 지금 당장 대답할 수는 없소."

단규는 일단 위환자에게 하직하고 돌아갔다.

이튿날이었다.

지백은 친히 물 내려가는 광경을 감상하기 위해서 현옹산懸甕山 위에 잔칫상을 차려놓고 한강자와 위환자를 초대했다. 지백은 두 장군과 함께 무섭게 쏟아져 내려가는 물의 형세를 굽어보며 술을 마셨다. 지백의 얼굴엔 기쁨이 완연했다.

지백이 손을 들어 멀리 굽어보이는 진양성을 가리키면서 한강자와 위환자에게 말한다.

"진양성이 침몰하지 않은 부분이라곤 겨우 삼판三版(6척)밖에 남지 않았소. 나는 오늘에야 비로소 물이 가히 국가도 망칠 수 있다는 걸 알았소. 사람들이 말하기를 우리 진나라가 흥한 것은 앞뒤로 산이 있기 때문이라고도 하고 분수汾水·회수澮水·진수晉水·강수絳水 등 물이 있기 때문이라고도 하지만, 그건 다 잘못 생각한 말이오. 내가 보기에 물이란 족히 믿을 것이 못 되오."

이 말을 듣고 위환자는 팔꿈치로 슬며시 한강자의 몸을 건드렸다. 이에 한강자는 발로 위환자의 발을 슬쩍 건드렸다. 위환자와 한강자의 시선이 마주쳤다. 그들은 불안감과 공포감을 서로 암시했다.

얼마 후에 술자리가 파하자 한강자와 위환자는 지백에게 하직하고 각기 자기 군영으로 돌아갔다.

치자가 지백에게 주의를 준다.

"한씨와 위씨는 장차 주인을 배반할 것입니다."

지백이 묻는다.

"그대는 어째서 그런 말을 하오?"

"제가 직접 그들의 말을 들어보진 못했으나 이미 그 표정을 보고 짐작했습니다. 지난날에 주인께선 한씨와 위씨에게 조씨를 쳐서 무찌르기만 하면 조씨 땅을 3분의 1씩 나눠 주겠다고 약속하셨습니다. 이제 조씨의 멸망은 눈앞에 닥쳐왔습니다. 그러니 한강자와 위환자는 땅을 얻게 되었으므로 기뻐해야 할 텐데, 도리어 그들의 표정은 심각했습니다. 그러므로 저는 그들이 장차 배반하리라고 믿습니다."

"나는 그들과 함께 기꺼이 일을 하고 있는 중이오. 한데 어찌 그들을 의심할 수 있으리오."

치자絺疵가 말한다.

"오늘 주인께선 '물이란 믿을 것이 못 된다. 도리어 국가도 망칠 수 있는 것이다'라고 말씀하셨습니다. 그렇다면 이제 진수晋水가 가히 진양성을 망칠 수 있듯이 분수汾水는 가히 안읍安邑을 망칠 수 있으며, 강수絳水는 가히 평양平陽 땅을 휩쓸 수 있지 않겠습니까? 이런 말을 들었은즉 한씨와 위씨가 어찌 불안하지 않겠습니까."

그후 사흘째 되던 날이었다.

한강자와 위환자는 술을 가지고 지백의 군영에 가서 잔치를 벌였다. 전날 지백에게서 받은 술대접에 보답한다는 뜻이었다. 그런데 지백이 술잔은 들지 않고 한강자와 위환자에게 묻는다.

"나는 원래 성미가 솔직해서 속으로 우물쭈물하고 있지 못하오. 뭐든지 툭 터놓고 말해야만 직성이 풀리오. 일전에 어떤 사람이 나에게 말하기를 한장군과 위장군이 장차 변란을 일으킬 것이라고 합디다. 과연 두 장군은 장차 반란을 일으킬 작정인지요?"

한강자와 위환자가 일제히 되묻는다.

"원수께서는 그 말을 곧이들으십니까?"

"내가 그 말을 곧이들었다면 이렇듯 두 장군에게 직접 물어볼 리가 있겠소?"

한강자가 말한다.

"요즘 들리는 소문에는 조양자가 많은 재물을 풀어 우리 세 사람을 이간시키려고 갖은 짓을 다 한다더니 과연 헛소문이 아니군요. 이는 필시 어떤 놈이 조씨의 돈을 먹고 우리 세 사람 사이를 이간시키려고 원수께 우리를 모략한 것이 분명하오. 조씨는 우리 세 사람이 서로 의심을 품게 되면 자연 성에 대한 공격이 늦춰질 터이니 그 기회를 놓치지 않고 위기를 모면해보려는 속셈일 것이오."

위환자도 분개해서 외친다.

"한강자의 말씀이 옳소! 불원간에 진양성을 함락하게 되었으니 곧 조씨 땅을 3분의 1씩 나눠 가질 텐데 누가 그런 이익을 마다하겠소? 조금이라도 정신이 있는 사람이라면 누구나 눈앞에 닥쳐온 이익을 버리고 목숨이 왔다갔다하는 그런 모험을 하려 들진 않을 것이오."

지백이 웃으면서 좋은 말로 위로한다.

"나는 원래부터 두 장군을 믿고 있소. 나의 가신 치자가 너무 과도히 염려하여 그런 소리를 하기에 나도 그런 말은 하지 말라고 타일렀소."

한강자가 묻는다.

"원수께서 이번에 그 사람 말을 믿지 않았으니 천만다행이오. 한데 조만간에 그 사람이 또 그런 소리를 한다면 어쩌시겠소? 만일 원수께서 앞으로 그런 근거 없는 말을 곧이들으신다면 우리 두 사람은 변명할 길이 없겠구려! 이러다가는 우리가 도리어 원수를 의심하게 될지도 모르겠소!"

이에 지백이 술잔을 들어 땅에다 술을 붓고 맹세한다.

"천지신명이여! 우리가 앞으로 서로 시기하거나 의심하거든 이 술처럼 우리를 버리소서!"

그제야 한강자와 위환자가 공손히 공수拱手하고 지백에게 감사한다.

"그렇듯 우리를 믿어주시니 감사하오이다."

그날 세 사람은 술을 마시며 평소보다 더욱 친밀하게 즐겼다. 그러다가 한강자와 위환자는 늦게야 돌아갔다.

그들이 돌아간 후 치자가 들어와서 지백에게 묻는다.

"주인께선 어찌하여 제가 그런 말을 했다고 한씨와 위씨에게 일러주셨습니까?"

지백이 되묻는다.

"그대는 내가 말한 것을 어찌 아오?"

"이곳으로 오다가 방금 원문轅門에서 한강자와 위환자를 만났습니다. 그들은 곁눈질로 저를 흘겨보더니 황망히 병거를 타고 달아나듯 가버렸습니다. 그들이 제 속마음을 모르고서야 어찌 그렇듯 저를 무서워할 리 있겠습니까?"

지백이 웃으면서 대답한다.

"나는 한씨, 위씨와 함께 술을 뿌리고 서로 의심하지 않기로 맹세했소. 그러니 그대는 더 이상 쓸데없는 말을 퍼뜨려 우리의 친분을 상하게 하지 마오."

치자가 지백에게서 물러나와 길이 탄식한다.

"지씨의 목숨이 앞으로 얼마 남지 않았구나!"

이튿날, 치자는 갑자기 오한증惡寒症이 나서 의원에게 치료를 받아야겠다는 핑계를 대고 마침내 진秦나라로 달아났다.

염옹이 시로써 치자를 논평한 것이 있다.

한씨와 위씨의 변한 마음이 이미 나타났거니
사물을 꿰뚫어보는 치자가 어찌 속을 리 있으리오.
그는 하루아침에 병들었다 핑계하고 표연히 떠났으니
어디로 간들 진晉나라보다는 평화로우리라.
韓魏離心已見端
絺疵遠識詎能瞞
一朝託疾飄然去
明月淸風到處安

그날 한강자와 위환자는 지백의 군영에서 돌아오며 서로 비밀히 계책을 세웠다.

그날 밤이었다.

그들은 마침내 조양자의 가신 장맹담과 한자리에 모여앉아 입술에 피를 바르고 앞일을 맹세했다.

한강자와 위환자가 장맹담에게 말한다.

"내일 한밤중에 우리는 다시 저수지의 둑을 무너뜨려 이번엔 다른 곳으로 물을 빼돌릴 터이니, 진양성에 물이 줄어들기 시작하거든 그걸 신호로 알고서 군사를 거느리고 성 밖으로 나오시오. 그리하여 우리와 함께 지백을 쳐서 사로잡읍시다."

이에 장맹담은 그들과 굳게 약속하고 한밤중에 진양성으로 돌아갔다. 성안으로 돌아온 즉시 조양자에게 가서 그간의 경과를 보고했다. 조양자는 매우 흐뭇해하고 곧 군사들에게 명을 전하여 만반의 준비를 갖추었다.

이튿날 밤중이었다.

한강자와 위환자는 어둠을 틈타 군사를 거느리고 용산龍山으로 올라갔다. 그들은 저수지를 지키는 지씨의 군사들을 습격하여 모조리 쳐죽였다. 그리고 사방으로 수문水門을 열고 서쪽 둑을 무너뜨려버렸다. 순식간에 저수지의 물은 서쪽으로 빠져나가 지백의 군영을 휩쓸었다.

이에 지백의 군중은 곤히 자다가 밀어닥치는 물벼락을 맞고 일대 혼란이 일어났다. 군사들의 요란한 아우성에 지백은 자다 말고 깜짝 놀라 일어났다. 온몸이 축축하기에 불을 켜보니 물은 이미 침상寢床 위까지 차올라오고 있었다.

그러나 지백은 저수지를 지키는 군사들의 부주의로 둑에서 물이 잘못 새어나온 것이라고 짐작했다. 지백이 좌우 사람을 불러 분부한다.

"저수지 둑이 새는 모양이니 속히 가서 수리하라고 일러라."

그런데 물은 줄어들기는커녕 불어나기만 했다. 목까지 물이 차 오르자 지백은 그제야 어쩔 줄을 몰라 했다.

그때 지국智國과 예양豫讓이 수군水軍을 거느리고 뗏목을 타고 와서 지백을 구출해냈다. 뗏목 위에서 군영을 돌아본즉, 물결만 하염없이 굽이치고 영루營壘는 완전히 침수되어 흔적도 없이 사라 져버린 채 무기와 군량軍糧만이 물결에 쓸려 떠내려가고 있었다.

군사들은 물에 떴다 잠겼다 하며 서로 살려고 정신없이 허우적 거리고 있었다. 지백은 이 처절한 광경을 보고 정신이 아찔해졌다.

이때 어디선지 북소리가 요란스레 진동하더니 한씨와 위씨의 군대가 각기 조그만 배를 타고 쳐들어오지 않는가! 그들은 물 속 에서 허우적거리는 지씨의 군사들을 닥치는 대로 쳐죽이면서 소 리소리 질렀다.

"지백을 잡아오는 자에겐 큰 상을 주리라!"

지백이 이 소리를 듣고 하늘을 우러러 탄식한다.

"내 치자의 말을 듣지 않았다가 결국 그들에게 속았구나!"

곁에서 예양이 아뢴다.

"이러고 있을 때가 아닙니다. 사태가 매우 급합니다. 주인께선 속히 산을 따라 달아나 진秦나라에 가서 군사를 청해오십시오. 저 는 죽음을 각오하고 적을 막겠습니다."

지백은 그 말을 좇아 지국과 함께 조그만 배를 저어 산 뒤로 돌 아나갔다.

그러나 누가 알았으리오.

그새 조양자는 장맹담과 한강자와 위환자에게 지백의 군사를 치게 하고, 자기는 친히 일지군一枝軍(본대本隊에서 갈라져 나온 별동군別動軍)을 거느리고 이미 용산 뒤에 매복하고 있었다. 조양자는 지백이 진나라로 달아날 걸 미리 짐작하여 그곳에서 기다리고 있었던 것이다.

과연 짐작대로 지백이 도망쳐오지 않는가!

조양자의 군사는 일제히 나아가서 쉽사리 지백을 사로잡았다. 조양자는 지백의 죄목을 낱낱이 들어 꾸짖고는 친히 칼을 뽑아 그 자리에서 쳐죽였다. 이를 보고서 지국은 강물에 몸을 던져 죽었다.

한편 예양은 북을 치며 남은 군사를 격려하면서 용기를 내어 싸웠으나 도저히 많은 적을 감당할 수가 없었다. 뿐만 아니라 군사들이 명령을 듣지 않고 제각기 살겠다고 슬금슬금 달아나는 데엔 어찌해볼 도리가 없었다.

그때 한 군사가 와서 예양에게 고한다.

"지백 장군이 조양자에게 사로잡혔습니다."

이 말을 듣자 예양은 마침내 변복하고 석실산石室山 쪽으로 달아났다.

이리하여 지씨의 군사는 전부 항복하고 말았다.

그날이 바로 3월 병술일이었다. 지난날 곽산霍山의 산신山神이 준 대통 속의 글이 이제야 들어맞은 셈이다.

조씨·한씨·위씨 삼가三家는 군사를 한곳으로 모으고 저수지에 가서 수문들을 닫아 물을 동쪽으로 빠져나가게 했다. 그리하여 물은 전처럼 진수晉水로 흘러내렸다. 동시에 진양성의 물도 점차 줄어들기 시작했다.

조양자가 일단 성안의 백성들을 위로한 연후에 한강자와 위환자에게 말한다.

"이 몸이 두 분의 힘을 입어 함락 직전에 놓인 진양성을 다시 회복시켰으니 참으로 감사하오. 한데 비록 지백이 죽긴 했으나 아직도 그 일족이 많이 남아 있소. 풀을 베되 그 뿌리를 남겨두면 결국 또다시 불행을 초래하고야 말 것이오."

한강자와 위환자가 찬동한다.

"마땅히 그 일족을 모조리 죽여 우리의 한을 풀어야 하오!"

이에 조양자는 한강자, 위환자와 함께 진晉나라 도읍 강주絳州로 돌아갔다. 그들은 지백을 역적으로 몰아 지씨 일족의 집들을 완전히 포위하고 지씨 성을 가진 사람이면 남녀노소 할 것 없이 모조리 잡아내어 도륙했다. 이리하여 지씨 일족은 씨도 손도 없이 멸망했다.

전에 말한 것처럼 지과智果 한 사람만이 이미 보씨輔氏로 성을 바꾸었기 때문에 죽음을 면했다. 그제야 사람들은 지과가 선견지명先見之明이 있다는 것을 알았다.

한강자와 위환자는 각기 지난날 지백에게 바쳤던 땅을 도로 찾았다. 그리고 한씨·위씨·조씨 삼가는 지씨 일족이 가졌던 땅을 모조리 몰수하여 똑같이 3분의 1씩 나눠 가졌다. 결국 그들은 백성 한 사람도, 땅 한 치도 임금인 진애공晉哀公에게는 돌려주지 않았다.

이것이 바로 주정정왕周貞定王 16년 때 일이었다.

조양자는 이번 공로에 대해서 논공행상論功行賞을 베풀었다. 좌우 사람들은 제일 공로자로 장맹담을 추천했다. 그러나 조양자는 고혁高赫에게 제일 공로상을 주었다.

장맹담이 조양자에게 불평한다.

"고혁은 진양성 안에 있었건만 한 가지 계책도 세운 일이 없는데다, 목숨을 걸고 나가서 싸운 일도 없었습니다. 그러한 고혁에게 큰 상을 주시니 저는 그 뜻을 모르겠습니다."

조양자가 대답한다.

"내가 위기에 처해 있을 때 모든 사람은 다 겁을 먹고 당황해서 많은 착오를 일으켰다. 하나 오직 고혁만은 행동거지가 공손하고 근엄해서 한번도 군신 간의 예의를 잃지 않았다. 대저 싸워서 이기는 공로는 일시적인 것에 불과하지만, 예법禮法은 만세萬世의 모범이 되는 것이다. 그러니 고혁에게 큰 상을 주는 것이 어찌 마땅하지 않으리오."

그제야 장맹담은 자신을 부끄럽게 생각하고 복종했다.

조양자는 지난날에 산신이 앞일을 예언해준 데 감격하여 곽산에다 사당을 짓고 해마다 제사를 지냈다. 또 복수심에서 지백의 두골에다 칠을 하여 요강으로 사용했다.

한편, 죽은 지백의 가신이었던 예양豫讓은 석실산石室山 속에 숨어 있었다. 그는 조양자가 지백의 두골을 요강으로 사용한다는 소문을 듣고 슬피 울었다.

"자고로 선비는 자기를 알아주는 사람을 위해서 죽는 법이다. 나는 지백한테 많은 은혜를 입었으나 이제 그들 일족은 멸망하고 말았다. 심지어 은인인 지백의 두골마저 참을 수 없는 모욕을 당하고 있다. 내 구차스레 살기만 바란다면 어찌 사람이라 할 수 있으리오."

마침내 예양은 이름을 바꾸고 죄수 같은 허름한 옷을 입은 채 가슴에 비수를 품고서 석실산을 떠나 강주로 갔다.

예양은 조양자의 부중府中 안 변소 밑에 몰래 숨어들어가는 데 성공했다. 그는 조양자가 변소에 들어오기만 하면 기회를 보아 찔러죽일 작정이었다.

그날 마침 조양자는 변소에 들어갔는데, 웬일인지 가슴이 뛰고 갑자기 정신이 산란했다. 그는 이상한 예감이 들어서 사람을 시켜 변소 안을 두루 살펴보게 했다. 숨어 있던 예양은 즉시 사람들에게 발각되어 조양자 앞에 끌려갔다.

조양자가 묻는다.

"너는 가슴에 비수를 감추고 있었다 하니 결국 나를 암살하려던 것이 아니냐?"

예양이 정색하고 대답한다.

"나는 지난날 지백의 가신으로서 주인의 원수를 갚으려 했던 것뿐이오."

좌우에서 사람들이 권한다.

"이놈 또한 역적의 일당이 분명하니 속히 죽여버리십시오!"

조양자가 좌우 사람에게 대답한다.

"지백은 죽었고 그 자손도 없다. 그래서 예양은 주인을 위해서 원수를 갚으려고 온 것이다. 그는 참으로 의사義士로다! 이런 의사를 죽인다는 것은 상서롭지 못한 일이니 즉시 예양을 석방하고 집으로 돌려보내라."

마침내 예양이 석방되어 나가는데 조양자가 다시 그를 불러들여 묻는다.

"이제 그대를 살려보내니 앞으론 나에 대한 원한을 풀겠느냐?"

예양이 대답한다.

"그대가 이렇게 나를 석방해주는 것은 개인적으로 베푸는 은혜이며, 내가 원수를 갚는 것은 가신으로서 대의大義를 지키기 위해 서요!"

좌우에서 사람들이 또 아뢴다.

"이렇듯 무례한 놈을 살려보냈다가는 다음날에 반드시 큰 걱정 거리가 될 것입니다. 차라리 아예 없애버리십시오."

"내 이미 그를 살려주기로 허락했는데 어찌 신信을 잃을 수 있 으리오. 내가 앞으로 특별히 몸조심을 하면 불행을 피할 수 있을 것이다."

그날로 조양자는 강주성을 떠나 진양성으로 갔다. 자기 생명을 노리는 예양을 피해서 안전한 곳을 찾아간 것이었다.

한편 예양은 집으로 돌아간 후에도 날마다 지백의 원수를 갚으 려는 일념뿐이었다. 그러나 아무리 생각해도 신통한 계책이 떠오 르지 않았다.

그날도 예양의 아내가 재삼 권한다.

"죽은 옛 주인의 원수를 갚으면 무얼 하오? 그러지 말고 한강자 나 위환자에게 가서 벼슬을 살면서 장차 부귀할 생각이나 하오."

이 말에 예양은 격분하여 소매를 붙드는 아내의 손을 뿌리치고 집을 나왔다.

예양은 조양자가 있는 진양성으로 가야만 했으나 그냥 갔다가 는 즉시 행색이 탄로나고야 말 것이었다. 마침내 그는 눈썹을 깎 고 온몸에 옻칠을 하여 문둥이처럼 가장한 후 강주絳州 시정市井 을 돌아다니면서 밥을 빌어먹었다.

한편 예양의 아내도 집을 나간 남편을 찾으려고 온 시정을 헤매 다녔다. 그녀가 골목을 지나가던 참이었다.

한 거지가 어느 집 문 앞에서 애걸한다.

"불쌍한 사람입니다. 밥 좀 주십시오."

예양의 아내는 그 목소리를 듣고서 귀가 번쩍 틔었다.

"틀림없는 내 남편이다!"

그러고는 가까이 가서 그 거지를 한참 살펴보더니,

"목소리는 똑같은데 사람이 다르구나!"

탄식하고 곧 다른 데로 가버렸다. 그 거지가 바로 예양이었다.

예양은 아내가 자기의 음성을 알아듣자 이젠 목소리도 고치기로 마음먹었다. 드디어 그는 많은 숯을 먹고 목소리를 바꾸었다.

음성까지 변해버린 예양은 다시 시험 삼아 거리로 돌아다니면서 밥을 빌었다. 그랬더니 그를 알아보는 사람은 아무도 없었다.

그런데 전부터 예양의 굳은 결심을 알고 있는 친구 한 사람이 있었다.

어느 날 그 친구는 거지 하나가 밥을 빌러 다니는 걸 유심히 바라보다가 혹시 예양이 아닌가 의심이 났다. 그 친구가 가까이 가서 조그만 목소리로 부른다.

"예양이여!"

그 거지가 돌아보고 말한다.

"왜 나를 불렀느냐?"

이에 그 친구가 예양을 자기 집으로 데리고 가서 음식을 대접하고는 말한다.

"그대가 죽은 지백을 위해서 원수를 갚을 결심이라면 좋은 수가 있네. 그만한 재주가 있는 그대라면 차라리 조양자에게 가서 벼슬을 구하지 그러냐? 그러면 조양자는 반드시 그대에게 높은 벼슬을 맡길 걸세. 조양자 곁에서 일을 보게 되면 기회를 보아 그를 죽이기도 참으로 용이하지 않겠는가? 그런데 왜 구차스레 얼굴과 몸을 망가뜨리고 목소리까지 바꿔 이 고생을 하나? 그러지 말고 내 말대로 쉬운 방법을 취하게."

예양이 정색하고 대답한다.

"그대 말은 고맙네. 그러나 내가 조양자의 가신으로 들어가서 그를 죽인다면 이는 두 가지 마음을 품는 것이 되네. 내가 이렇듯 몸에 옻칠을 하고 흉측스런 진물을 흘리며 숯을 먹어 음성까지 변질시킨 것도 다 지백을 위해 원수를 갚겠다는 일념에서일세. 곧 이 세상 모든 신하 된 사람에게 두 가지 마음을 품지 말라고 경고하려는 것일세. 그런데 내가 두 가지 마음을 품고 조양자의 가신으로 들어가서 그를 죽인다면 이 세상에 두 가지 마음을 품은 자들이 어찌 자기 잘못을 깨닫겠는가? 자, 이젠 그대와 작별하고 떠나야겠네. 아마 우리는 이 세상에서 다신 만나지 못할걸세."

친구의 집을 나온 예양은 그길로 진양성을 향해 떠났다. 그는 진양성에 당도하고서도 거리를 돌아다니면서 걸식을 했으나 아무도 알아보는 사람이 없었다.

조양자는 진양 땅에 있으면서 지난날에 지백이 만들어놓은 저수지를 둘러보았다. 그는 저수지를 없애버리기가 아까워서 그 위에다 다리를 놓고 사람들이 왕래하는 데 편리하게 만들었다. 그리고 그 다리 이름을 적교赤橋라고 명명했다. 곧 적赤은 붉다는 뜻이니 바로 불[火]의 빛인 것이다. 불이라야만 능히 물을 이길 수 있다는 뜻이다. 다시 말하자면 진수晉水의 모든 재앙을 미연에 막기 위해서 적교를 세워 물의 기운을 제압한다는 뜻이었다.

드디어 적교가 준공되었다. 이에 조양자는 수레를 타고 가서 준공된 적교를 보기로 했다.

그날 예양은 조양자가 새로 세운 다리를 보러 온다는 소식을 미리 내탐內探해서 알고는 가슴에 날카로운 비수를 품고 적교로 갔다. 적교에 당도한 예양은 다리 밑으로 들어가서 숫제 죽은 사람인 체하고 엎드려 있었다.

이윽고 조양자를 태운 수레가 적교로 가까이 왔다. 수레가 바로 적교 위로 들어서려던 찰나, 갑자기 말이 걸음을 딱 멈추고 연방 코를 불면서 슬피 울어댔다.

어자御者가 두 번 세 번 채찍질을 했으나 말은 꼼짝도 하지 않았다.

장맹담이 조양자에게 아뢴다.

"듣건대 훌륭한 말은 위태로운 곳으로 주인을 데리고 가지 않는다고 합니다. 이제 말이 적교를 건너가지 않으려고 버티는 걸 보니 이 다리에 음흉한 자가 숨어 있는 것이 틀림없습니다. 사람들을 시켜 다리 일대를 수색하십시오."

조양자는 수레를 멈추고 좌우 사람을 시켜 다리 일대를 수색하도록 분부했다.

얼마 후에 부하들이 돌아와서 아뢴다.

"이 근방엔 수상한 사람은 별로 없고 다만 다리 아래에 죽은 사람 하나가 누워 있더이다."

조양자가 말한다.

"새로 세운 다리에 어찌 시체가 있으리오. 필시 예양이란 놈이 그러고 있을 것이다. 당장 이리로 끌어내오너라."

조양자가 끌려온 자를 보니 비록 모습은 흉악하게 변했으나 틀림없는 예양이었다.

조양자가 큰소리로 예양을 꾸짖는다.

"지난날에 나는 법을 어기면서까지 너를 살려보냈다. 그런데 어찌하여 또 나를 암살하려고 왔느냐! 하늘이 어찌 너 같은 놈을 도울 리 있으리오! 곧 이놈을 참하여라."

예양이 하늘을 우러러 통곡하는데 그의 두 눈에서 피눈물이 흐른다.

좌우 사람이 묻는다.

"그대는 죽는 것이 무서우냐?"

예양이 대답한다.

"죽는 것은 무섭지 않다. 하나 내가 죽고 나면 지백의 원수를 갚아줄 사람이 없다. 다만 그것이 원통할 따름이다."

조양자가 묻는다.

"지난날 그대는 처음엔 범씨范氏를 섬겼다. 그런데 그 범씨 일족이 지백에게 망했을 때 그대는 목숨이 아까워서 범씨를 버리고 도리어 지백을 섬기지 않았느냐! 왜 옛 주인 범씨의 원수는 갚지 않고 이제 지백을 위해서만 원수를 갚아주려고 하느냐?"

예양이 대답한다.

"대저 임금과 신하는 의義로써 합치오. 임금이 신하를 자기 수족手足처럼 대우하면 그 신하는 임금을 자기 몸처럼 아끼게 되오. 이와 반대로 임금이 신하를 개돼지 대하듯 부리면 그 신하도 길 가는 사람 대하듯 임금을 대하게 마련이오. 내가 지난날 범씨를 섬겼을 때 범씨는 나를 일반 사람으로 대했소. 그러니 나 역시 범씨에게 일반 사람으로서 보답한 것이오. 그러나 지백은 나를 국사國士로서 대우했소. 그러므로 나도 국사로서 지백에게 보답하려는 것이오. 어찌 범씨와 지씨를 똑같이 취급할 수 있으리오."

조양자가 허리에 찬 칼을 풀어 예양에게 주며 말한다.

"그대의 마음이 그렇듯 철석같으니 나도 더 이상은 용서할 수 없다. 그러나 어찌 그대에게 형벌을 내릴 수 있으리오. 그대는 내 앞에서 자결하라."

예양이 그 칼을 받고 청한다.

"충신忠臣은 자기의 죽음을 두려워하지 않으며, 어진 임금은 다른 사람의 의리를 무시하지 않는 법이오. 지난날에 장군이 한 번 살려준 것만 해도 나는 만족하오. 어찌 다시 살려주기를 바라리오. 그러나 두 번씩이나 장군을 암살하려다가 실패하고 나니 이 원통한 심정을 풀 길이 없소. 청컨대 장군은 지금 입고 있는 그 옷을 벗어 나에게 주오. 나는 원수를 갚듯이 이 칼로 장군의 옷이나마 치고서 죽는다면 죽어도 눈을 감겠소."

조양자가 예양을 측은히 생각하고 비단 도포를 벗어 곁에 있는 사람에게 내주며 분부한다.

"이것을 예양에게 주어라."

예양은 칼을 바로잡고 성난 눈으로 조양자의 도포를 노려보았다. 그것은 원수를 직접 노려보는 표정이었다.

"야앗!"

예양은 외마디 소리를 지르며 칼을 높이 들고 세 번을 뛰어오르면서 비단 도포를 세 번 내리쳤다.

그런 후에 예양이 조양자를 향해 말한다.

"내 이젠 지하에 돌아가서 지백을 모시겠소."

그러고는 그 칼로 자기 배를 찌르고 쓰러져 죽었다.

지금도 예양이 자살했던 그 다리가 남아 있다. 후세 사람들은 적교를 예양교豫讓橋라고 고쳐 불렀다.

조양자는 눈앞에서 예양이 처절히 죽어가는 것을 보고 매우 슬퍼했다.

"곧 시체를 염하고 따뜻한 곳에 묻어주어라."

좌우 사람들은 비단 도포를 주워 조양자에게 바쳤다. 조양자가 비단 도포를 받아보니 칼에 맞아 찢어진 곳마다 피가 벌겋게 번져 있었다. 이것만으로도 예양의 지극한 복수심이 얼마나 철저했던 가를 알 수 있었다.

비단 도포에 번져 있는 피를 보고 조양자는 간담이 서늘해졌다. 너무나 큰 충격이었다.

이때부터 조양자는 병이 들어 앓기 시작했다.

위문후魏文侯

조양자趙襄子는 예양豫讓이 세 번 내리친 칼자국마다 피가 번져 있는 자기 도포를 보고 큰 충격을 받았다.

그때부터 그는 병들어 자리에 누운 이래로 1년이 지났다. 그러나 아무런 차도가 없었다.

조양자에겐 아들이 다섯 있었다. 지난날 조양자가 자기 형 조백로趙伯魯를 대신해서 조씨 집 종손宗孫이 되었다는 것은 이미 앞에서 말한 바다.

그래서 조양자는 조백로의 아들 조주趙周에게 대를 물려줄 작정이었다. 그런데 조주는 그리 오래 살지 못하고 일찍 죽었다. 그리하여 조양자는 조주의 아들인 조완趙浣을 종손으로 세웠다.

임종시에 조양자가 조완을 불러들여 유언한다.

"우리 조씨는 한씨韓氏, 위씨魏氏와 함께 지씨智氏 일족을 없애 버리고 그 토지를 몰수했기 때문에 형세가 부쩍 늘었다. 백성들도 우리 조씨에게 기꺼이 복종하고 있는 바다. 이런 기회에 너는 한씨, 위씨와 서로 손을 잡고 진晉나라를 세 조각으로 나누어 각기 하나씩 차지하도록 하여라. 그런 후에 종묘와 사직을 세워 나라의 기초를 열고 자손에게 대권大權을 전하여라. 만일 주저하다가 적당한 기회를 놓치기라도 하면 진나라에 영특한 임금이 나와서 우리의 권세를 거두어들이고 정치에 힘써 민심을 수습하게 될지도 모른다. 그러면 우리 조씨는 자연 망하고 마는 것이니 너는 각별히 유의하여 반드시 이 기회에 나라를 세우도록 하여라."

조양자는 말을 마치고서 세상을 떠났다.

조완은 조양자를 성대히 장사지내고 한강자韓康子에게 가서 그의 유언을 전했다. 이때가 바로 주고왕周考王 4년이었다.

같은 해에 진애공晉哀公도 세상을 떠나고 그 아들 유柳가 임금이 되었다. 그가 바로 진유공晉幽公이다.

마침내 한강자와 위환자魏桓子와 조완은 서로 모의하여 강주 · 곡옥曲沃 두 고을만 진유공에게 내주고 나머지 진나라 땅을 세 조각으로 나누어 각기 3분의 1씩 차지해버렸다.

그때부터 한씨 · 위씨 · 조씨 삼가三家는 스스로 삼진三晉이라고 청했다.

이렇게 되고 보니 진유공은 명색만 임금일 따름이지 미약하기 짝이 없었다. 마침내 진유공은 임금의 몸으로서 한씨와 조씨에게 아침 문안을 드리는 신세가 되었다. 진나라는 이제 임금이 신하 노릇을 하고 신하가 임금 노릇을 하기에 이르렀다.

한편, 제齊나라 정승 전반田盤은 진나라 삼가가 진나라 땅을 3분의 1씩 차지했다는 소문을 들었다. 이에 용기를 얻은 정승 전반은 자기 형제와 친척을 모조리 대부로 삼아 제나라의 모든 고을을 다스리도록 내주었다.

또한 전반은 사신을 보내어 삼진三晉을 크게 축하하고 서로 우호를 맺었다.

이때부터 천하 모든 나라는 제나라의 전씨와 진나라의 조씨·한씨·위씨와 국교를 맺고 왕래하며 친선했다. 결국 제나라 임금과 진나라 임금은 두 손 놓고 앉아 있는 한갓 허수아비에 지나지 않았다.

한때 천하 패권을 잡고 천하를 호령했던 제나라와 진나라가 다른 나라들보다 맨 먼저 몰락할 줄이야 누가 알았으리오.

이때 주周나라 주고왕은 그의 동생 게揭에게 하남성河南城을 주고 주공周公의 관직을 맡아보게 했다. 그리고 게의 아들 반班에게는 따로 공鞏 땅을 내주었다.

공 땅이 왕성王城 동쪽에 있기 때문에 반은 스스로 동주공東周公이라고 칭했고, 하남河南 땅이 왕성 서쪽에 있기 때문에 게는 스스로 서주공西周公이라고 칭했다. 그때부터 주나라도 동주東周와 서주西周로 나누어졌다.

그후 주고왕이 세상을 떠나자 아들 오누가 왕위에 올랐다. 그가 바로 주위열왕周威烈王이다.

주위열왕이 왕위에 오르기 전후해서 많은 인물들이 세상을 떠났다. 곧 모든 세대가 바뀌었다. 진晉나라에선 조완이 죽고 아들 조적趙籍이 대를 이었으며, 한강자가 죽고 손자 한건韓虔이 대를 이었으며, 위환자가 죽고 손자 위사魏斯가 대를 이었다. 또 제나라에선 전반이 죽고 손자 전화田和가 대를 이어받았다.

이들 진·제 두 나라 사가四家는 각기 큰 뜻을 품고 서로 깊이 사귀면서 밀어주고 도우며 대사를 도모했다.

주위열왕 23년에 느닷없이 뇌성벽력이 일어나 주나라의 구정九

鼎(중국의 구주九州를 상징하는 아홉 개의 가마솥)을 뒤흔들었다.

이 소문을 듣고 삼진三晉인 위씨·한씨·조씨가 모여앉아 서로 상의한다.

"주 왕실에 있는 구정은 하왕조夏王朝·은왕조殷王朝·주왕조周王朝 삼대를 전해내려온 것이오. 곧 천하를 전할 때 함께 전한 보물이지요. 그런데 뇌성벽력에 그 구정이 진동했다 하니 이제 주나라의 운수도 끝난 것 같소. 지금 우리는 각기 국가를 세운 지도 오래되었으나 아직 뚜렷한 승인을 받지 못하고 있소. 그러니 주 왕실이 쇠약한 이때에 각기 천자에게 사신을 보내어 우리를 제후諸侯로 승격시켜달라고 청합시다. 천자는 우리 삼진이 강하다는 걸 알고 있기 때문에 싫어도 승격시켜주지 않을 수 없을 것이오. 천자가 우리를 승인해주기만 하면 우리는 각기 제후로서 버젓이 행세할 수 있으며 의젓하게 부귀를 누릴 수 있소. 그리고 임금의 자리를 뺏었다는 소리도 듣지 않을 것이니 이 이상 기쁜 일이 어디 있겠소?"

이에 위사는 심복 부하 전문田文을, 조적은 심복 부하 공중련公仲連을, 한건은 심복 부하 협누俠累를 주 왕실로 보냈다.

그들 삼진의 세 신하는 많은 황금과 비단과 토산물을 가지고 주나라에 가서 주위열왕에게 바쳤다. 그리고 각기 주위열왕에게 자기 주공을 제후로 승인해달라고 청했다.

주위열왕이 그들 사자使者에게 묻는다.

"그래, 삼가는 진나라 땅을 다 차지했느냐?"

위씨의 사자 전문이 대답한다.

"진나라가 백성을 제대로 다스리지 못하므로 안팎에서 반란이 일어났습니다. 그래서 저희 삼가는 군사를 일으켜 반역한 신하들을 쳐서 물리치고 그들의 땅을 압수했을 뿐 임금의 땅을 빼앗은 것은 아닙니다."

주위열왕이 또 묻는다.

"이제 삼진三晋이 제각기 제후가 되고 싶다면 그냥 제후로서 행세해도 될 텐데, 왜 하필이면 짐의 승낙을 받으려고 하느냐?"

조씨의 사자 공중련이 대답한다.

"대대로 강한 힘을 길러온 삼진인 만큼 제후로서 행세하지 못할 건 없지만, 이렇듯 왕실에 고하는 것은 천자를 존중하기 때문입니다. 이제 왕께서 신들의 청을 승낙해주신다면 저희 삼진은 자손 대대로 왕께 충성을 다하고 주나라를 위해서 힘쓰겠습니다. 그러면 또한 주 왕실에도 큰 이익이 될 것입니다."

이 말을 듣고 주위열왕은 매우 기분이 좋았다. 왕이 즉시 내사內史를 불러 분부한다.

"조적에겐 조후趙侯를 봉하고, 한건에겐 한후韓侯를 봉하고, 위사에겐 위후魏侯를 봉한다는 첩지를 내려라. 그리고 그들에게 각기 보면黼冕과 규벽圭璧을 하사하여라."

마침내 삼진의 사신 전문 등은 주위열왕으로부터 모든 승인 조처를 받고 본국으로 돌아갔다.

그들이 조씨·한씨·위씨에게 왕명을 전하자 비로소 삼가는 모든 백성에게 왕명을 알리고 각기 자기가 임금이 되었음을 선포했다.

그리하여 조후는 중모中牟 땅에, 한후는 평양平陽 땅에, 위후는 안읍安邑에 도읍을 정했다. 그리고 각기 종묘와 사직을 세우고, 모든 나라로 신하를 보내어 새로 나라를 세우고 임금이 되었음을 알렸다. 이에 많은 나라가 사신을 보내어 그들을 축하했다.

한편, 진秦나라는 진晋나라를 버리고 초楚나라에 붙은 이후로 중국과 거래를 끊었다. 중국 또한 진秦나라를 오랑캐로 대접했다. 그래서 진秦나라만이 삼진에 사신도 보내지 않고 아무런 축하도 하지 않았다.

그런 지 얼마 후에 삼진은 마침내 진정공晉靖公을 폐위시켜 궁중에서 몰아냈다. 이리하여 진정공은 순純 땅으로 쫓겨나 한갓 백성 신세가 되고 말았다. 삼진은 진정공이 가졌던 땅마저 셋으로 나눠 가졌다.

결국 진晉나라는 당숙우唐叔虞로부터 진정공에 이르기까지 29대 만에 멸망하고 말았다.

염옹이 시로써 멸망한 진나라를 탄식한 것이 있다.

여섯 신하가 진나라 세도를 잡았다가 넷으로 줄어들더니 다시 삼가三家의 세상이 되어

마침내 그들은 각기 임금이라 일컬으며 부끄러워할 줄도 몰랐도다.

신하에게 함부로 병권과 세도를 내주지 마라

못난 임금이 간악한 신하를 끌어들인 예가 허다하도다.

六卿歸四四歸三

南面稱侯自不慚

利器莫教輕授柄

許多昏主導奸貪

또 삼진을 승인해준 주위열왕을 논평한 시가 있다.

주 왕실은 명색뿐 실권이 없어서

각기 임금 노릇을 하는 삼진을 막지 못했도다.

아무리 승인해주지 않는다 해도 결국 그들은 임금이 되고야

말았을 것이니

삼진을 책망할 일이지 주위열왕을 탓할 건 없도다.

王室單微似贅瘤

怎禁三晉不稱侯

若無冊命終成竊

只怪三侯不怪周

그들 삼진 중에서도 위문후魏文侯● 사사가 가장 어진 임금이었
다. 그는 사심私心을 버리고서 모든 선비를 공경했다.

그때 공자孔子의 유명한 제자 자하子夏가 서하西河 땅에서 제자
들을 가르치고 있었다. 위문후는 친히 서하 땅으로 가 자하 밑에
서 경서經書를 배웠다.

또 위성魏成이 위문후에게 현자賢者 전자방田子方을 천거했다.
이에 위문후는 전자방과 친구로서 사귀었다.

위성은 위문후에게 서하 땅 사람인 단간목段干木의 덕행 또한
놀랍다고 말하며 천거했다. 이에 위문후는 수레를 타고 단간목의
집으로 갔다.

단간목은 위문후가 온다는 말에 자기 집 뒷담을 넘어 몸을 피했다.

위문후가 찬탄한다.

"단간목은 참으로 고고孤高한 선비인저!"

위문후는 서하 땅에 한 달을 머물면서 날마다 단간목의 집으로
갔다. 그는 단간목의 집에 가까워지면 반드시 수레 속에서 기립하
고 먼저 경의부터 표했다.

단간목도 그러한 위문후의 정성엔 감동하지 않을 수 없었다. 결국 한 달 만에 단간목은 문밖에 나가서 위문후를 영접했다.

그날로 위문후는 단간목을 수레에 태워서 함께 중모성中牟城으로 돌아갔다. 그후 위문후는 단간목과 전자방을 상빈上賓으로 삼았다. 이에 사방에서 선비들이 이 소문을 듣고 위문후를 찾아가 벼슬을 살았다.

또 이극李克·책황翟璜·전문田文·임좌任座 등 일류 모사謀士들이 위나라 조정에서 위문후를 섬겼다. 당시로 말하자면 위나라만큼 훌륭한 인물이 많이 모인 나라도 없었다.

그래서 진秦나라가 누차 위나라를 치려고 했으나 워낙 훌륭한 인물이 많았기 때문에 단념하곤 했다.

어느 날이었다.

위문후는 우인虞人*(수렵狩獵을 맡아보는 관리)에게 다음과 같은 약속을 했다.

"내일 오시午時에 교외에 나가서 사냥을 할 터이니 그리 알고 준비하여라."

그런데 이튿날은 공교롭게도 아침부터 비가 쏟아지면서 날씨가 몹시 추웠다. 위문후는 술을 내오게 하여 모든 신하와 함께 마셨다. 모두 얼근히 취해 한창 기분들이 좋았을 때였다.

갑자기 위문후가 묻는다.

"오시가 되려면 아직도 멀었느냐?"

좌우에서 내시內侍가 아뢴다.

"지금이 바로 오시입니다."

위문후가 분부한다.

"술상을 치우고 속히 수레를 대령시켜라. 곧 교외로 사냥하러

나가야겠다."

모든 신하가 아뢴다.

"이렇듯 비가 오는데 무슨 사냥을 하신다고 하십니까? 가셔야
헛일입니다."

"나는 우인과 약속을 했소. 그는 틀림없이 교외에서 나를 기다
리고 있을 것이오. 사냥이야 하든 말든 약속은 지켜야 하오."

위문후는 비를 맞으며 교외로 수레를 달렸다. 백성들은 그 광경
을 보고서 모두 괴이하게 생각했다. 그러다가 위문후가 우인과의
약속을 지키기 위해서 갔다는 소문을 듣고는 백성들이 서로 감탄
한다.

"우리 임금은 저렇듯 신용을 지키시는구나!"

임금이 그러했기 때문에 신하들도 법을 어기는 자가 없었다.

이때 진晉나라 동쪽에 중산中山이란 조그만 나라가 있었다. 그
곳 임금은 희씨姬氏 성으로서 주 왕실로부터 받은 벼슬은 자작子
爵이었다. 그들은 바로 백적白狄의 별종別種이었다. 세상에선 중
산국中山國을 선우鮮虞라고도 했다.

중산국은 진소공晉昭公 때부터 수시로 진나라에 반란을 일으켰
다. 그럴 때마다 진나라는 그들을 정벌했다. 그러다가 지난날에
조간자趙簡子가 중산국을 쳐서 비로소 항복을 받았다. 이에 중산
국은 해마다 진나라에 조공朝貢을 바쳤다.

그런데 진나라가 삼진으로 나누어지자 중산국은 어디를 섬겨야
좋을지 몰라서 아무 데도 조공을 바치지 않았다.

중산국의 임금 희굴姬窟은 술을 매우 좋아했다. 그는 낮이나 밤
이나 술만 마시며 어진 신하들을 멀리하고 소인배만 가까이했다.

그러니 나라 꼴이 말이 아니었다. 백성들 간엔 실업자만 늘어나 갖가지 불상사가 속출했다.

이에 위문후는 중산국을 치기로 결심하고 모든 신하와 함께 상의했다.

위성魏成이 아뢴다.

"중산국은 서쪽 조趙나라와 가깝고 남쪽에 있는 우리 위나라와는 거리가 멉니다. 만일 우리가 중산국을 쳐서 얻는다 할지라도 그곳을 지키기는 어렵습니다."

위문후가 대답한다.

"그러나 조나라가 중산국을 차지하는 날이면 우리는 북쪽 세력을 견제할 도리가 없소."

책황翟璜이 아뢴다.

"신이 한 사람을 천거하겠습니다. 그 사람의 성은 악樂이며 이름은 양羊이라고 합니다. 악양은 우리 나라 곡구穀邱 땅 출신으로 문무를 겸비한 사람입니다. 그를 대장으로 삼으십시오."

위문후가 묻는다.

"어째서 그가 대장감이라고 생각하오?"

책황이 설명한다.

"언젠가 악양은 길을 가다가 바닥에 떨어져 있는 황금을 주워 집으로 돌아간 일이 있었습니다. 그날 악양의 아내는 그 황금에다 침을 뱉으며 말했습니다. '지사志士는 남몰래 샘물도 마시지 않으며, 염치 있는 사람은 아니꼬운 음식이면 받지를 않는다고 합니다. 누구 것인지 내력도 알 수 없는 이런 황금을 무엇하러 주워와서 그대의 고결한 인격을 더럽히십니까?' 악양은 아내의 말에 감격하여 즉시 그 황금을 들고 나가서 늘에 버렸습니다. 그후 그는 아내와 이별하고 노魯나라와 위衛나라로 가서 학문에 정진했습니다. 그러나 불과 1년 만에 집으로 돌아왔습니다. 그때 베틀로 비단을 짜던 아내가 악양에게 물었습니다. '그대는 배움의 길을 성취하셨습니까?' 악양은 '아직 성취하지 못했노라'고 대답했습니다. 그러자 아내는 즉석에서 칼을 뽑아 베틀의 실을 모조리 끊어버렸습니다. 악양은 놀라 그 까닭을 물었습니다. 그때 아내의 대답은 이러했습니다. '사내대장부는 학문을 성취한 후라야만 가히 행동할 수 있습니다. 그것은 마치 비단을 다 짠 후라야만 옷을 만들어 입을 수 있는 것과 같습니다. 그런데 그대가 중도에서 학문을 폐하고 돌아왔으니 첩이 칼로 끊어버린 이 베틀의 비단과 무엇이 다르겠습니까?' 악양은 아내의 말에 감복하고 다시 집을 떠났습니다. 그후 7년이 지났건만 집에 돌아오지 않고 있습니다. 그 악양이 지금 우리 위나라에 있습니다. 그는 뜻이 높아 조그만 벼슬을 마다하고 외로이 세월을 보내는 중입니다. 그러니 상감께선 악양을 불러서 쓰십시오."

위문후가 즉시 책황에게 분부한다.

"그대는 곧 가서 노거輅車(임금이 타는 수레)로 악양을 모셔오오."

좌우에서 신하들이 반대한다.

"신들이 듣건대 악양의 큰아들 악서樂舒는 지금 중산국에서 벼슬을 살고 있다고 합니다. 그러한 악양을 어찌 대장으로 삼을 수 있습니까?"

책황이 말한다.

"악양은 공명功名을 소중히 생각하는 선비입니다. 한번은 중산국에서 벼슬을 살고 있는 악서가 그 임금에게 자기 아버지를 천거하고 사람을 보내어 부른 일이 있었습니다. 그러나 악양은 중산국 임금이 무도한 사람이라 해서 거절하고 아들 악서에게 가지 않았습니다. 주공께서 그러한 악양에게 대장의 책임을 맡기신다면 어찌 성공하지 못할 리 있겠습니까?"

위문후는 악양을 부르기로 결심했다.

이튿날 책황은 악양을 데리고 궁으로 들어갔다.

위문후가 악양에게 묻는다.

"과인은 그대에게 중산국 칠 일을 맡기고자 하오. 그러나 그대의 아들이 중산국에서 벼슬을 살고 있으니 어찌하면 좋겠소?"

악양이 대답한다.

"원래 대장부는 공을 세우고 업적을 남기며 각기 그 임금을 위해서 힘쓸 뿐이지요. 개인적인 사정 때문에 어찌 공사公事를 폐할 수야 있겠습니까? 신이 중산국을 격파하지 못할 경우엔 군법을 달게 받겠습니다."

위문후가 감격한다.

"그대에게 그만한 신념이 있다면 과인인들 어찌 그대를 믿지 않으리오."

드디어 위문후는 악양을 원수元帥로 삼았다.

이에 원수 악양은 서문표西門豹를 선봉으로 삼고 군사 5만 명을 거느리고서 중산국으로 쳐들어갔다.

한편 중산국 임금 회굴은 급보를 받고 대장 고수鼓須에게 군사를 거느리고 추산楸山에 둔치도록 했다. 이리하여 고수는 위나라 군사를 막기 위해 추산에 가서 진을 쳤다.

한편 악양은 중산국 군사를 무찌르기 위해서 일단 문산文山에 영채를 세웠다. 그들은 한 달 남짓 서로 버티기만 하고 승부를 결정짓지 못했다.

악양이 서문표에게 말한다.

"내 주공 앞에서 말하기를 이기지 못하면 군법을 달게 받겠다하고 왔는데, 벌써 한 달이 지났건만 조그만 공로도 세우지 못했으니 어찌 부끄럽지 않으리오. 내가 추산을 본즉 가래나무[楸]가 많은지라. 이럴 때에 진실로 담대한 용사가 있어 추산으로 숨어들어가 가래나무에 불을 지르고 숲을 태우면 적군은 필시 혼란에 빠질 것이오. 적군이 혼란한 틈을 타서 우리가 무찌른다면 어찌 이기지 못할 리 있으리오."

서문표가 자원한다.

"바라건대 소장이 가서 추산에 불을 지르겠습니다."

이때가 8월 중추中秋였다.

중산국 임금 희굴은 사람을 시켜 양고기와 술을 추산으로 보내어 대장 고수의 수고를 위로했다.

중산국 대장 고수는 가을밤 밝은 달 아래 임금이 보내준 술과 고기를 먹으면서 한껏 기분을 냈다.

밤은 점점 깊어 삼경三更이 되었다.

한편, 위나라 선봉 서문표는 날쌘 군사들을 거느리고 추산으로 몰래 들어가서 인화약引火藥을 뿌리고 각기 횃불을 켜서 숲 속으로 던졌다.

때가 마침 건조한 가을이라 풀과 나무가 적당히 말라 있었기 때문에 가래나무 숲에서 사방으로 불이 맹렬히 치솟아올랐다.

고수는 사방에서 일어난 불길이 숲을 태우며 점점 영채로 몰려들자 매우 놀랐다. 취중에 그는 군사들을 거느리고 산불을 끄려고 서둘렀다. 그러나 온 산을 빙 둘러싸고 몰려오는 불길을 끌 도리가 없었다. 마침내 중산국 군사는 일대 혼란에 빠졌다.

고수는 전방에 위나라 군영이 있기 때문에 결국 추산 뒤로 달아나기 시작했다. 그러나 이미 추산 뒤에 매복하고 있던 악양은 고수가 도망쳐오는 걸 보고 일시에 내달아가 정면으로 쳤다. 이에 중산국은 대패했다. 고수는 죽을힘을 기울여 위나라 군사와 싸우다가 겨우 사지死地를 뚫고 달아났다.

고수는 열심히 달아나 백양관白羊關에 당도했다. 그러나 곧 뒤쫓아온 위나라 군사의 공격에 견디다 못해 백양관까지 버리고 달아났다.

악양은 군사를 거느리고 뒤쫓아가면서 중산국 군사를 크게 무찔렀다.

싸움에 패한 중산국 대장 고수가 패잔병을 거느리고 달아나 임금 희굴에게 가서 아뢴다.

"악양은 용기와 지혜를 겸비한 장군입니다. 신으로선 도저히 당적할 수 없습니다."

며칠 후 악양은 중산성中山城을 완전히 포위했다. 중산국 임금 희굴은 몹시 분해했지만 어찌할 도리가 없었다.

대부 공손초公孫焦가 임금 희굴에게 아뢴다.

"악양은 바로 우리 나라에서 벼슬을 살고 있는 악서樂舒의 친아버지입니다. 상감께선 악서를 시켜 악양을 물러가게 하십시오."

희굴이 악서를 불러 분부한다.

"그대의 아비가 위나라 장수가 되어 지금 우리 나라 성을 치고 있다. 그대는 성 위에 올라가서 아비를 물러가게 하여라. 그대가 위나라 군사를 물러가게만 해준다면 내 마땅히 큰 고을을 주리라."

악서가 대답한다.

"신의 아버지는 전부터 중산국에서 벼슬 살기를 거부하고 그후 위나라에 몸을 맡겼습니다. 이젠 신은 신대로, 아버지는 아버지 대로 각기 자기 임금을 섬기는 처지입니다. 그러므로 신이 권한다고 물러갈 리 있겠습니까?"

그러나 임금 희굴은 악서에게 성 위로 올라가도록 강요했다.

악서가 부득이 성 위로 올라가서 아래를 굽어보고 큰소리로 외친다.

"청컨대 나의 아버지 악양 장군을 만나게 해주오!"

성 위에서 부르짖는 아들의 목소리를 듣고 악양은 갑옷을 입고서 누거樓車 위로 올라갔다. 그러나 악서는 막상 아버지를 보자 아무 말도 하지 못했다.

악양이 아들을 꾸짖는다.

"자고로 군자는 위태로운 나라에 머물지 않으며 어지러운 조정에서 벼슬을 살지 않는 법이다. 그런데 너는 부귀를 탐하여 머물러야 할 곳인지 떠나야 할 곳인지마저도 분별을 못하는구나. 나는 위나라 상감의 명령을 받고 중산국의 죄를 치는 동시에 이곳 백성들을 위로하러 왔다. 너는 네 임금에게 속히 항복하라고 권하여라. 그러기 전에는 두 번 다시 이 아비와 만날 생각을 말아라!"

악서가 아버지에게 청한다.

"중산국이 항복하느냐 안 하느냐는 것은 임금의 생각 여하에 달려 있습니다. 어찌 소자가 마음대로 할 수 있겠습니까. 바라건대 아버지께서는 일단 공격을 멈추시고 이곳 임금과 신하가 서로 상의할 수 있도록 여유를 주십시오."

악양이 대답한다.

"그렇다면 앞으로 한 달 동안만 공격을 하지 않으마. 이는 아비와 자식 간의 정리를 생각해서 들어주는 것이다. 너의 임금과 신하들에게 속히 의논하여 결정짓도록 일러라. 너희들이 잔꾀를 부리다가는 재미롭지 못하리라!"

악양이 누거에서 내려와 모든 군사에게 명령한다.

"중산성을 포위만 하고 공격은 하지 말아라."

임금 희굴은 위나라 군사가 성을 공격하지 않자 과연 악양이 자식을 사랑하기 때문에 주저하는 줄로만 알았다. 그렇다고 그에게 별 뾰족한 계책이 있는 것도 아니었다. 그는 그저 세월이 지나면 무슨 수가 생기겠지 하고 막연히 생각했다.

그러는 동안에 약속한 한 달이 지났다.

악양은 즉시 부하 한 사람을 중산국 임금 희굴에게 보내어 항복하라고 독촉했다. 이에 희굴은 또다시 악서를 성 위로 올려보냈다. 악서는 슬피 아버지를 부르며 좀더 여유를 달라고 외쳤다. 악양은 성 위를 쳐다보고 아들 악서에게 다시 한 달 동안의 여유를 주겠다고 대답했다.

그후 다시 한 달이 지나자 희굴은 또 악서를 성 위로 올려보내어 좀더 시간적 여유를 달라고 청하게 했다. 이에 악양은 다시 한 달 동안의 여유를 주었다.

이렇듯 세 번씩이나 여유를 주었기 때문에 그동안 3개월이란 시간이 지났다. 그래도 중산국은 항복하지 않았다.

서문표西門豹가 악양에게 묻는다.

"원수께선 중산국을 칠 생각이 없으십니까? 벌써 3개월이 지났는데 왜 공격을 하지 않습니까?"

악양이 대답한다.

"우리가 중산국을 치러 온 것은 그 임금이 백성을 사랑하지 않기 때문이었소. 만일 급히 서둘러 공격하면 결국 백성들만 더 상하오. 내가 3개월 동안 공격을 하지 않은 것은 비단 아비로서 자식에 대한 정리를 다하려는 것만이 아니라 중산국의 민심을 얻기 위해서요."

한편, 위나라 대신들 대부분은 원래부터 속으로 악양을 좋아하지 않았다. 이는 악양이 일조에 원수가 된 데 대한 질투 때문이었다. 그들은 악양이 3개월 동안이나 중산성을 공격하지 않고 있다는 보고를 들었다. 드디어 대신들은 위문후에게 악양을 참소讒訴하기 시작했다.

"악양은 파죽지세破竹之勢로 쳐들어가서 중산성을 포위했건만 아들 악서의 말 한마디에 3개월 동안이나 공격을 하지 않고 있다하니, 이 한 가지 사실만 봐도 그들 부자의 정이 얼마나 깊은가를 알 수 있습니다. 주공께서 악양을 소환하지 않으시면 군사와 비용만 허비할 뿐 우리 위나라에 아무런 이익도 없을 것입니다."

그러나 위문후는 신하들의 말을 듣지 않고 책황翟璜과 상의했다.

책황이 아뢴다.

"악양이 3개월 동안이나 중산성을 치지 않은 데엔 반드시 무슨깊은 계책이 있을 것입니다. 주공께선 악양을 의심하지 마십시오."

그후로도 신하들은 위문후에게 계속해서 상소장上疏狀을 올렸다. 그들의 상소장 중엔 희굴과 악양이 중산국을 반씩 나눠 갖기로 짰다는 둥, 악양이 중산국과 공모하여 곧 위나라로 쳐들어올것이라는 둥 별의별 중상모략이 다 적혀 있었다.

위문후는 그 많은 신하들의 상소장을 상자 속에 넣어만 두었다. 그러고는 때때로 사자를 중산국으로 보내어 악양을 위로했다. 그는 악양이 개선해서 돌아오면 주려고 도성 안에다 좋은 집까지 장만해두었다.

이에 악양은 위문후에게 깊이 감격했다. 그는 중산국이 끝까지 항복하지 않자 마침내 총공격령을 내렸다.

그러나 중산성은 너무나 견고했고, 성안엔 많은 곡식이 쌓여 있었다. 더구나 중산국 대장 고수와 공손초는 밤낮으로 성을 굳게 경비하고 있었다. 그들은 위나라 군사가 공격해오기만 하면 성 밑으로 큰 나무와 돌을 빗발치듯 떨어뜨렸다.

그리하여 다시 몇 달이 지났건만 악양은 중산성을 격파하지 못했다. 악양은 노심초사하던 나머지 마침내 서문표와 함께 나아가 성 위에서 쏟아져내려오는 화살과 돌을 무릅쓰고 앞장서서 군사를 지휘했다.

이에 위나라 군사는 중산성의 동서남북에 위치한 네 문門에 치열한 공격을 감행했다.

중산국 대장 고수는 성 위에서 군사들을 지휘하다가 마침내 밑에서 쏘아올리는 위나라 군사의 화살에 머리를 맞고 죽었다.

성안에선 통나무와 돌이 부족해서 마침내 모든 가옥과 담까지 헐어 성 밑 위나라 군사에게 내던졌다.

그러나 위나라 군사의 공격은 더욱 치열해졌다. 마침내 중산성은 위기에 빠졌다.

공손초가 임금 희굴에게 아뢴다.

"사태가 매우 급합니다. 이제 위나라 군사를 물리치기 위해서는 한 가지 계책밖에 없습니다."

희굴이 묻는다.

"그 한 가지 계책이란 무엇이냐? 어서 말하라."

공손초가 계책을 아뢴다.

"악서가 아비에게 세 번이나 여유를 달라고 청했을 때 악양은 세 번 다 그 청을 들어주었습니다. 그것만 봐도 악양이 얼마나 아들을 사랑하는지 알 수 있습니다. 그러니 이젠 악서를 높은 장대에 비끄러매어 성 위에 내세우십시오. 악서가 아비를 부르면서 살려달라고 애걸하면 악양은 결코 공격을 하지 못할 것입니다."

희굴은 공손초의 계책대로 했다.

이에 악서를 비끄러맨 높은 장대가 성 위로 덩그러니 솟아올랐다. 악서가 까마득한 성 밑을 굽어보고 큰소리로 애걸한다.

"아버지여! 이 몸을 살려주소서. 아버지께서 물러가지 않으시면 소자는 죽습니다!"

악양이 머리를 번쩍 들어 아들을 쳐다보고는 큰소리로 꾸짖기 시작한다.

"너는 참으로 불초不肖한 자식이다. 이 아비의 말을 자세히 듣거라. 너는 벼슬을 살면서도 그 나라를 위해서 기이한 계책을 세우지 못했고 적과 싸워 이기지 못했으니 스스로 부끄럽지 않느냐! 또 나라가 망하게 되었으면 목숨을 걸고라도 임금에게 화평을 청하도록 권하고 우선 도탄에 빠진 백성을 구제해야 할 것이거늘 그것마저 못했으니 스스로 부끄럽지 않느냐! 그러고도 젖비린내 나는 아이처럼 살려달라고 애걸복걸하니 차마 그 꼴을 볼 수가 없구나! 너 같은 놈을 살려두느니 차라리 내 손으로 죽여버려야겠다!"

악양은 말을 마치자마자 활을 들어 아들을 쏘려고 했다.

장대에 매달린 악서가 기겁을 하고 성 위의 중산국 군사에게 황급히 외친다.

"나를 속히 내려다오! 큰일났다!"

중산국 군사는 급히 장대를 눕혀 성 위로 악서를 내려놓았다.

악서가 임금 희굴에게 아뢴다.

"신의 아버지는 위나라를 섬길 뿐 자식을 생각지 않습니다. 그러니 상감께선 성을 지킬 도리를 새로이 강구하십시오. 신은 상감께 죽음을 청함으로써 위나라 군사를 물리치지 못한 죄를 씻겠습니다."

곁에서 공손초가 아뢴다.

"그 아비가 우리의 성을 치니 자식에게도 죄가 없지 않습니다. 상감께선 악서에게 죽음을 내리십시오."

임금 희굴이 비통한 목소리로 대답한다.

"그러나 이것이 악서의 죄는 아니다!"

공손초가 다시 아뢴다.

"악서만 죽으면 신에게 또 위나라 군사를 물리칠 계책이 서 있습니다."

드디어 임금 희굴은 허리에서 칼을 뽑아 악서에게 주었다. 악서는 칼을 받아 그 자리에서 자기 목을 찌르고 죽었다.

공손초가 계책을 아뢴다.

"이 세상에서 자식을 생각하는 아비의 사랑보다 더 큰 사랑은 없습니다. 그러니 이 악서의 시체로 국을 끓여서 악양에게 보내십시오. 악양이 자식을 끓인 그 국을 보면 틀림없이 슬픔을 참지 못하고 통곡할 것입니다. 슬픔이 지나치면 넋을 잃게 되고, 넋을 잃으면 싸울 생각도 없어집니다. 바로 그때 상감께선 군사를 거느리고 나가서 위나라 군사를 무찌르십시오. 다행히 이기게 되면 계속 다음 계책을 쓸 수 있습니다."

임금 희굴은 하는 수 없이 공손초가 시키는 대로 했다. 이에 중산국 사자는 악서의 시체로 끓인 국과 그 머리를 가지고 위나라 군영에 가서 악양에게 바쳤다.

"우리 상감께선 위나라 군사를 물러가도록 하지 못한 죄를 물어 악서 장군을 죽이고 그 시체로 국을 끓였습니다. 이제 그 국을 가지고 왔습니다. 지금 중산성에는 악서 장군의 처자가 남아 있습니다. 만일 원수께서 중산성을 다시 치기만 하면 우리 상감께선 즉시 악서 장군의 유족을 다 죽여버릴 작정이십니다. 그러니 원수께선 며느리와 손자를 위해서라도 곧 물러가십시오."

악양이 아들 악서의 머리를 보고 큰소리로 꾸짖는다.

"이 변변치 못한 놈! 너는 무도한 임금을 섬겼으니 누구를 원망하리오. 네가 스스로 죽음을 청한 거나 다름없다!"

악양이 중산국 사자가 보는 앞에서 그 국 한 그릇을 다 먹고는 말한다.

"너의 임금이 국을 보내주어서 잘 먹었다. 중산성을 함락하는 날에 내 너의 임금을 직접 만나 감사하리라. 우선 너의 임금에게 돌아가서 우리 군중에도 가마솥이 있다는 사실을 알려라!"

사자는 돌아가서 임금 희굴에게 일일이 보고했다.

임금 희굴은 악양이 죽은 자식을 보고도 전혀 슬퍼하지 않더라는 보고를 듣고 도리어 큰 근심에 잠겼다.

이튿날부터 위나라 군사의 공격은 더욱 치열해졌다. 이제 중산성의 함락은 시간 문제였다. 위나라 군사가 성안으로 들어오는 날이면 임금 희굴은 어떤 무서운 곤욕과 죽음을 당할지 모를 일이었다.

이에 임금 희굴은 후궁으로 들어가서 목을 졸라매고 자살했다.

임금 희굴이 죽자 만사는 끝났다. 마침내 공손초는 성문을 열고 위나라 군사 앞에 나아가서 항복했다.

악양은 일일이 죄목을 들어 공손초를 꾸짖고 그 자리에서 쳐죽이고 난 후, 중산국 백성들을 위로했다.

연후에 악양은 서문표에게 군사 5,000명을 주어 중산국을 지키게 하고 궁중의 보물을 모조리 거두어 위나라로 회군했다.

위문후는 악양이 중산국을 무찌르고 개선해 돌아온다는 보고를 받고 친히 성문 밖까지 나가서 그들을 영접했다.

위문후가 악양을 위로한다.

"이번에 장군이 국가를 위해서 아들을 잃었으니 이는 다 과인의 허물인가 하오."

악양이 머리를 조아리며 대답한다.

"상감의 분부를 받은 신이 어찌 사적인 정情을 돌볼 수 있겠습니까."

악양은 위문후와 함께 수레를 타고 백성들의 환호성에 싸여 궁으로 들어갔다. 그는 위문후에게 정식으로 중산국의 지도와 가지고 온 보물을 바쳤다. 이에 모든 신하는 만세를 부르며 승리를 축하했다.

위문후는 내대內臺에서 잔치를 베풀고 친히 악양에게 술을 권했다. 악양은 임금이 주는 술잔을 받아서 마시고 자못 의기양양했다.

잔치가 끝났을 때, 위문후가 좌우 시신侍臣에게 분부한다.

"두 개의 큰 상자를 이리 내오너라."

이윽고 좌우 시신이 큰 상자 두 개를 들고 나왔다. 그 상자들은 단단히 봉해져 있었다.

위문후가 다시 분부한다.

"그것을 악양의 집까지 갖다드려라."

이에 악양은 속으로 생각했다.

'필시 저 상자 속엔 금은보화가 가득 들어 있을 것이다. 임금은

모든 신하가 혹 질투할까 염려하여 저렇듯 단단히 봉해서 나의 집까지 보내주는 것이구나!'

악양이 집에 돌아가서 집안 사람에게 분부한다.

"두 상자를 중당 안에 들여놓고 물러가거라!"

그러고는 혼자서 그 상자를 열어보았다. 그러나 천만뜻밖에도 상자 안에는 금은보화가 아니라 모든 신하의 상소장이 가득 들어 있었다.

그 상소장 전부가 악양이 상감을 배반할 생각이란 것과 그러니 악양을 속히 죽여야 한다는 내용이었다.

악양은 심히 놀랐다.

"음, 내가 없는 동안에 모든 대신이 이렇듯 나를 참소했구나! 만일 상감께서 나를 깊이 신임하지 않았다면 내 어찌 이번에 성공할 수 있었으리오!"

이튿날 악양은 궁에 들어가서 위문후에게 깊이 감사드렸다. 위문후는 악양의 공로를 논하여 최고의 상을 주었다.

악양이 두 번 절하고 사양한다.

"이번에 중산국을 쳐서 이긴 것은 오로지 국내에서 상감께서 도와주신 덕분입니다. 신은 그저 싸움터에 서서 견마지성犬馬之誠을 다한 데 불과합니다. 그러한 신이 무슨 공로가 있다고 상을 받겠습니까?"

위문후가 대답한다.

"과인이기에 장군을 그만큼 신임한 것도 사실이지만, 장군이기에 과인의 소원을 이렇듯 성취시켜준 것도 사실이오. 이번에 장군은 너무나 수고가 많았소. 앞으론 아무 걱정 말고 편안히 살도록 하오."

이에 위문후는 악양을 영수군靈壽君에 봉하고 그 대신 모든 병권을 거두어들였다.

책황이 나아가 위문후에게 묻는다.

"상감께선 악양이 위대한 장수란 걸 잘 아시면서도 어찌하여 그의 병권을 모두 거둬들이셨습니까? 그에게 군사를 맡기면 우리 나라를 튼튼히 방비할 수 있습니다. 그런 유망한 인재를 편안히 쉬게 해서는 안 됩니다."

이에 위문후는 그저 웃기만 하고 아무 대답도 하지 않았다.

책황은 궁에서 나오다가 이극李克을 만나 방금 전에 자기가 위문후에게 말한 뜻을 다시 되풀이했다.

이극이 조금 전에 위문후가 웃음짓던 그런 표정을 지으면서 대답한다.

"악양은 자기 자식을 사랑하지 아니한 사람이오. 자기 자식도 사랑하지 않는 사람이 하물며 타인에게야 무슨 짓인들 못하겠소. 옛날에 역아易牙가 자식을 죽여서 요리를 만들어 제환공齊桓公에게 먹인 일이 있었소. 그러나 당시에 관중管仲이 역아를 믿을 사람이 못 된다고 단정한 것도 다 그 때문이었지요."

이 말을 듣고서야 책황은 그 뜻을 크게 깨달았다.

한편 위문후는 속으로 생각했다.

'중산 땅은 너무 멀다. 반드시 믿을 만한 사람을 보내서 지키도록 해야만 걱정이 없겠다.'

이에 위문후는 자기 아들 세자 격擊을 중산군中山君으로 봉하여 그곳을 다스리게 했다.

세자 격은 중산군이 되어 중산으로 부임해가다가 도중에 우연히 다 낡아빠진 수레를 타고 오는 전자방田子方을 만났다. 그는 당대에 청렴하기로 정평이 나 있었다.

세자 격은 황망히 수레에서 내려 길 옆으로 비켜서서 전자방에게 경의를 표했다. 그러나 전자방은 세자 격을 쳐다보지도 않고 그냥 지나가버렸다.

세자 격이 슬며시 화가 나서 시종배에게 분부한다.

"저 수레를 붙들어세워라!"

시종배가 쫓아가서 전자방의 수레를 붙들어 왔다.

세자 격이 전자방에게 묻는다.

"내 그대에게 물어볼 말이 있소! 대저 부귀한 자가 사람에게 교만스레 굽디까, 아니면 빈천한 자가 사람에게 교만합디까? 자, 어느 쪽이오?"

전자방이 웃으며 대답한다.

"자고로 빈천한 자가 남에게 교만하지, 어찌 부귀한 사람이 교만할 리가 있겠소. 대저 일국의 임금이 백성에게 교만히 굴면 사직을 보존하지 못하며, 대부가 수하 사람에게 교만히 굴면 종묘를 받들지 못하오. 옛날에 초영왕楚靈王은 교만히 굴다가 나라를 망쳤으며, 근자에 지백智伯은 교만히 굴다가 집안을 망쳤소. 이만하면 부귀는 족히 믿을 것이 못 된다는 걸 알 수 있소. 반대로 가난한 선비는 어떤고 하니, 먹는 것은 잡곡밥에 불과하고 입는 것은 거친 베옷에 불과하지만 누구에게도 요구할 것이 없기 때문에 세상에도 아무 욕심이 없소. 그저 선비를 좋아하는 임금이 있으면 그곳에 가서 벼슬을 살기도 하고 또 뜻이 맞으면 그 임금을 위해서 노력도 하지만, 그렇지 못할 경우엔 벼슬을 버리고 유유히 떠나가오. 그러니 누가 그를 막겠소? 그러기에 옛날 주무왕周武王은 만승萬乘 천자天子 주왕紂王을 잡아죽일 수 있었지만 수양산首陽山의 백이伯夷와 숙제叔齊만은 굴복시키지 못했소. 그러기에 빈천한 사람에게도 이런 귀중한 것이 있습니다."

이 말을 듣고 세자 격은 부끄러워 어쩔 줄 모르며 전자방에게 정중히 사죄하고 떠나갔다.

위문후는 전자방이 세자에게도 굴복하지 않았다는 소문을 듣고 그 뒤로 그를 더욱 존경했다.

그때에 업鄴 땅의 태수太守 자리가 비어 있었다. 그래서 책황이 위문후에게 아뢴다.

"업 땅은 상당上黨 땅과 한단邯鄲 땅 사이에 있는 고을로 한韓나라와 조趙나라와는 이웃간입니다. 그러니 반드시 굳센 장수를 그곳 태수로 보내어 굳게 지키도록 해야 합니다. 신의 생각으론 서문표를 보내는 것이 가장 적합할 줄로 압니다."

위문후는 즉시 서문표를 업 땅의 태수로 보냈다.

서문표가 업 땅에 당도해보니 길거리는 쓸쓸하고 백성들도 많지 않았다.

서문표가 늙은 백성들을 불러 묻는다.

"이곳에 살면서 특히 고생되는 일이 있거든 주저하지 말고 말하라."

늙은 백성들이 일제히 고한다.

"저희는 하백河伯(하수河水의 신神)이 자주 여편네를 얻어서 못 살겠습니다."

서문표가 의아해하며 되묻는다.

"그거 참 괴상한 일이로구나! 수신水神이 어떻게 여편네를 얻는단 말이냐? 좀 자세히 말하여라."

한 늙은 백성이 차근차근 설명한다.

"장수漳水는 장령漳嶺 고개에서 내려오다가 사성沙城 땅을 경유하면서부터 동쪽으로 방향을 바꾸어 우리 업 땅에 이르러서는 장하漳河가 되어 흐릅니다. 저희들이 말하는 하백이란 바로 그 장하의 수신입니다. 이곳 수신은 여자를 끔찍히 좋아해서 해마다 장가를 듭니다. 그래서 매년 아리따운 처녀를 바쳐야만 우순풍조雨順風調하고 그해에 풍년이 듭니다. 만일 그렇게 하지 않으면 수신이 노하여 홍수를 일으키는 바람에 인가人家가 다 떠내려갑니다."

서문표가 묻는다.

"누가 맨 처음에 그런 말을 퍼뜨렸느냐?"

"이건 다 이 고을에 사는 무당이 주장한 것입니다. 이곳에 살려면 무엇보다도 수해가 두렵기 때문에 누구나 무당을 따르지 않을 수 없습니다. 그래서 해마다 이 고을의 세도가와 무당이 서로 짜고서 백성들로부터 수백만 금金의 비용을 긁어갑니다. 그들은 수신에게 처녀를 바치는 비용으로 겨우 2, 30만 금만 쓰고 나머지는 서로 나눠먹습니다."

서문표가 묻는다.

"그래, 백성들은 그런 줄 알면서도 한마디 불평도 하지 않는단 말인가?"

늙은 백성이 대답한다.

"무당은 축도하는 일을 맡고, 관속官屬과 고을의 세도가인 세 노인은 돈을 추렴하느라 바쁘게 뛰어다닙니다. 한데 참으로 기막힌 일이 또 있습니다. 해마다 봄이 되어 남자들이 밭에 나가 씨를 뿌릴 때면 무당은 색시 있는 집으로 돌아다니면서 선을 봅니다. 그러다 좀 예쁜 처녀가 있으면 무당은 이렇게 말합니다. '이 처녀야말로 하백의 부인감이시다!' 그러나 어느 부모가 자기 딸을 내주고 싶어하겠습니까? 딸을 내주기 싫은 부모는 무당에게 많은 재물을 주어야만 합니다. 무당은 재물만 많이 받으면 또 다른 집으로 처녀를 고르러 갑니다. 그러나 가난한 백성들이 무슨 돈이 있겠습니까. 그래 결국은 가난한 백성들 집만 딸을 빼앗기고 맙니다. 무당은 장하漳河 가에 있는 재궁齋宮으로 그 처녀를 데리고 갑니다. 그리고 침상에다 새 요와 이불을 펴고 붉은 방장房帳을 칩니다. 처녀는 목욕을 하고 옷을 갈아입고, 그날부터 재궁에서 지내게 됩니다. 무당은 다시 택일하여 그날이 되면 갈대로 엮은 배에다 그 처녀를 태워 강물에 떠내려보냅니다. 갈대로 만든 배가 물에 뜨면 얼마나 떠 있겠습니까? 결국 배는 처녀를 태우고 수십 리쯤 떠내려가다가 침몰합니다. 그러면 처녀는 물 속에 빠져들어가서 하백의 부인이 된다는 것입니다. 우선 백성들은 해마다 뜯기는 그 막대한 비용 때문에 견뎌낼 도리가 없으며, 또 딸 가진 부모는 자기 딸을 하백의 부인으로 뺏기지나 않을까 늘 공포에 떨고 있습니다. 그래서 백성들은 걸핏하면 이곳을 떠나 먼 곳으로 달아나기 때문에 보시다시피 성안이 쓸쓸합니다."

서문표가 묻는다.

"지금까지 이 고을은 몇 번이나 수해를 당했느냐?"

늙은 백성이 대답한다.

"해마다 한번도 거르지 않고 하백에게 처녀를 바쳤기 때문에 일찍이 수해를 당한 일은 없습니다. 우리 고을은 지대가 높아서 강물이 들어오지는 않지만 대신 거의 매년 가물어서 곡식이 그냥 말라버리는 수가 많습니다."

서문표가 조용히 머리를 끄덕이며 부탁한다.

"수신이 그렇듯 영험하다고 하니 처녀를 바칠 때 나도 가서 전송하고 백성들을 위해 기도하리라. 그때가 되거든 즉시 나에게 기별하여라."

그후 갈대로 만든 배에 여자를 태워서 수신에게 떠내려보내는 날이 되었다. 늙은 백성은 서문표에게 가서 그날 행사가 있다는 걸 알렸다. 이에 서문표는 의관을 갖추고 장하로 나갔다.

과연 고을 관속들과 세도하는 늙은이 세 사람과 이장里長 등 동네의 어른들이 다 모여 있었다. 또 백성들도 그 광경을 구경하려고 백사장 가득 몰려나와 있었다. 그들을 추산하면 적어도 수천 명은 될 성싶었다.

이윽고 고을에서 세도하는 세 늙은이와 이장 등이 한 무당을 데리고 와서 서문표에게 인사를 시켰다. 그 무당은 자못 태도가 거만했다. 서문표가 보니 참으로 못생긴 늙은 여자였다. 늙은 무당 뒤에는 산뜻한 의관을 갖춘 20여 명의 젊은 여자 무당들이 각기 건즐巾櫛(수건과 빗)과 향로香爐를 들고 뒤따라 서 있었다. 그 젊은 여자 무당들은 바로 늙은 무당의 제자라는 것이었다.

서문표가 늙은 무당에게 말한다.

"이 일에 너는 수고가 많겠구나. 오늘 하백에게 출가하는 여자를 이리 좀 데리고 오너라. 내가 한번 보고 싶다."

늙은 무당은 제자들을 시켜 신부를 데려왔다. 그 처녀는 선명한 옷에 하얀 버선을 신고 있었으나 얼굴은 그다지 예쁜 편이 아니었다.

서문표가 늙은 무당과 세도하는 세 늙은이에게 분부한다.

"수신 하백에게 바치는 여자는 반드시 절색絶色이라야 할 것이다. 그런데 이 여자는 자색이 별로 아름답지 못하구나! 수고스럽겠지만 무당은 직접 하백에게 가서 '극히 아름다운 여자를 구하고 있으니 며칠만 더 기다려달라'고 나의 뜻을 전하고 오너라."

서문표가 또 이졸吏卒들에게 분부한다.

"이 늙은 무당을 하백이 있는 곳으로 보내주어라."

분부가 떨어지기가 무섭게 이졸들이 우르르 달려들어 늙은 무당을 번쩍 안아다가 강물 한가운데로 던져버렸다. 늙은 무당은 괴상한 비명을 지르면서 물 속으로 풍덩 빠져들어가더니 다시 떠오르지 않았다.

이를 보고 모든 사람은 대경실색했다.

서문표가 한참 동안 조용히 물가에 서 있다가 말한다.

"무당이 늙어서 건망증이 심한가 보다. 한번 하백에게 가더니 돌아와서 나에게 보고할 생각을 않는구나. 얘들아, 하백의 대답이 궁금하다. 그 제자 무당들을 다시 보내보아라!"

이에 이졸들은 또 젊은 여자 무당 하나를 덜렁 안아다가 강물에 내던졌다.

조금 후에 서문표가 말한다.

"허! 그 제자도 한번 가더니 왜 이리 소식이 없을꼬! 이젠 하나씩 보낼 것이 아니라 연달아 몇 명만 더 보내보아라!"

이졸들은 연달아 젊은 여자 무당 몇 사람을 강물에 내던졌다. 젊은 여자 무당들 역시 비명을 지르면서 강물 속으로 사라졌다.

얼마 후에 서문표가 또 말한다.

"여자들을 보냈더니 하백에게 나의 뜻을 잘 전하지 못하나 보다. 이번엔 이 고을에서 세도하는 저 노인 셋을 보내보아라!"

세도가인 세 노인이 황급히 아뢴다.

"저희는 바쁜 일이 좀 있어서 분부를 거행하지 못하겠습니다."

그제야 서문표가 큰소리로 꾸짖는다.

"잔말 말고 속히 가서 하백에게 나의 뜻을 전하여라! 그리고 곧 대답을 듣고서 돌아오너라!"

이졸들은 기다리고나 있었다는 듯이 달려들어 세 노인을 잡아 끌고 가서 강물에 던져버렸다.

구경 나온 모든 백성들이 이 광경을 보고 서로 속삭인다.

"이번에 부임해오신 태수는 보통 분이 아닐세!"

"음, 대단하신걸! 어쩌면 저렇게 표정 하나 변하지 않고 척척 해치울까! 과연 명관明官이시군!"

서문표는 의관을 더욱 단정히 바로잡은 채 강물 속으로 들어간 자들이 참으로 하백의 대답을 듣고서 나올 때를 기다린다는 듯이 서 있었다.

다시 한식경 가량 시간이 지났다.

서문표가 또 말한다.

"이거 암만 기다려도 소식이 없구나! 여자나 늙은이들만 보내선 안 되겠다. 해마다 이 일을 주선해온 관속과 이장들을 보내보아라."

순간 관속과 이장들은 등에서 식은땀이 흘렀다. 그들의 얼굴은 순식간에 흙빛으로 변했다.

관속과 이장들이 일제히 꿇어엎드려 머리를 조아리며 애걸복걸한다.

"살려주소서! 그저 저희들의 목숨만 살려주소서! 한 번만 용서해주소서!"

그들은 이졸들이 잡아일으켜도 한사코 일어서려 하지 않으면서 울부짖었다.

서문표가 이졸들에게 분부한다.

"좀더 기다려보기로 하고 우선 그냥 놔두어라. 다른 사람들까지 불안해서야 쓰겠나!"

다시 한식경이 지났다.

그러나 강물에 빠진 자들이 살아서 돌아올 리가 만무했다.

서문표가 정색하고 관속과 이장들을 꾸짖는다.

"강물은 유유히 흐르는데 들어간 자들이 나오지 않는구나! 너희들은 내 말을 듣거라. 과연 수신水神이란 것이 어디에 있느냐! 너희들은 해마다 죄 없는 처녀만 죽이고 착한 백성들을 괴롭혔다. 너희들의 죄는 죽어야 마땅하다."

그들이 다시 머리를 조아리며 애걸복걸한다.

"저희들은 그저 늙은 무당년에게 속았을 뿐입니다. 어리석은 저희들을 살려주소서."

서문표가 분부한다.

"늙은 무당은 이미 없어졌다. 이후로 또 하백을 장가들여야 한다는 자가 있거든 언제든지 나에게 오너라. 내 그자를 강물 속 하백에게 보내어 직접 중매를 서도록 해주리라. 관속과 이장과 세세도가의 재산을 모조리 몰수해서 그간 억울하게 당한 백성들에게 돌려주어라. 그리고 나이 많은 홀아비들에게 저 나머지 젊은 무당들을 내주어 짝을 짓게 하여라."

그후로 업 땅엔 무당이란 것이 씨가 말라버렸다.

그간 타관에서 살던 백성들도 차차 고향인 업 땅으로 돌아왔다.

옛사람이 시로써 이 일을 증명한 것이 있다.

어찌 수신이란 것이 장가들어 아내를 두었겠는가
어리석은 백성들이 무당에게 속았을 뿐이로다.

한번 어진 태수가 부임해와서 의심나는 점을 밝힌 이후로
모든 처녀는 안심하고 잠을 잘 수 있었도다.

河伯何曾見娶妻

愚民無識被巫欺

一從賢令除疑網

女子安眠不受虧

서문표는 업 땅 일대의 지형을 모두 측량하여 가히 장수漳水를
끌어들일 만한 곳마다 백성을 풀어 땅을 파게 했다.

그리하여 열두 곳에다 장수를 끌어들여 저수지를 만들었다. 따
라서 장수가 범람할 염려도 사라졌다. 그후로 저수지 물을 잘 이
용해서 업 땅의 농사는 배나 잘되었고 백성들의 생활도 눈에 띄게
향상되었다.

오늘날도 임장현臨漳縣에 가면 서문거西門渠라는 저수지가 있
다. 바로 그 당시에 서문표가 판 저수지라고 한다.

한편, 위문후가 책황에게 청한다.

"과인은 그대의 말을 좇아 악양으로 하여금 중산을 치게 했고,
서문표에게 업 땅을 다스리도록 해서 다 성공했소. 그런데 우리
나라 서하西河 땅은 서쪽 국경 지대에 있소. 만약 진秦나라가 우
리 위나라를 침범하려면 먼저 서하 땅부터 칠 것이오. 그러므로
반드시 실력 있는 장수를 서하 땅 태수로 보내야겠는데 누구를 보
내면 잘 지키겠소? 경은 과인을 위해서 한 사람만 더 천거하오."

책황이 한참 만에 대답한다.

"그럼 신이 한 사람을 천거하겠습니다. 그의 성은 오吳이며 이
름은 기起라고 합니다. 오기吳起는 위대한 장수의 소질이 있습니

다. 그는 전에 노魯나라에 있었는데 지금은 우리 위나라에 와 있습니다. 상감께선 속히 오기를 등용하십시오. 오기가 혹 다른 나라로 가버릴지 모릅니다."

위문후가 되묻는다.

"오기라니 그 사람은 지난날에 노나라 장수가 되기 위해서 자기 아내를 죽인 자가 아니오? 내가 소문으로 듣기에 그는 재물과 여색을 좋아할 뿐만 아니라 성격이 매우 잔인하다고 하오. 그런 자에게 어찌 중임重任을 맡길 수 있으리오."

책황이 대답한다.

"신은 다만 오기의 뛰어난 능력을 천거해서 상감의 일을 도우려는 것뿐입니다. 그의 성격과 행동까지 따질 건 없지 않습니까?"

"그렇다면 과인은 시험 삼아 그대가 시키는 대로 오기를 불러들여 등용하겠소."

〔10권에서 계속〕

주周 왕실과 주요 제후국 계보도

* ─ 부자 관계, └ 형제 관계.
* 네모 안 숫자(①, ② …)는 주나라 건국 이후와 각 제후국 분봉 이후의 왕위, 군위 대代 수.

동주東周 왕실 계보 : 희성姬姓

```
…┬─ ㉕도왕悼王 맹猛(B.C.520)
  │
  ├─ ㉖경왕敬王 면丏(B.C.519~476) ── ㉗원왕元王 인仁(B.C.475~469) ─┐
  │                                                              │
  └─ 서왕西王 조朝(B.C.520~515)                                    │
┌─────────────────────────────────────────────────────────────────┘
├─ ㉘정정왕貞定王¹ 개介(B.C.468~441) ┬─ ㉙애왕哀王 거질去疾(B.C.441)
│                                   │
│                                   ├─ ㉚사왕思王 숙叔(B.C.441)
│                                   │
│                                   └─ ㉛고왕考王 외嵬(B.C.440~426) ─┐
┌──────────────────────────────────────────────────────────────────┘
└─ ㉜위열왕威烈王 오午(B.C.425~402) ── …
```

1 정왕定王이라고도 함.

노魯나라 계보 : 희성姬姓

```
…┬─ 공자 朝毁
  │
  ├─ ㉓소공昭公 주裯(일명 조稠, 소裯 : B.C.541~510)
  │
  └─ ㉔정공定公 송宋(B.C.509~495) ── ㉕애공哀公¹ 장蔣(혹 將, B.C.494~468) ─┐
┌──────────────────────────────────────────────────────────────────────┘
└─ ㉖도공悼公 영寧(B.C.466~429) ── ㉗원공元公 가嘉(B.C.428~408) ─┐
┌───────────────────────────────────────────────────────────────┘
└─ ㉘목공穆公 현顯(B.C.407~377) ── …
```

1 출공出公이라고도 함(말년에 월나라에 갔다가 귀국하지도 못하고 객사했기 때문에).

【 제齊나라 계보 : 강성姜姓 】

```
··· ──┬─ 22 장공莊公 광光(B.C.553~548)
       │
       ├─ 공자 아牙
       │
       └─ 23 경공景公 저구杵臼(B.C.547~490) ──┐
                          ┌─ 25 도공悼公 양생陽生(B.C.488~485)
                          │
                          └─ 24 안유자安孺子 도荼(B.C.489)
                          ┌─ 26 간공簡公 임壬(B.C.484~481)
                          │
                          └─ 27 평공平公 오鰲(B.C.480~456) ── ···
```

【 진晉나라 계보 : 희성姬姓 】

```
··· 30 소공昭公 이夷(B.C.531~526) ──┬─ 31 경공頃公 거질去疾(B.C.525~512) ──┐
                                    ├─ 32 정공定公 오午(B.C.511~475) ──┐
                                    ├─ 33 [1]출공出公 착鑿(B.C.474~457)
                                    └─ 대자戴子 옹雍 ── 공손 기忌 ──┐
┌─ 34 애공哀公 교驕(B.C.456~438) ── 35 유공幽公 유柳(B.C.437~420) ──┐
┌─ 36 열공烈公 지止(B.C.419~393) ── 37 효공孝公 기頎(일명 경경, B.C.392~378) ──┐
┌─ 38 정공靜公 구주俱酒(B.C.377~376)
```

1 33 출공 이후의 진나라 계보는 모호한 부분이 있어 의견이 엇갈림. 33 출공(B. C. 474~452) ── 34 경공敬公(B.C. 451~434) ── 35 유공幽公(B.C. 433~416) ── 36 열공烈公(B.C. 415~389) ── 37 환공桓公(B.C. 388~369) 으로 파악하는 견해도 있음. 35 유공과 36 열공도 위의 계보처럼 부자 관계가 아니라 형제 관계로 보기도 함.

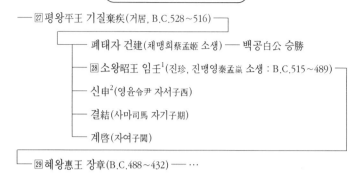

초楚나라 계보 : 웅성熊姓

── ㉗평왕平王 기질棄疾(거居, B.C.528~516) ─┐

　　　── 폐태자 건建(채맹희蔡孟姬 소생) ── 백공白公 승勝

　　　── ㉘소왕昭王 임壬[1](진珍, 진맹영秦孟嬴 소생 : B.C.515~489)

　　　── 신申[2](영윤令尹 자서子西)

　　　── 결結(사마司馬 자기子期)

　　　── 계啓(자여子閭)

　── ㉙혜왕惠王 장章(B.C.488~432) ── …

1 즉위 후 진軫으로 개명.
2 초평왕의 동생이라고도 함.

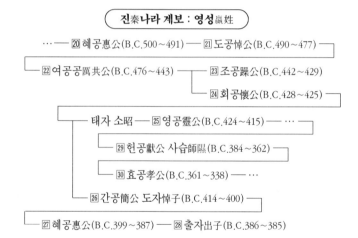

진秦나라 계보 : 영성嬴姓

… ── ⑳혜공惠公(B.C.500~491) ── ㉑도공悼公(B.C.490~477) ─┐

── ㉒여공공厲共公(B.C.476~443) ─┬─ ㉓조공躁公(B.C.442~429)

　　　　　　　　　　　　　└─ ㉔회공懷公(B.C.428~425) ─┐

　　　── 태자 소昭 ── ㉕영공靈公(B.C.424~415) ── … ─┐

　　　　　└─ ㉙헌공獻公 사습師隰(B.C.384~362) ─┘

　　　　　└─ ㉚효공孝公(B.C.361~338) ── …

　　　── ㉖간공簡公 도자悼子(B.C.414~400) ─┘

── ㉗혜공惠公(B.C.399~387) ── ㉘출자出子(B.C.386~385)

정鄭나라 계보 : 희성姬姓

```
…┌─ ⑮성공聲公 승勝(B.C.500~463) ── ⑯애공哀公 역易(B.C.462~456)
  │
  └─ ⑰공공共公 축丑(B.C.455~425) ──┬─ ⑱유공幽公 이已(B.C.424)
                                    │
                                    ├─ ⑲수공繻公 태駘(B.C.423~397)
                                    │
                                    └─ ⑳정군鄭君 을乙(B.C.396~375)
```

• B.C.375년에 한韓나라가 정鄭나라를 멸망시킴.

송宋나라 계보 : 자성子姓

```
…── ㉕원공元公 좌佐(B.C.531~517) ──┬─ ㉖경공景公 난欒(일명 두만頭曼 : B.C.516~469)
                                    │
                                    └─ 공자 서진褍秦 ── 공손 규糾 ──┐
┌───────────────────────────────────────────────────────────────┘
└─ ㉗소공昭公 득得[1](B.C.468~406) ── ㉘도공悼公 구전購田(B.C.406~396) ── …
```

1 소공의 즉위 연도는 468년, 450년의 두 가지 견해가 있음.

진陳나라 계보 : 규성嬀姓

```
… ── ㉓회공懷公 유柳(B.C.505~502) ── ㉔민공閔公 월越(B.C.501~478)
```

• B.C.478년에 초楚나라가 진陳나라를 멸망시킴.

위衛나라 계보 : 희성姬姓

··· ── ㉓양공襄公 악惡(B.C.543~535) ── ㉔영공靈公 원元(B.C.534~493) ┐

　　├ ㉖장공莊公 괴외蒯聵(B.C.479~478) ┐

　　│　├ ㉕·㉙출공出公 첩輒(㉕B.C.492~480, ㉙B.C.476~470)[1]

　　│　└ 세자 질疾

　　├ ㉗공자 반사般師

　　├ ㉘공자 기起(B.C.477)

　　└ ㉚도공悼公 겸黚(일명 검黔, B.C.469~451) ── ㉛경공敬公 불弗(B.C.450~432)[2] ┐

　　├ ㉜소공昭公 규糾(B.C.431~426) ── ㉝회공懷公 미亹(B.C.425~415)

　　└ 공자 적適 ── ㉞신공愼公 퇴穨(B.C.414~373) ── ···

1 ㉕·㉙ 출공의 복위 후 2차 재위(㉙) 기간을 B.C.456년까지로 보고, ㉚도공을 B.C.455년에 즉위한 것으로
보는 견해도 있다. 이것은 470년에 출공이 대부들에 의해 월나라로 쫓겨간 후 사망할 때까지의 기간을 재위 기
간으로 인정하느냐 안 하느냐의 차이 때문이다.
2 ㉛경공敬公 시기부터 한韓·위魏·조趙의 압박을 받아 사실상 주권을 상실한 것이나 다름없는 상황이 됨.

채蔡나라 계보 : 희성姬姓

··· ── ⑳소공昭公 신申(B.C.518~491) ── ㉑성공成公 삭朔(B.C.490~472) ┐

　├ ㉒성공聲公 산産(B.C.471~457) ── ㉓원공元公(B.C.456~451) ┐

　├ ㉔후제侯齊(B.C.450~447)

• B.C.447년에 초楚나라가 채蔡나라를 멸망시킴.

오吳나라 계보 : 희성姬姓

··· ── ⑲요僚(B.C.526~515) ── ⑳합려闔廬(B.C.514~496) ── ㉑부차夫差(B.C.495~473)

• B.C.473년에 월越나라가 오吳나라를 멸망시킴.

진晉나라 6경卿 계보

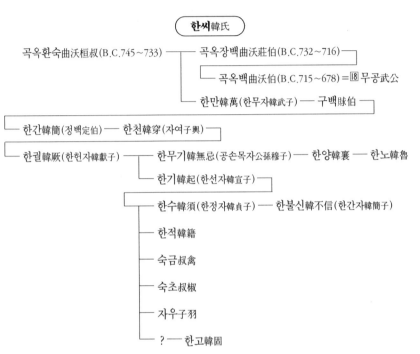

- 한씨韓氏는 곡옥백曲沃伯(곡옥 땅의 영주)의 후손들로 진晉 제후가 된 가문과 함께 주요 분파를 이룸.
- 한무자 · 한헌자 · 한선자 · 한정자 · 한간자 등은 각 세대 종주宗主들에게 바쳐지는 시호.
- 기타 계통이 불분명한 기양箕襄 · 형대邢帶 등이 있음.

위씨魏氏

주周 문왕文王 ── 필공畢公 희고姬高[1] ── … ── 필만畢萬 ── 망계芒季 ┐

└─ 위주魏犨(위무자魏武子)[2] ┬─ 위과魏顆(위도자魏悼子) : 이후 계보는 불분명.

├─ 위강魏絳(위장자魏莊子)

└─ 위기魏錡(여기呂錡, 주무자廚武子) ┐

└─ 위상魏相(여상呂相, 여선자呂宣子)

┌─ 위서魏舒(위헌자魏獻子) ── 위취魏取(위간자魏簡子) ┐

└─ 위만다魏曼多(위양자魏襄子) ── 위구魏駒(위환자魏桓子)

└─ 위힐魏頡(영호문자令狐文子) ── 위무魏戊

1 필공 희고는 주문왕周文王의 서자로 서주西周 건국 후 필畢 땅을 분봉받아 소제후가 되었으나 곧 절봉絕封(봉읍이 몰수됨, 혹 제후의 자손이 끊어짐)되어 직계 자손들의 사적이 불분명함. 그후 필공 후예라고 하는 필만이 진헌공晉獻公(B.C.676~651)의 신하가 되어 위魏 땅을 분봉받아 위씨魏氏가 되었음. 필만 손자인 위주는 진문공晉文公(B.C.636~628)의 주유천하周遊天下를 보필한 고굉지신股肱之臣의 하나이며 그 공로로 인해 위씨는 호씨狐氏 · 순씨荀氏 · 선씨先氏 · 조씨趙氏 등과 함께 진晉의 대족大族으로 성장했음.

2 위무자 · 위도자 · 위장자 · 위헌자 · 위간자는 각 세대의 종주宗主에게 바쳐진 시호.

• 위씨로부터 주씨廚氏 · 여씨呂氏 · 영호씨令狐氏 등이 분파되었음.

• 기타 계통이 불분명한 위수여魏壽餘가 있음.

조씨趙氏

전욱顓頊―― … 여수女修 ―― 대업大業 ―― 대비大費 ―― 대령大廉 ―┐

10세손 비렴蜚廉 ―┬― 오래惡來(B.C.12C 말) ―― 5세손 비자非子(진秦나라 영씨 공실의 개조)

　　　　　　　　└― 계승季勝 ―― 맹증孟增 ―― 형보衡父 ―― 조보造父 ―┐

　　　　　　└― 6세손 엄보奄父 ―― 조숙대趙叔帶 ―┐

4세손 공명公明 ―┬― 공맹共孟

　　　　　　　├― 1) 조숙趙夙 ―― ? ―― 조천趙穿 ―― 조전趙旃 ―― 조승趙勝 ―┬― 조오趙午 ―― 조?

　　　　　　　│　　　　　　　　　　　　　　　　　　　　　　　　　　　└― ? ―― ? ―― 조조

　　　　　　　├― 2) 조쇠趙衰(조성자趙成子) ―┐

　　　　　　　├― 조돈趙盾(조선자趙宣子) ―― 조삭趙朔(조장자趙莊子) ―┐

　　　　　　　├― 조동趙同

　　　　　　　├― 조괄趙括

　　　　　　　└― 조영제趙嬰齊

조무趙武(조문자趙文子) ―┬― 조성趙成(조경자趙景子) ―― 조앙趙鞅(조간자趙簡子) ―┐

　　　　　　　　　　　└― 조맹趙孟(일명 무휼無恤, 조양자趙襄子)

　　　　　　　　　└― 조획趙獲

- 서주西周 전반까지는 진秦나라의 영嬴씨와 진晉나라의 조趙씨는 동일 선조의 후예들이었다고 함. 주효왕(B.C.909~895) 이후 갈라져 비자非子 계통은 진秦나라 제후로, 조보造父 계통은 진晉나라 대부大夫 조씨로 각각 발전하였음. 곧 조보가 주목왕에게서 조趙 땅을 하사받고 성을 조씨趙氏로 삼아 정착한 후 그 7세손 조숙대趙叔帶가 진晉의 희성姬姓 제후를 섬기는 대부大夫가 되어 세력이 날로 확산됨. 조씨는 드디어 춘추 말기에 한씨, 위씨와 함께 진晉나라 공실을 삼분三分하여 제후로 독립하였음(B.C.453).
- 1) 은 한단조씨邯鄲趙氏(한단을 근거지로 삼은 일파).
- 2) 는 진양조씨晉陽趙氏(진나라 수도 강읍絳邑을 근거지로 삼은 일파로 조씨의 정통이자 종주宗主). 기타 계통이 불분명한 조라趙羅가 있음.

지씨知氏

순서오苟逝敖 ── 순임보荀林父(중행환자中行桓子) : 중행씨中行氏로 발전.

├─ 지계知季(일명 순수荀首, 지장자知莊子)──┐

│　　└─ 지앵知罃(순앵荀罃, 지무자知武子)──┐

└─ 순환荀驩 : 후대에 정씨程氏가 분파됨

┌─ 지삭知朔(순삭荀朔) ── 지영知盈(순영荀盈, 지도자知悼子)──┐

┌─ 지역知躒(순역荀躒, 지문자知文子)──┬─ 지서오知徐吾

│　　　　　　　　　　　　　　　　├─ 지하知瑕

│　　　　　　　　　　　　　　　　└─ 지신知申(순신荀申, 지선자知宣子)──┐

└─ 지요知瑤(순요荀瑤, 지양자知襄子)

└─ 지과智果(일명 보과輔果, 보씨輔氏로 이어짐)

- 지씨는 중행씨와 함께 순씨에서 분파되었음. 문헌에 지, 순 양씨가 혼용되는 것을 볼 때 지씨는 순씨에서 분파된 후에도 상당히 오랫동안 양 성씨를 공유한 듯함. 또한 순씨·중행씨·지씨 등은 한 조상에서 나왔다는 동류, 동족 의식을 지니면서 어느 정도 공조共助한 점도 확인됨.
- 지장자·지무자·지도자·지문자·지선자·지양자 등은 각 세대 종주宗主들에게 추존追尊된 시호.
- 기타 계통이 불분명한 지기知起·지백국智伯國·지개智開·지관智寬 등이 있음.

중행씨中行氏 ═ 순씨荀氏

순서오苟逝敖 ── 순임보荀林父(중행환자中行桓子)──┐

├─ 지장자知莊子(지씨가 분파됨) ── …

└─ 순환荀驩(후대에 정씨程氏가 분파됨) ── …

┌─ 순경荀庚(중행선자中行宣子) ── 순언荀偃(중행헌자中行獻子)──┐

└─ 순오荀吳(중행목자中行穆子) ── 순인荀寅(중행문자中行文子)

- 중행씨는 지씨와 함께 순씨에서 분파되었음. 분파된 후에도 상당 정도 중행, 순 양 성씨를 병용했으며 순씨, 지씨와 동류, 공조 관계를 어느 정도 유지한 듯함.
- 중행환자·중행선자·중행헌자·중행문자 등은 가문의 각 세대 종주宗主에게 사후 추존追尊된 시호.
- 이 밖에 계통이 불분명한 중행희中行喜·순추荀騅·순가荀家·순회荀會·순빈荀賓·순식荀息 등이 있음.

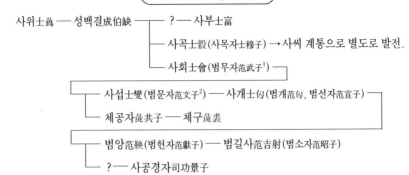

사씨士氏 ══ 범씨范氏

사위士蔿 ── 성백결成伯缺 ──┬── ? ── 사부士富
                                    ├── 사곡士縠(사목자士穆子) → 사씨 계통으로 별도로 발전.
                                    └── 사회士會(범무자范武子[1]) ──┐
┌── 사섭士燮(범문자范文子[2]) ── 사개士匄(범개范匄, 범선자范宣子) ──┐
└── 체공자偃共子 ── 체구偃裘
┌── 범앙范鞅(범헌자范獻子) ── 범길사范吉射(범소자范昭子)
└── ? ── 사공경자司功景子

1 사위士蔿는 진문공晉文公(B.C.636~628)의 주유천하를 보필한 고굉지신股肱之臣의 하나이며 그 공로로 인해 사씨 가문도 진晉의 대족大族 중 하나로 성장했음. 사회士會 대에 범范 땅을 하사받은 후 일부는 범씨로 성을 바꾸어 범씨 가문으로 발전하고 나머지는 그대로 사씨 가문을 유지함. 범무자·범문자·범선자·사목자·사정자·사장자 등은 모두 후대에 가문의 각 세대 종주宗主들에게 추존追尊된 시호.

2 이 밖에 계통이 불분명한 범무휼范無恤·범고이范皐夷·사부士魴·사멸士蔑·사줄士茁 등이 있음.

298

관직

월越

상국相國   국정의 총책임자인 재상宰相 · 집정執政 · 정경正卿 등의 또다른 호칭.

행인行人   사신 업무를 담당하는 직책. 현재의 외교관에 해당.

사직司直°   사법 업무, 치죄治罪, 형옥刑獄 등을 담당하던 직책.

사마司馬   군사 관련 업무를 총감독하는 고위 직책. 전국戰國 시대 초기에 장군직
이 신설되기 전까지 각급 군사관軍事官의 수장 역할을 했음.

사농司農   농사農事, 농정農政을 관리하는 직책.

태사太史   천문天文, 역법曆法, 기록, 문서 보관, 의례儀禮 등을 관장하던 고위 직책.

사사射師°   사술射術 교련과 지도, 궁수 양성 등을 담당하던 직책.

위魏

우인虞人   산림 보호 및 산림 자원의 이용과 수급 등을 관리하는 직책. 산림관山林官.

기물器物

오왕부차모吳王夫差矛   오왕吳王 부차夫差 시기에 제작된 청동제 모矛(긴 창). 호북성湖北省 강릉현江陵縣 출토 기물로 춘추 말기의 초楚, 오吳 양국의 빈번한 전쟁 와중에 오나라에서 초나라로 유입되었으리라 추정된다.

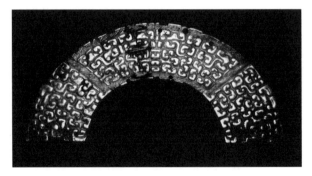

황璜   반원형의 패옥佩玉. 벽璧을 반으로 쪼갠 모양.

월왕구천검越王句踐劍　　월왕越王 구천句踐 시기에 제작된 동검銅劍으로 '越王句踐
自作用劍' 여덟 자가 새겨져 있음. 호북성 강릉현 출토로 월왕구천검이 춘추 말기
에 모종의 원인(전쟁이나 교류)에 의해 초나라로 전파된 사실을 알 수 있다.

정절旌節　　사신使臣들이 가지고 다니던 부절符節(왕이나 제후의 명령을 받았음을 증
명하는 신표信表) 구실을 하던 깃발(『삼재도회三才圖會』 수록).

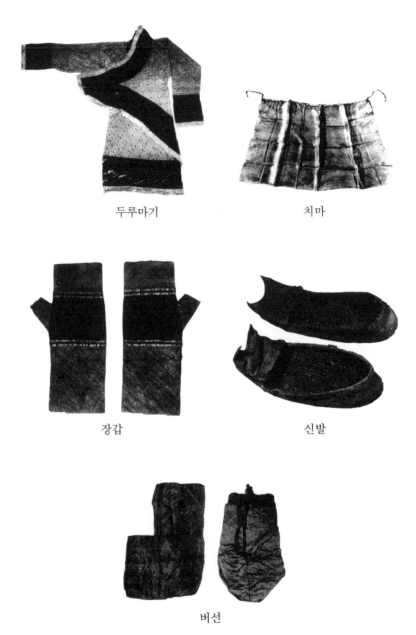

두루마기　　　　　　치마

장갑　　　　　　신발

버선

고대 귀족들의 의상　호남성湖南省 장사長沙 마왕퇴馬王堆 출토.

용龍, 봉황鳳凰 문양

화엽花葉 문양

쌍학雙鶴 문양

표범 머리 문양

봉황鳳凰 문양

기하 문양

춘추 전국 시대의 각종 비단　호북성 강릉현 출토.

춘추 전국 시대 귀부인들의 모습　호남성湖南省 장사長沙 출토 채색 칠치漆巵(칠기 술잔) 위에 그려진 부녀군도婦女群圖.

고소대姑蘇臺 　오왕 합려가 축조한 아름다운 누대樓臺. 그 아들인 오왕 부차는 월나라를 대패시켜 장강長江 하류 지역에 대한 패권을 차지하고 중원 제후국들도 무시할 수 없는 강국으로 오나라를 발전시킨 뒤 자신의 공적에 스스로 도취되고 자만과 안일에 빠져 고소대를 유락遊樂의 장소로 즐겨 사용했음. 특히 절세의 미인 서시를 얻은 뒤에는 자주 이 고소대로 행차하여 환락을 즐겼다고 함. 오나라에서 받은 치욕을 설치雪恥하기 위해 와신상담한 월왕 구천에 의해 오나라가 멸망하고 부차도 죽은 뒤에는 흥망성쇠의 무상함과 인간사의 덧없음을 상징하는 유적으로 인식되었음. 고소姑蘇는 오나라의 수도가 있었던 강소성江蘇省 소주시蘇州市의 별칭으로 오늘날까지도 간혹 사용되는데, 고소대姑蘇臺는 워낙 빼어난 절경으로 인해 유명한 관광 명소로 꼽힘.

향섭랑響屧廊 　섭屧(나무로 날렵하게 만든 신발)을 내딛는 음향이 들려오는 복도라는 의미. 오왕 부차가 총희이자 절세의 미인인 서시를 위해 특별히 고안해 제작하게 한 복도였음. 곧 땅을 파서 큰 독을 줄지어 반쯤 묻고 그 위에 두터운 양탄자를 깔아 서시와 궁녀들이 복도를 걸을 때마다 나무 신발의 걸음 소리가 은은히 울려 퍼지게 만든 기묘하고도 한껏 풍류를 살린 복도였다고 함. 오늘날 영암사靈巖寺 원조탑圓照搭 앞에 남아 있는 비스듬한 복도가 그 흔적으로 추정됨.

구천句踐(B.C.496~465 재위)

월왕 윤상允常(B.C.510~497 재위)의 아들. B.C.496년에 취리欈李에서 오나라 군사와 격돌했을 당시 사형수 300여 명으로 된 결사대를 투입하여 오나라 군사들이 보는 앞에서 차례로 목을 찔러 자결하게 하는 전대미문의 계책을 써서 오나라 군사들의 혼을 뺀 뒤 기습 공격하여 대승을 거두고 오왕 합려를 사망하게 만들었음. 이 대승리에 만족하여 잠깐 방심한 결과 3년 뒤인 B.C.494년에 합려의 아들 부차夫差가 이끈 대규모의 오나라 군대에게 패배함으로써 망국 직전까지 가는 참담한 패배와 치욕을 당하게 되었음. 그러자 이후 날마다 쓸개를 핥으면서 지난날의 치욕을 거듭 상기하고 오나라에 대한 적개심을 계속 북돋아 보복전을 철저히 준비했음. 그처럼 고군분투한 결과 마침내 20년 뒤인 B.C.473년에 오나라를 멸국滅國시켜 원수를 갚고 춘추 후기 국제 질서의 주요 축이었던 오, 월 양국의 항쟁을 완전히 종식시켰음. 또한 문종文種과 범려范蠡 양 책사의 보필하에 대내적으로도 내정 개혁과 안정에 힘써 월나라의 최고 전성기를 이끌었으며 중원 국가들에게도 월나라의 위명과 영향력을 널리 알렸음.

백비伯嚭

초楚나라 대부 백극완伯郤宛의 아들. 간신 비무극費無極의 흉계로 부친이 억울하게 처형되자 오나라로 도망쳐 와 동병상련의 처지인 오자서伍子胥에게 의탁했고 그의 추천으로 오왕 합려와 부차를 섬기게 됨. 감언이설과 아첨에 능해 곧은 충정을 지닌 오자서와 계속 대립했고, 결국에는 월왕 구천의 책사인 범려의 꾀에 넘어가 오왕 부차를 오도誤導하게 되었음. 곧 월나라를 대파大破한 공에 자아도취되어 부차를 안일과 환락에 빠지도록 만들었으며 그를 계속 저지하고 직간直諫하는 오자서를 참소하여 결국 자결하게 만들었음. 그 결과 오나라의 국방력은 현저히 약화되어 마침내 B.C.473년에 월나라의 대대적인 공격을 받아 멸망했고 그 자신과 일족도 월왕 구천에게 처형당하고 도륙되었음.

범려范蠡

월나라의 충신이자 천재 전략가이며 이재가理財家. 천문·역법·지리·군사·전략·재정 등 모든 방면에 두루 통달했던 박학지사博學之士이자 희대의 경세가經世家. 월왕 구천을 보필하는 데 견마지로犬馬之勞를 다해 마침내 오랜 숙원이었던 오나라 멸망을 실현한 뒤 토사구팽兎死狗烹의 세태에 따라 구천이 오나라 멸국 공신들을 탄압할 것을 미리 감지하여 관직을 사퇴하고 처자와 함께 제나라로 떠났음. 이후 치이자피鴟夷子皮라고 개명하고 제나라 도산陶山에서 목축업을 하여 천금千金을 벌어들이는 탁월한 이재理財, 경영 능력을 발휘함으로써 춘추 전국 시대의 손꼽히는 거부巨富 겸 대실업가가 되었음. 당대인들이 이로 인해 그를 도주공陶朱公이라고 존칭했으며 후대에도 그 특유의 이재술理財術은 전통 경제학의 묘책으로서 널리 회자되었음. 사마천司馬遷이 저술한 『사기史記』 중의 1편인 「화식열전貨殖列傳」에도 도주공의 이재에 관해 별도의 지면을 할애하여 소개하고 있음.

부차夫差(B.C.495~473 재위)

합려(B.C.514~496 재위)의 아들이자 오나라의 마지막 군주. B.C.496년에 오나라가 월나라의 공격을 받아 대패를 당하고 부친 합려마저 큰 부상을 당해 서거하자, 날마다 딱딱하고 차가운 땔나무 위에 누워 자면서 부왕의 원수를 갚겠다는 각오와 정신 무장을 단단히 하여 3년 뒤인 B.C.494년에 마침내 월나라를 대파해 궤멸 직전까지 가게 했음. 그러나 이후 자신의 공적에 스스로 도취되어 국방과 군사를 소홀히 하고 애첩 서시와 함께 사치와 향락을 일삼으면서 간신 백비의 듣기 좋은 말만 믿고 충신 오자서를 배척하다가 급기야 자결시키는 등 여러 가지 실정을 저질렀음. 그 결과 절치부심切齒腐心 복수의 날만을 기다리면서 오랫동안 군사를 정련하고 주도면밀하게 준비해온 월왕 구천의 대대인 공격을 받아 B.C.473년에 나라를 잃는 비극을 당하고 자결했음.

서시西施

저라산苧蘿山 서촌西村에 거주하던 시씨施氏의 딸로, 춘추 시대 월나라의 절세 미
녀. 오나라를 멸망시켜 치욕을 갚으려는 월왕 구천의 계책에 따라 오왕 부차를 홀
려서 타락시키는 임무를 담당하게 하기 위해 선발되었음. 오나라에 진상된 후 오
왕 부차의 극진한 총애를 받아 관왜궁館娃宮·향섭랑響屧廊·완화지琣花池·완
월지琣月池·오왕정吳王井·서시동西施洞·채련경採蓮涇(연꽃을 따는 호수)·금
범경錦帆涇(비단 돛배를 타고 논 호수)·장주원長洲苑 등이 오로지 서시와 오왕 부
차의 유희를 위해 축조되었을 정도로 온갖 부귀영화와 지상의 향락을 한 몸에 맛
보았으나 오나라가 멸망하자 그 부귀영화도 일장춘몽이 되고 말았음.

예양豫讓

지요知瑤(지양자知襄子, 지백知伯)의 가신. 조양자가 한씨, 위씨와 연합하여 지요를
죽이고 지씨의 영읍領邑을 삼분했을 때 몸을 피해 달아났으나, 후에 조양자가 지
요의 두개골을 변기로 사용한다는 소문을 듣고 분기충천하여 주군의 원수를 갚기
위해 두 차례나 조양자를 암살하려 했음. 두 차례 모두 실패하자 조양자의 도포를
대신 칼로 벤 후 자결했음. 춘추 전국 시대의 대표적인 충신 열사.

위문후魏文侯(B.C.445~396 재위)

한호韓虎, 조맹趙孟(조무휼趙無恤)과 함께 진晉 공실을 삼분해 위魏나라를 세운 개
조開祖 위구魏駒(위환자魏桓子: B.C.?~446)의 아들이자 신흥 위魏나라의 2대 군주.
본명은 사斯. B.C.403년에 한건韓虔·조적趙籍과 함께 주周 위열왕威烈王에게 정
식 제후 지위를 승인받은 후 안읍安邑에 도읍해 국가 체제를 정비했음. 곧 법가法
家인 이회李悝를 등용하여 내정 개혁을 실시하고 법전法典을 정비하며 평적법平
糴法(나라에서 해마다 추수 직후에 곡식을 시가보다 약간 비싸게 사들여 비축해두었다가
춘궁기나 흉년에 곡가가 오르면 시가보다 싸게 방출하는 제도. 곡가 조절 및 빈민 구휼 정
책)을 실시하는 한편, 서문표西門豹를 등용해 업鄴 땅의 폐습을 없애고 장수漳水
12거渠를 개척해 그 일대의 농업 생산력을 제고시켰음. 또 오기吳起를 등용해 하
서河西의 방비를 강화하는 등 문무文武 양면에서 큰 치적을 올려 위나라를 같은

308

삼진 국가인 한韓, 조趙보다도 빠르게 발전시켰음. 위문후의 치적으로 위나라는 전국 시대 전반기의 패권 국가로 부상하게 됨.

자서子西

초나라 소왕昭王 말기~혜왕惠王 초기의 영윤令尹. 두터운 충정과 명철함을 지닌 현신賢臣으로 오나라 군사의 침입이라는 전무후무한 대국란을 극복하고 망국 직전의 초나라를 일으켜 세우는 데 절대적인 공헌을 했음. 난리를 물리친 후 국가를 재건하고 내정을 안정시키면서 두루 선정善政을 베풀었음. 그러나 평왕平王의 폐세자 건建의 아들이자 정나라에 개인적인 원한을 지닌 백공白公 승勝이 정鄭나라 정벌을 요청하는 것을 국내외 사정을 고려해 거절했다가 후에 승이 내란을 일으켰을 때 억울하게 죽음을 당했음.

조앙趙鞅

진晉나라의 6대 세경가世卿家(대대로 경卿의 지위를 계승한 유력한 귀족 가문)의 하나인 조씨趙氏 문벌 중 정파正派인 진양조씨晉陽趙氏의 종주宗主로, 조성趙成(조경자趙景子)의 아들이고 시호는 조간자趙簡子. 진나라의 정권을 장악한 뒤 B.C.490년에 진양조씨의 경쟁 세력인 한단조씨邯鄲趙氏를 멸하고 그 근거지인 한단邯鄲, 조가朝歌 등을 진양에 합병함으로써 조씨 일문을 통일해 세력을 더욱 공고히 함. 또한 한불신韓不信 · 위만다魏曼多 · 지역知躒 등과 협력하여 범씨范氏, 중행씨中行氏를 멸문滅門시킴으로써 기존의 6경卿 경쟁 체제를 4경卿 경쟁 체제로 전환시키는 데 주도적 역할을 했음. 조앙의 활약을 토대로 그 후계자인 조무휼趙無恤(일명 조맹趙孟, 조양자趙襄子) 시기에 진양조씨는 한씨, 위씨와 함께 진나라를 삼분하여 B.C.453년에 스스로 제후 지위에 올랐음(전국 시대의 개막).

조무휼趙無恤

진양조씨晉陽趙氏의 종주이자 조앙의 아들로 시호는 조양자趙襄子. 원래 천첩賤妾의 몸에서 태어난 말자末子였으나 워낙 총명하여 부친 조앙이 정실 소생의 장자들을 제치고 후계사로 삼았음. 진晉 공실을 차지하려는 야심을 품은 지요知瑤

(지양자知襄子, 지백智伯)가 한씨韓氏, 위씨魏氏에 이어 조씨에게도 땅 100리를 요구하자 그를 거절한 뒤 진양성晉陽城에서 지씨·한씨·위씨 연합군의 공격을 1년 이상 막아내다 한씨, 위씨를 포섭해 지요를 죽이고 지씨 일족을 모두 도륙한 뒤 한씨, 위씨와 함께 지씨의 영읍領邑을 나눠 가짐. B.C.453년에 마침내 제후위에 올라 조나라를 건국했음.

고사

오월동주吳越同舟   오吳나라와 월越나라 사람이 한 배에 탔다는 의미. 오나라와 월나라는 춘추 시대 후기에 장강長江 하류 지역에 대한 패권을 놓고 격렬하게 대립한 앙숙 관계의 나라들이었으므로(오, 월 양국의 항쟁과 대립은 9권의 주요 내용을 이룸), 이들 양 적국敵國 사람들이 한 배를 탔다는 것은 원수끼리 정통으로 마주쳤다는 의미. 곧 우리 속담의 '원수는 외나무 다리에서 만난다'는 말과 정확히 일치하는 상황임.

와신상담臥薪嘗膽   땔나무 위에 누워 아픔을 참으면서 자고, 쓸개를 거듭 씹으면서 쓴맛을 감내한다는 의미로, 원수를 갚기 위해 온갖 고생과 아픔을 묵묵히 참고 견디는 일을 가리킴. 춘추 시대 후기인 B.C.496년에 오나라는 월나라의 공격을 받아 대패했고 오왕吳王 합려闔廬(B.C.514~496 재위)도 이 전투에서 큰 부상을 당해 서거했음. 이에 합려의 아들 부차夫差(B.C.495~473 재위)는 날마다 딱딱하고 차가운 땔나무 위에 누워 자면서 자신의 몸을 학대해 부친의 원수를 갚고자 하는 각오를 새롭게 하는 동시에 정신 무장을 단단히 하여 3년 뒤인 B.C.494년에 월나라를 대파大破해 궤멸 직전까지 가게 했음. 잠깐 방심한 사이에 참담한 패배와 치욕을 당한 월왕越王 구천句踐은 날마다 쓸개를 핥으면서 지난날의 치욕을 상기하고 적개심을 계속 북돋우며 그로써 보복전을 철저히 준비하여 마침내 20년 뒤인 B.C.473년에 오나라를 멸국滅國시켜 원수를 갚고 (춘추 후기 국제 질서의 주요 축이었던) 오, 월 양국의 항쟁을 종식시켰음. 이 고사로부터 자신의 목표(특히 원수를 갚는 일)를 이루기 위해 온갖 고난을 마다하지 않음을 가리키는 말로 널리 쓰이게 됨.

서시빈목西施矉目   자의字意상으로는 서시西施가 눈을 찡그린다는 뜻. 월越나라 출신으로 오왕 부차의 애첩이 된 절세의 미인 서시가 어느 날 불쾌한 일이 있어 얼굴을 찌푸렸는데, 그 모습이 오히려 더 아름다워 보였다고 함. 이를 우연히 보게 된 한 추녀가 자신도 그렇게 하면 아름다워 보일 줄로 착각하고 얼굴을 마구 찡그렸더니 동네 사람들이 보기 싫어 모두 도망갔다는 고사故事가 전해짐. 이로부터 파생된 '효빈效顰'이라는 말은 자신의 주제도 모른 채 무턱대고 어리석게 남의 흉내를 내는 일을 가리킴.

토사구팽兎死狗烹 토끼가 죽으면 사냥개는 잡혀서 삶아진다는 뜻. 목적을 달성하고 나면 그 목적에 이용된 도구나 사람은 무용하게 되어 배척되거나 제거된다는 의미. 토사구팽에 해당하는 사례는 춘추 전국 시대는 물론 중국 전체 역사를 통해 수다하게 찾아볼 수 있으나 9권에서는 특히 망국과 죽음을 눈앞에 둔 오왕 부차가 월나라의 양대 책사 범려范蠡와 문종文種에게 오나라의 멸망을 막아보려고 설득하고 회유하는 문구로 인용되었음(곧 월왕이 오나라를 멸망시켜 목적을 달성하고 나면 다음 차례는 그대들이므로 그대들도 미리 살 길을 도모하라는 의미). 이외에 한나라의 명장 한신韓信이 한고조漢高祖 유방劉邦을 제왕帝王으로 세우는 데 견마지로犬馬之勞를 아끼지 않았으나 막상 유방이 제위에 오른 후 자신을 비롯한 개국 공신들을 차례로 겁박하여 숙청하는 상황을 보고 토사구팽의 세태를 한탄하면서 죽었다는 일화는 특히 유명함.

[기원전 497] **진양조씨의 종주宗主인 조앙(조간자趙簡子)이** 위衛나라가 이전에 사죄의

뜻으로 바쳤던 한단邯鄲 땅 500호戶를 진양으로 합병시키려고 하자

한단조씨의 종주 조오趙午(일명 한단오邯鄲午)와 한단인邯鄲人들이

반대. 격노한 조앙은 조오를 진양으로 유인해 죽이고 **한단조씨를 멸**

문함. 조오의 외숙 **중행인中行寅**(중행문자中行文子, 순인荀寅)**은** 조오의

아들 조직趙稷, 범길사范吉射 등과 공모해 조카의 원수를 갚고자 **조**

앙을 공격. 조앙은 일단 진양으로 도피했으나 **지역**(순역荀櫟) · **한불신**

韓不信 · 위만다魏曼多 등이 조앙을 원조하여 함께 중행인, 범길사 일파를

격파. 이에 중행, 범씨 일파는 **조가朝歌로 달아남. 오왕 합려는** 자신의

공적에 도취하여 교만해지고 사치, 환락에 빠져 **장락궁長樂宮, 고소대**

姑蘇臺를 축조. (제경공이 딸 소강少姜을 오세자 파波에게 출가시킴. 소강은

고향을 그리워하다 타향에서 요절. 세자 파도 그 뒤를 따라 사망하자 합려는

손자 부차夫差를 후계자로 지정 — 이 일화의 정확한 연도와 실재 여부는 불분

명. 또한 여기에서 부차를 합려의 손자이자 세자 파의 아들로 기록한 것은 본

문에서 합려를 부차의 부친이라고 쓴 것과 상호 모순되는데, 이는 원저자의

오류일 것이다. **부차는 합려의 아들이** 맞다).

[기원전 496] 진晉나라를 경계하는 제 · 노 · 위 등이 맹약을 맺고 조가朝歌의 중행

인, 범길사 일파를 몰래 원조. 그로 인해 조가 토벌은 계속 지연됨. **월**

왕 구천이 취리에서 오나라 군사를 대패시킴. 이때 구천은 사형수 300

여 명을 뽑아 오나라 군영軍營으로 행진해간 뒤 오나라 군사가 보는

앞에서 차례로 목을 찔러 자결하는 전대미문의 계책을 써서 오나라

군사들을 질리게 만든 뒤 그 틈에 기습 공격해 대승을 거둠. **합려는**

이 전투에서 크게 부상을 당한 후 충격과 상심을 못 이겨 **서거함.** 세자

부차(B C 495~477 재위)가 군위를 계승함. 위영공이 세기 괴외蒯聵

가 모친 남자南子의 추문을 부끄럽게 여겨 모친 암살을 꾀하다 발각 되어 송나라로 도망. 초나라가 10년 전의 오군 침입의 대란에서 오나라 군사에 협력했던 죄목으로 돈頓나라를 멸국시킴.

[기원전 495] 초나라가 10년 전의 1차 오군 침입을 틈타 초나라 사람들을 많이 포획하고 전후에도 초를 섬기려고 하지 않은 죄목으로 호胡나라를 멸滅하고 호나라 군주 표豹를 체포.

[기원전 494] (노애공魯哀公 1년) 노 공자 장蔣이 25대 군주 애공哀公(B.C.494~467 재위)으로 즉위. **오왕 부차는** 부친의 삼년상을 마친 후 원수를 갚기 위해 **월나라를 공격.** 파죽지세로 월나라 군사를 몰아 **고성固城 땅에서 포위해 궤멸시킴. 월왕 구천은** 대부 문종文種의 충고에 따라 오에 많은 보물을 바치고 **항복을 청함.** 오는 월의 진정한 항복을 확인하기 위해 **월왕 구천 부부를 오나라로 압송해 와서 비복婢僕으로 삼음.** 초가 10년 전의 오군 침입 대란에서 오나라 군사를 인도했던 죄목으로 채蔡나라를 멸국시킴.

[기원전 493] 제나라와 정나라가 조가朝歌에 조쌀을 원조하려 하자 조앙은 이를 저지하기 위해 제, 정나라 군사와 척戚에서 교전하여 승리를 거두고 조쌀도 빼앗았음. 초나라가 속국 채蔡를 주래州來로 옮김. 위영공 서거. 쫓겨난 세자 괴외의 아들 공손첩公孫輒이 위나라의 25대 군주 출공出公(B.C.492~480 재위)으로 즉위.

[기원전 492] 진 조앙이 조가를 포위해 총공격. 순인荀寅 일파는 한단邯鄲으로 도망.

[기원전 491] **조앙·한불신韓不信·위만다魏曼多·지역(순역) 등 4가家의 군대가 총출동하여** 중행인中行寅(순인荀寅), 범길사范吉射 일파의 근거지인 한단邯鄲과 백인柏人을 함락하고 **중행씨와 범씨 가문을 멸문함.** 이로써 진晉의 6경卿(한韓·위魏·조趙·범范·중행中行·지知) 중 중행씨, 범씨의 2경卿이 몰락하고 **한韓·위魏·조趙·지知의 4경卿만이 남아 경쟁하게 됨.** 순인荀寅은 선우鮮虞로, 조오趙午의 아들 조직趙稷은 임臨으로 도망감. 월왕 구천 부부가 3년 간의 억류 생활을 슬기롭게 마치고 월나라로 귀국. 귀국 직후 지난날의 치욕을 설욕하기 위해 도읍을 제기

諸暨에서 회계會稽로 옮김. 안으로 부국강병에 힘쓰면서 밖으로는 계속 오나라에 충성하는 척함. 이에 오왕 부차는 많은 땅을 하사해 월나라는 동으로 구용句勇, 서로 취리檇李, 남으로 고멸姑蔑, 북으로 평원平原에 이르는 사방 800리 영토를 획득. **제경공齊景公 서거**. 채나라 군주 소공昭公(B.C.518~419 재위)시해당함.

[기원전 489] 오왕 부차가 막대한 인력, 물력을 들여 **고소대姑蘇臺를 증축**. 월왕 구천은 오왕 부차를 여색에 빠지게 하려는 범려의 계책에 따라 월나라의 최고 미인 서시西施와 정단鄭旦을 바침. 제 공자 도荼가 24대 군주(안유자安孺子 : B.C.489년 재위)로 즉위. 초소왕楚昭王(B.C.515~489 재위) 서거. **제경공의 서장자庶長子 양생陽生이 주군인 도를 시해하고 25대 군주 도공悼公(B.C.488~485 재위)으로 즉위**. 즉위를 반대한 포목鮑牧을 처형, 포식鮑息을 후계자로 삼음.

[기원전 488] 노나라가 제도공齊悼公의 매제妹弟인 주邾나라 군주 익益을 부하負瑕에 감금.

[기원전 487] 제도공은 매제를 가둔 노나라를 정벌하기 위해 오에게 원군을 요청. 이 소식을 들은 노애공은 주나라 군주를 석방하고 화의를 청함. 제, 노 양국은 화평을 체결.

[기원전 486] 제는 오나라에 원군 요청을 취소. 이를 불쾌하게 여긴 오왕 부차는 노나라에게 함께 군사를 내어 제를 치자고 건의.

[기원전 485] **노·오·주·담 등 4국이 제의 남쪽 비읍鄙邑을 침범해 식에 주둔함**. 제나라의 진항陳恒(진성자陳成子, 전상田常)이 도공을 시해하고 오나라에 사죄하면서 화평을 청했기 때문에 오군은 일단 철수. 월왕 구천이 책사 문종文種의 계책에 따라 거짓으로 흉년이 들었다고 보고하여 오나라에서 1만 석의 곡식을 빌려 와 오나라 창고를 텅텅 비게 함.

[기원전 484] **제도공 아들 임壬이 26대 군주 간공簡公(B.C.484~481 재위)으로 즉위**. 진항陳恒은 좌상左相이 되어 국정권을 장악. 제 진항은 군위를 찬탈하려는 야심을 품고 반대파를 제거하기 위해, 또 전년에 노가 오와 연합해 제나라를 침입한 것을 보복하기 위해 노나라 정벌을 계획. 이를

안 공자孔子는 노나라의 환난을 막기 위해 제자 자공子貢을 보내 진항에게 노나라 대신 오나라를 공격하라고 설득, 자공은 또한 오왕 부차를 설득해 제나라를 공격하라고 부추김. 이에 오와 제의 양군이 교전하여 제나라 군사가 수적인 우세에도 불구하고 오나라의 막강한 정예 군대에 밀려 대패했음. 이에 제는 오에 화평을 요청. 승리감에 도취한 오왕 부차는 계속 월나라를 경계해야 한다고 직간하는 **오자서에게 자결을 명한 뒤**, 그 시체를 치이鴟夷(말가죽 부대)에 담아 전당강錢塘江에 버림. 월왕 구천이 문종의 의견을 따라 오나라에 작년에 꾼 곡식을 갚되 낟알을 살짝 쩌서 보냄.

[기원전 483] 오왕 부차는 중원의 패업을 도모하기 위해 북으로 진출하여 노, 위 등과 교섭해 제후 회맹을 개최하려고 시도함. 노·위·송이 운鄆에서 회합할 때 오나라도 참석했는데 위가 오와 맹약하려고 하지 않자 오는 위나라의 출공出公을 감금, 그러나 공자의 제자 자공이 오나라의 태재太宰 백비伯嚭를 설득해 출공을 석방시킴.

[기원전 482] 노·선單·진晉·오나라가 황지黃池에서 회맹. 오왕 부차가 중원에 체재한 틈을 타 월왕 구천은 대대적으로 오나라를 침공. 오왕 부차는 진晉·노·위나라 군주들과 함께 동맹을 맺고 왕호王號를 버리는 조건으로 (억지로) 중원 맹주 지위에 오른 후 급히 귀국. **오나라가 대패하여 월나라에 항복을 선언.**

[기원전 481] **노애공이 대야大野에서 수렵을 하다 기린麒麟**(성인聖人의 출현을 예언한다는 상상 속의 신령한 동물)**을 획득**(『**춘추春秋**』 **기술은 이해에 끝남)**. 전설상으로는 이해부터 공자孔子가 노나라 역사 저술에 착수하여 노은공魯隱公 1년인 B.C.722년부터 획린獲麟한 B.C.481년까지 242년 간의 편년체(연대순으로 역사 사실을 기록하는 방식) 통사 『춘추春秋』를 지었다고 함(오늘날 공자의 『춘추』 저작설은 후대의 유학자들이 『춘추』의 권위를 높이기 위해 지어낸 윤색일 뿐이며, 실제로는 노나라의 역대 사관들이 오랜 기간을 거쳐 합동 저술한 역사서로 보고 있음). 제나라 좌상左相이자 실권자인 진항이 평소 사이가 나빴던 우상右相 감지闞止를 암살하고 감씨

일족을 몰살한 후 감지를 총애한 **제간공을 서주舒州에 유폐시킴**. 후에 간공을 시해한 후 간공의 동생 **공자 오를** 27대 군주 **평공平公(B.C.480 ~456 재위)으로 옹립**. 진항은 노·위·진晉·오·월 등 사방 강린들과 친선을 유지하면서 민심을 수습하고 민생 안정을 도모하는 한편, 포씨鮑氏·안씨晏氏·고씨高氏·국씨國氏 등을 비롯한 제나라의 유력 경대부와 공족 가문들을 제거하고 제나라 영토의 반 이상을 차지해 제의 국정을 농단. 후에 전국에서 100여 명의 건강한 여자들을 뽑아 후방後房에 거주시킨 뒤 일가친척 남자들에게 후방을 개방. 그렇게 해서 태어난 70여 명의 아들들에게 진씨 성을 하사하고 이들을 중앙, 지방의 모든 관직에 충당함. 이로써 **강씨姜氏의 제나라는 진씨陳氏=전씨田氏의 제나라가 됨**. 공자가 노애공에게 진항陳恒을 징벌할 것을 청했으나 거절당함.

[기원전 480] 위나라 출공出公(B.C.492~480 1차 재위)의 부친인 공자 괴외蒯聵가 누이 공희孔姬의 도움으로 비밀리에 본국으로 잠입해 아들인 출공을 내쫓고 위나라의 26대 군주 **장공莊公(B.C.479~478 재위)으로 즉위**. 출공은 노나라로 도주.

[기원전 479] 주 천자 경왕敬王(B.C.519~476 재위)이 위장공의 즉위를 정식 승인. **대성현 공자孔子 서거**. 초나라의 공손인 백공白公 승勝(세자 건建의 아들)이 정나라에서 억울하게 살해된 부친의 원수를 갚기 위해 정나라를 정벌하고자 했으나 영윤 자서子西와 사마 자기子期가 응하지 않음. 때마침 진晉 조앙趙鞅이 정나라를 공격하자 자서는 정나라를 구원하고 동맹을 맺음. 이에 격분한 승은 석걸石乞, 웅의료熊宜僚와 함께 내란을 일으켜 자서, 자기를 죽임. 엽공葉公 심제량沈諸梁이 난을 진압한 후 자서의 아들 영寧을 영윤, 자기의 아들 관寬을 사마로 삼고 나라를 안정시킨 뒤 은퇴하여 엽읍葉邑으로 낙향. 위장공이 재물이 적음을 불평하자 혼양부渾良夫가 세자 질疾 대신 출공出公 첩輒을 불러들여 후계자로 삼고 대신 그 재물을 뺏으라고 건의. 이 말을 엿들은 세자 질은 장공을 겁박해 세사를 바꾸지 않겠다는 약조를 받음.

[기원전 478] 진陳이 조공朝貢을 바치지 않는다는 이유로 위나라를 공격. 이 틈에 위나라 백성들은 무도한 장공을 쫓아냄. 위장공은 융戎으로 달아났으나 융인戎人들에게 무례하게 굴어 피살됨. 진은 위장공의 이복 동생인 공자 반사般師를 옹립함. 진陳나라가 전년에 백공 승의 내란을 틈타 초를 공격했는데, 이를 응징하기 위해 초 영윤 자서子西의 아들이자 무성윤武城尹(무성현武城縣의 현윤縣尹)인 공손조公孫朝가 진의 마지막 군주 민공閔公(B.C.501~478 재위)을 죽이고 **진陳을 완전히 멸국시킴**. 제나라 진항陳恒이 위나라를 침입해 반사를 몰아내고 공자 기起를 새로운 군주로 옹립함(B.C.477년 2차 재위).

[기원전 477] 위나라 대부 석포石圃가 군주 기起를 쫓아내고 노나라로 피난 가 있던 출공을 복위시킴(B.C.476~470 재위).

[기원전 476] **월나라가 초를 침입**. 주경왕周敬王 붕어.

[기원전 475] **(주원왕周元王 1년)** 주 태자 인仁이 27대 천자 원왕元王(B.C.475~469 재위)으로 즉위. **진晉나라 진양조씨晉陽趙氏의 종주宗主 조앙 사망**. 서자 무휼無恤이 적자가 되어 종주 지위를 계승(**조양자趙襄子**).

[기원전 473] **월왕 구천句踐이 오나라를 대대적으로 침공하여 멸망시키고 오왕 부차를 자결시킴**. 서주舒州 땅에서 **월·제·진·송·노의 5개국이 회합**. 이에 주원왕은 구천을 백주伯主(패자霸者)로 만천하에 공표함. 월나라의 패업 확립.

[기원전 472] 진晉나라 지씨知氏의 종주宗主 지요知瑤(순요荀瑤=지양자知襄子=지백知伯)가 제를 침공하여 이구犂丘에서 대패시킴. 노나라의 숙청叔青이 **월에 최초로 사신으로 방문함**.

[기원전 470] 위출공이 배은망덕하게 석포를 추방함. 이에 위의 대부들이 출공을 몰아낸 후 공자 겸黔(일명 묵默)을 도공悼公으로 옹립(B.C.469~465). 출공은 월나라로 도주. 군위 계승을 둘러싸고 10여 년 동안 일대 혼란이 지속된 결과 위나라는 진晉나라의 속국처럼 됨. 월나라의 범려는 은퇴한 뒤 처자를 데리고 제나라로 가서 치이자피鴟夷子皮(치이=말가죽 부대에 싸여 전당강에 버려진 오자서를 추모하여 지은 이름)라고 개

명한 후 도산陶山에서 목축업을 하여 천금千金을 벌었음. 이로부터 이재가理財家로 명성을 날리면서 도주공陶朱公이라 불림.

[기원전 469] 월왕 구천이 문종文種에게 자결을 명함.

[기원전 468] **(주정정왕周貞定王 1년)** 주의 28대 천자 정정왕 개介(B.C.468~441 재위) 즉위. 노애공이 월나라에 가서 삼환씨三桓氏를 제거해달라고 청했으나 월이 응하지 않음. 노애공은 삼환씨의 보복이 두려워 귀국하지 못하고 월에서 객사함. **월나라가 낭야琅邪로 천도.**

[기원전 467] 노의 26대 군주 도공悼公 영寧(B.C.467~431) 즉위. 삼환三桓의 세력이 노나라 공실을 능가하게 됨.

[기원전 464] 진晉의 지요知瑤(지백智伯, 지양자知襄子)가 주장主將이 되어 정나라를 포위 공격했을 때 조씨趙氏 가문의 종주宗主 조맹趙孟(조무휼趙撫恤, 조양자趙襄子)을 심하게 모욕했음. 이때부터 조맹은 지요를 미워해 결국 (훗날) 그를 파멸시킴. 지요는 본래 탐욕하고 괴팍스러워 한씨韓氏, 위씨魏氏도 그를 미워하게 되어 조씨와 함께 파멸시키게 됨. 월왕 구천 서거. 녹영鹿郢이 그를 계승하여 월나라의 새로운 군주로 즉위.

[기원전 458] 진晉나라의 한韓 · 위魏 · 조趙 · 지知씨 등 4경卿이 멸문된 범씨范氏와 중행씨中行氏의 영읍들을 모두 나눠 가짐.

[기원전 457] 진출공이 제, 노에 밀사를 보내 4경卿(한韓 · 위魏 · 조趙 · 지知씨)을 처치해줄 것을 요청. 제 전씨田氏와 노의 삼환三桓은 진의 실권자인 지백知伯(지씨知氏의 종주宗主인 영주) 요瑤에게 이 사실을 알림, **대노한 지백은 출공을 제나라로 쫓아내고 공손교公孫驕를 34대 군주 애공哀公(B.C.456~439 재위)으로 옹립.** 이로부터 지백이 국정을 농단함.

[기원전 455] 진晉의 국정을 장악한 지백 요는 한韓 · 위魏 · 조趙 3가를 멸하고 진晉 공실을 차지할 요량으로 우선 월나라를 정벌한다는 명목하에 한씨, 위씨의 땅 100리를 빼앗음. 조양자만이 이에 불복하고 근거지인 진양晉陽으로 달아나자 **지백은 한씨, 위씨와 함께 진양성晉陽城에 칩거한 조씨를 총공격.**

[기원전 453] 조양자는 진양의 백성들과 힘을 합쳐 1년 이상 진양성을 방어. 지요

는 수공水攻으로 진양성을 함몰하고자 함. 조양자는 가신 장맹담張孟談의 계책대로 한씨, 위씨를 설득해 그들과 연합하여 지백 요를 죽이고 지씨 일문을 몰살한 뒤 지씨 영읍을 삼분함. 이로써 **한·위·조 3가家는 사실상 진晉나라를 삼분하고 단일 국가로 독립함**(진晉의 삼분, 삼진 三晉의 성립), **이때부터를 전국 시대로 간주함**(일부에서는 한·위·조가 주 천자에게 제후로서의 지위를 공식 승인받게 되는 B.C.403년을 전국 시대의 시작으로 보기도 하나 B.C.403년 설은 명분을 중시하는 역사 인식에 해당하며 역사 사실 자체를 중시하는 측면에서는 B.C.453년이 춘추와 전국을 나누는 정확한 연도인 듯하다). 조양자의 재상宰相 장맹담은 토지 제도 개혁을 실시. 조양자는 지백의 두개골을 변기로 사용. 이 소문을 들은 지백의 가신 예양豫讓은 분기충천하여 갖은 고초 끝에 조양자를 두 차례나 암살하려 했지만 실패하고 자결함. 제의 재상 전반田盤(진항陳恒 =전상田常의 아들)은 삼진三晉의 독립에 고무되어 제의 모든 영토와 관직들을 동족인 전씨田氏에게 나누어 줌.

[기원전 452] 진출공晉出公 초나라로 도망침.

[기원전 449] 월왕 불수不壽 피살됨. 주구朱句가 즉위.

[기원전 447] **초나라가 채蔡나라**(당시 하채下蔡에 소재)를 완전 **멸국시킴**.

[기원전 446] **위문후魏文侯 사斯(B.C.445~396) 즉위**. 즉위 이후 줄곧 내치內治에 힘쓰고 선정善政을 베풀어 **위나라를 삼진三晉 중 가장 먼저 부강해지도록 만듦**. 특히 자하子夏(공자의 제자)·전자방田子方·단간목段干木 등 당대 석학碩學들을 우대하고 신의를 지킴. 이극李克·책황翟璜·전문田文·임좌任座 등 천하의 모사들이 그를 보필.

[기원전 445] 초나라가 소국 기杞를 멸하고 동쪽으로 영토를 계속 확장하여 사수泗水 유역에 도달함. 춘추 시대의 계절존망繼絶存亡, 존왕양이尊王攘夷의 원리는 사라지고 강국들의 약소국 합병이 본격화됨.

[기원전 444] 진秦이 의거義渠를 정벌하고 그 군장君長을 포획함.

[기원전 441] 남정南鄭이 진秦을 배반함.

[기원전 440] 주고왕周考王이 아우 게揭를 하남河南의 영주로 봉封함(서주환공西周

桓公). 이때부터 서주환공의 자손들은 주 왕실과는 별도의 영지를 보유하면서 자립하는 경향을 보임(주 왕실의 권한과 직할영지는 더욱 축소됨).

[기원전 433] 이 무렵부터 **한韓 · 위魏 · 조趙의 삼진三晉이 크게 융성함**. 진晉 공실은 강絳과 곡옥曲沃의 2읍만 가까스로 보유한 채 도리어 삼진에 조회朝會드리는 처지로 전락함.

[기원전 431] 초나라가 거莒나라를 멸함.

[기원전 414] 월越나라가 담郯나라를 멸함.

[기원전 412] **위문후魏文侯가 법가法家 이회를 등용하여 내정 개혁을 실시하고 법전法典을 정비**하게 하는 한편, **평적법**(나라에서 해마다 추수 직후에 곡식을 시가보다 약간 비싸게 사들여 비축해두었다가 춘궁기나 흉년에 곡가가 오르면 시가보다 싸게 방출하는 제도. 곡가 조절 및 빈민 구휼 정책)**을 최초로 실시**. 이해부터 『죽서기년竹書紀年』의 기술이 시작됨.

[기원전 408] **위魏나라가** 악양樂羊을 원수元帥로 삼아 **중산국中山國을 공격해 추산楸山에서 멸망시킴**. 위문후는 대승을 거둔 공으로 악양을 영수군靈壽君에 봉하고 병권을 회수함. 세자 격擊을 중산군中山君에 봉하여 통치하게 함. 서문표西門豹가 업鄴의 태수로 부임하여 **하백취처河伯娶妻**(장하漳河의 하신河神이 노하지 않도록 해마다 유역 고을들의 처녀를 그 부인으로 삼아 수장水葬시키던 풍습)**의 악습을 타파하고 장수**(산서성山西省에서 발원하여 하남성河南省, 하북성河北省을 거쳐 대운하大運河로 흘러들어가는 강) **12거渠(저수지)를 건설**하여 수만 경頃의 농토를 개간해 업 땅을 살기 좋은 곳으로 바꿔놓음. 이에 업 땅의 백성들의 칭송이 자자해짐.

[기원전 403] **(주위열왕周威烈王 23년) 한건韓虔 · 위사魏斯 · 조적趙籍이** 많은 뇌물을 주위열왕에게 바치고 **제후 지위를 승인받음**. 이에 **한경후韓景侯**(B.C.408~400)는 **평양平陽**에, **위문후魏文侯**(B.C.445~396)는 **안읍安邑**에, **조열후趙烈侯**(B.C.408~387)는 **중모中牟**에 도읍을 정하고 **각각 완전한 삼국으로 자립함**. 이해부터 사마광司馬光의 『**자치통감資治通鑑**』(주위열왕周威烈王 23년~오대五代의 약 1360년 간의 역사를 기술한 편년체 통사) 기술이 시작됨. 위문후가 **이회의 진지력법盡地力法**(국토를 최대한 이용하고

단위 면적당 토지 생산력을 극대화하는 방법)을 채택하여 농업 생산력을 제고시킴. 또한 이회가 제안한 **법치주의法治主義**를 바탕으로 **관료 임용에서의 세습제를 폐지**하고 능력에 따라 인재를 선발하도록 하며, 각국에서 새로 제정된 법률을 참고하여 『**법경法經**』 6편(현존하지 않음)을 제정해 그에 입각해 통치하도록 함. **이로써 위나라는 삼진 중 가장 먼저 부강해짐**.

동주 열국지 9

새장정판 1쇄 발행 2015년 7월 15일
새장정판 2쇄 발행 2023년 8월 28일

지은이 풍몽룡
옮긴이 김구용
펴낸이 임양묵
펴낸곳 솔출판사

주소 서울시 마포구 와우산로29가길 80(서교동)
전화 02-332-1526
팩스 02-332-1529
이메일 solbook@solbook.co.kr
블로그 blog.naver.com/sol_book
출판 등록 1990년 9월 15일 제10-420호

ISBN   979-11-86634-18-9   04820
ISBN   979-11-86634-09-7   (세트)

- 이 책의 '부록'은 독자들이 중국의 춘추전국시대를 폭 넓게 조망할 수 있도록 전공 학자와 편집부가 참여, 오랜 시간과 많은 비용을 들여 작성한 것입니다. 저작권자인 솔출판사의 서면 동의 없이 부난 선채와 부난 복체를 금합니다.
- 잘못된 책은 구입한 곳에서 바꿔드립니다.
- 책값은 뒤표지에 표시되어 있습니다.